甘くない湖水

ジュリア・カミニート

越前貴美子 訳

L'acqua del lago non è
mai dolce

Giulia Caminito

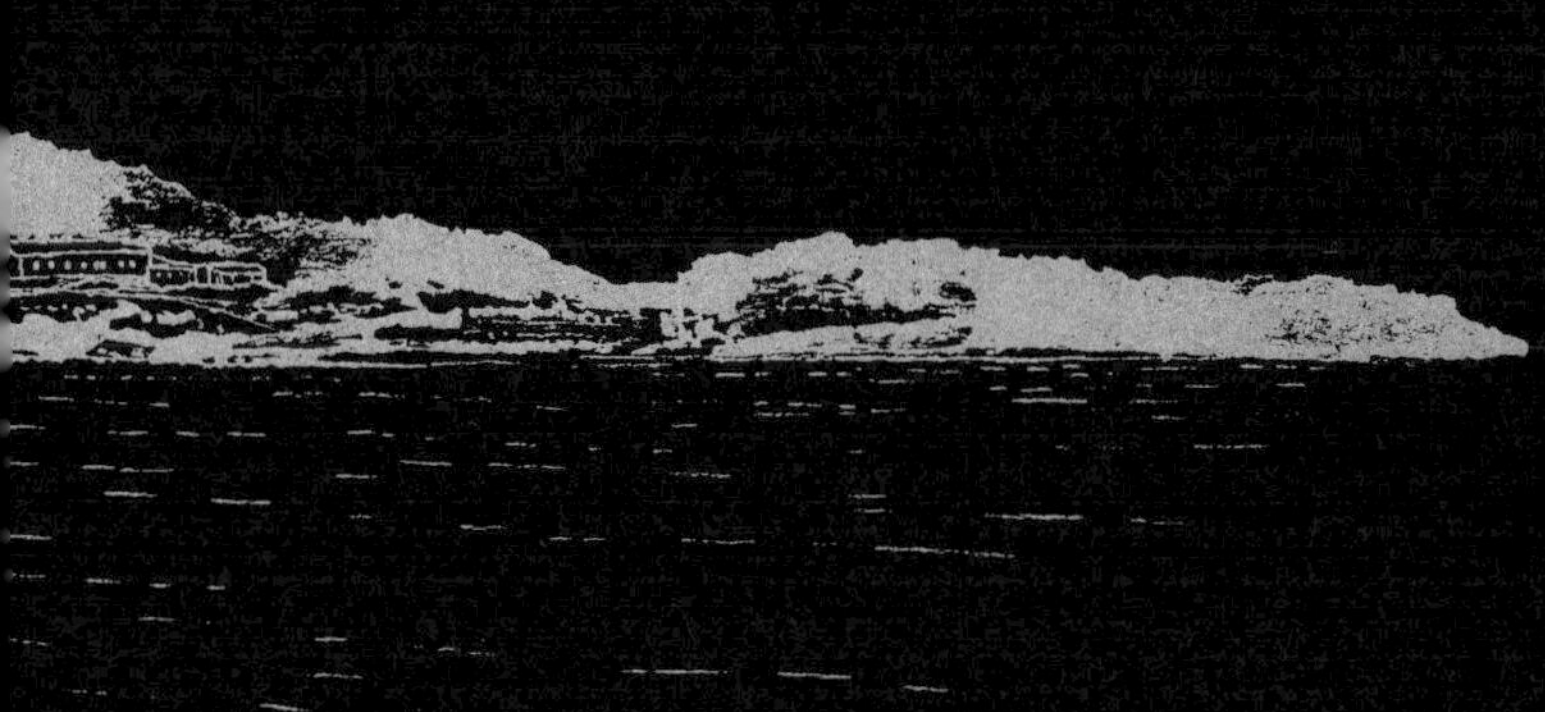

早川書房

甘くない湖水

L' ACQUA DEL LAGO NON È MAI DOLCE
by
Giulia Caminito

Translated by
Kimiko Koshimae
First published 2023 in Japan by
Hayakawa Publishing, Inc.
This book is published in Japan by
arrangement with
MalaTesta Literary Agency, Milan
in association with Tuttle-Mori Agency, Inc., Tokyo.

装幀／須田杏菜
装画／森泉岳土

誰しもひとりの女性から生まれて人生が始まるように、私の人生もひとりの女性から始まった。部屋に入ってきた赤毛の女性は、この日のために洋服ダンスから引っ張り出した麻のスーツを着ていた。ポルタ・ポルテーゼの蚤の市の、安物ではなく、札に「値段は品物によります」と書いてあるブランド中古品を扱うまともな陳列台で買ったものだった。

その女性《ひと》は私の母だった。黒革の大きめの鞄を左手で握りしめ、髪はカーラーとヘアスプレーを使って自分でカールして、前髪はブラシで膨らませていた。目は黄土色がかった緑色。堅信式で履くようなピンヒールの靴を履いた母が入ると、その部屋は小さくなった。

職員が着席しているその建物の一角で、母は大きな鞄を胸に抱いたまま三時間過ごした。あとで聞いたところによると、足が棒になり胃酸が上がっていたそうだ。

腰を振って歩いて来る母より先に、昼食用に料理したレンズ豆の匂いを消すためにつけた香水が匂った。「ラーニさんに会いに来ました。面会の約束があります」と母は言った。

鏡の前で、路面電車とエレベーターの中で、部屋の隅で、母は繰り返した。「面会の約束があります」と。

やさしく、楽しそうに、きっぱりと、ささやくように、普通に聞こえるように繰り返したその言葉を、結婚指輪を付けていない、髪をシニョンにした若い女性に母が言うと、女性は母をまじまじと見て、少し皺が寄った母の麻の服と持ち手のところが擦り切れた鞄の革を見た。

それから、持っていた手帳を見て言った。「どちら様でしょうか」

「アントニア・コロンボです」と母は答えた。

若い女性はラーニさんの予定表をすばやく指でたどりながらきちんとチェックしてコロンボという名前を探したが、そのような名前はなかった。

「お名前がございません」と彼女は言った。

母は顔をひきつらせた。そんな瞬間にどんな顔をすればよいか前もって考え尽くしていたからだった。様々な状況について研究して、起こり得る事態を詳しく想像せざるを得なかったが、そのおかげで、人の無能さや遅刻にうんざりする、仕事で忙しい女性の苦渋の表情が自然に浮かんだ。

母は言った。「でも、一週間前にアポを取りました。私は弁護士でして、ラーニさんが今日ならと確約されました。証書をお渡しするのが遅れているんです」

母のひきつった顔が歪んだ。その困惑した表情は、きつすぎる靴や路面電車で汗をかいている背の高い人の顔と同じくらいリアルだった。

ふたりはなおもアポの有無について言葉を交わし、母は言い張った。そこに居座り動かないことが正しいと確信していた。

その赤毛の女性が堂々と物を言っているように見えたので、若い女性は納得した。口論が始まったわけではなし、事務所内では仕事中の書類から目を上げる人すらいなかった。

こうして、若い女性が〈ラーニ氏〉と記されたプレートが燦然とかかるドアを開け、母は未来の敷居をまたいだのだった。

するとそこには、黒地に緑色の水玉模様のスーツを着た、三人目の女性がいた。母はドアが背後で閉まるのを待った。

ふたりはまじまじと見合った。ラーニさんは手を入れていた引き出しをすかさず閉めた。彼女の後ろの本棚には法律関係の本がぎっしり詰まっていた。紙は場所をとってお金もかかるから、自分にはそんな大量の本は保管できないと、母はわかっていた。

「あなたはいったい、どなたですか」と、ラーニさんは足を組みながら聞いた。

「アントニア・コロンボです」と母は答えて、「初めてお目にかかります。面会の約束もありません」と言い添えた。

すると濃密な静寂が立ち上がり、再び母が話し始めるまで数秒間続いた。

「初めてお目にかかりますが、デスクの上に受給申請用の私の書類があるはずです。その書類の山に、私のも。住所はモンテロット六十三番地です。というか、居住は認めていただいていないので、住んでいるわけではありません。二十平米の半地下に家族といます。光熱費の請求書は私名義ではないので、住居の占有者でいるための罰金を払っています。敷金も払いました。五年もこうしてきたので、正式に認めていただきたいのです」

ラーニさんは立ち上がるとそれほど背が高くなかった。丸いべっ甲の眼鏡を外すと腹立たし気にデスクに置いて、母に出ていくよう怒鳴った。

「必要だと言われた書類を持って、こちらだけでなくあらゆる役所に行きました。同棲していた男性と結婚し、彼に私の息子を養子縁組してもらいましたが、また妊娠したので、みんなで家族になりました。必要な書類は揃っています」と母は言った。

ラーニさんは電話をかけ始めたものの受話器を置き、警察を呼ぶと脅した。「よくも嘘をついてここに入ったわね、さっさと出て行ってちょうだい」と母に言い、さらに大きな声で言った。

「まったく図々しい」

すると、母は床に胡坐《あぐら》をかいてすわりこんだ。麻のスカートの裾がそばかすだらけの白い太ももまで上がった。そうして頭上に手を上げて言った。「私がここにいるのは、他でもない、家のためなんです」

母は腕をこわばらせ、手を広げてじっとしていた。床に置いた大きな鞄には何も入っていなかった。母は弁護士でもなかったし、偉い人との約束もなかった。ネズミとゴキブリと麻薬の注射器を駆除して住んでいた家への改善策がほしかっただけだった。

ラーニさんはデスクから移動して母の向こうまで行き、片方の膝で母に本気でぶつかった。そうしてドアを開け、みんなに助けを求めて言った。「変な人が床にすわり込んでいるの。連れ出してちょうだい」

さきほどの若い女性と男性が数人、それに守衛と門番が駆けつけると、そこには、天井へ向かって腕を上げた私の母が陣取っていた。もはや麻のスーツはめくれ上がっていた。無表情をきめた母は罵倒し、声が張り裂けんばかりに歌った。

一人、二人、三人、四人、五人、十人の社会福祉士と会って、一回、二回、三回、四回、五回、十回、郵便局へ行って、一人、二人、三人、四人、五人、十人の国選弁護士と会って、一人、二人、三人、四人、五人、十人の住宅管理局の担当者と会って、一枚、二枚、三枚、四枚、五枚、十枚の申請書を作成して、一度、二度、三度、四度、五度、十度と罰金、請求書、警告、威嚇を受けて、これ以上耐えられなくなる地点まで来ることがどういうことか、そこにいる人たちはわかっていないと母は思ったのだった。

職員たちが母を立たせ、腕と足を持ち上げて動かすと、ブラウスがはだけてワイヤーなしのブラジャーや胸のふくらみが見えた。裂けたスカートからはパンツが見えた。職員たちが駆け付ける前に一張羅をずたずたに引き裂いてしまっていた母は、蹴とばし、叫び、狂ったように騒いだ。

もし私がその部屋の隅に立っていてそんな母を見たとしたら、私も彼らと同じように判断して、母を容赦しなかったはずだ。

一章　家は心の住みか

うちの家族はローマの郊外に住んでいたが、母はそう呼びたがらなかった。郊外というためには、自分にとっての町の中心がどこかわかっていなければならなかったからだ。私たちが町の中心を見に行くことはなかった。私はコロッセオもシスティーナ礼拝堂もヴァチカンもボルゲーゼ公園もポポロ広場も見たことがなかった。学校の遠足にも参加しなかった。出かけるとすれば、母と近所の市場へ行くためくらいのものだった。

幅五メートル奥行き四メートルのその家で、私が愛着を抱いていたのはセメントの平地と花壇だった。花を植えようなんて誰も考えなかったから、花壇には草しか生えていなかった。母も花を植えたくないと言った。植えるということはそこにずっと居つくということだから。

家の内部には、戸棚を開けると調理台が、兄マリアーノのベッドの下に引き出して使う簡易ベッドが、本当に寒いときしか点けない電気ヒーターがあり、家族が食事をするテーブルと四脚ともばらばらの椅子の上のほうにビートルズのポスターが貼ってあった。父と母があれをするときはベッドが軋む音が聞こえた。部屋はひとつしかなくて、音が聞こえるからといって外にも出ないしバスルームにもこもらなかった。外にいてもバスルームにいてもぜんぶ聞こえるからだった。

子どもの私はこの家のセメントでできた空き地のことだけはよく知っていて、兄と一緒にその空き地を豪邸だと思って住んだ。空き地は他の誰のものでもない私たちのものだった。穴を掘ったり飛び跳ねたりイラクサや蟻を料理したり、学校から取ってきたチョークで地面に番号や線や三角や四角を描いたりした。そうして、地面に描いた記号のなかにすわって、それが自分たちのもので、私たちの家はここよと言った。

〈家〉と言っても、わずかな線と壁と窓とドアを描くだけでよかった。

その場所、つまり私たちの遊び場や子どもっぽい空想の場が存在するのは、母がそこに住みたいと考えたからだ。私たちが住む前、そこはゴキブリやネズミの住みかで、網越しに道路から投げ捨てられたのか、あるいは建物の入り口で寝るホームレスが放置したのか、麻薬用の注射器がたくさんあった。

母は父から借りたゴム長靴を履き、注射器を一つずつ拾って燃やして捨てた。注射器を見つけたら捨てなさいと母はいつも言った。子どもが注射器を見つけるようなことがあったら、その責任は注射器を見つけたのに放置した人自身にもあるのだからと。

母は毒薬を手に入れ、父に工事現場からスコップを持って来させ、ゴキブリやネズミを追い出して、殺して、根絶した。

数か月にわたって立ち働いたおかげで、歯抜けの口のような玄関に面した半地下の中庭が整った。母は私たちの手をとってその中庭へ連れて行き、「遊びなさい」と言った。

家を手に入れるために、母は祖母に借金を申し入れた。その家で孤独死していた老女の親族に、家の契約期限終了前の補償金を払うためだった。

ヘロイン中毒者と死にかけた老人ばかりいる地区の、かび臭くて汚いそんな小さな土地を買う人はいなかったが、その土地を買うお金さえなかった母は家主たちと話をつけて、正式な手続きへの準備をしたり別の場所をあたったり、少なくとも暫定的に住居を確保するための申請を始めていた。

それほどがんばらなくても、ここで待っていれば役所の人たちが新しい家を見つけてくれるかもしれなかったが、自分も問題を解決すべく動こうと母は考えたわけだ。

ところが、私たちはあまりにも長いこと待たされた。ローマ市役所が家を譲渡したがらなかったのだ。結局、母は市からの認可を諦めて、床を掃除し直し片付けて、天井を塗り、浴槽から排水しやすくする作業に取りかかった。

すべてが均衡を保って立っていたものの、実際は今にも崩れそうで、最後の根が脆い地面にしがみついた状態だった。しかしそれも、母が再び妊娠して、私の父、つまり兄マリアーノにとっての継父が、仕事現場の足場から落ちてけがをして半身不随になるまでのことだった。

結婚と養子縁組の書類に障がい者の書類が加わり、失業手当の申請に子だくさん用と双子の弟たちを保育園に入れるための申請の書類が加わった。援助と住宅の提供と権利の保護を忘れずにしてもらうように、市に、市長に、イタリアに、私たちは日々頼み続けた。

双子が生まれたとき私は六歳だったが、年長のマリアーノは家族みんなに嫌気がさした。きょうだいのなかで彼だけが父の実子でなかったということもあり、私たちのうち、誰より父のことがいやになった。障がいを抱えた結果、父が不愛想な男からうるさく気難しい家電製品へと、つまり、もはや動かなくなったオーブンや、床から何も吸わなくなった掃除機、五分もすれば冷たくなる風呂の自動湯沸かし器へと変わったことで、この冷徹な老いぼれを兄は追い出したくなったのだ。

ひどい平手打ちとセックスが大好きだった父は今、病院勤めの親類を通して母が手に入れたキャスター付きの椅子にすわったまま、ひとり足を片方ずつ上げてみるだけで、もはや夕飯の席にも着かなかった。「食べたところで何になる」と言って。

家には、彫像か大理石かタイルか扉の側柱か建物の境界を示す塀のような不動の男と、物を拾い集め、動かし、磨き、片付け、貼り、毒殺し、大雨で家が水浸しになったら水を外へ掃き出す女がいた。つまり不動の男は父で、もうひとりの、疲れを知らない赤毛の女は、母アントニア・コロンボだ。

私はおもちゃも持っていなかったし、友だちもほとんどいなかった。持っていたのはいずれも本物に似せた粗悪な物で、布の切れ端で縫った人形、他の子が使い古してその子の絵が描かれているバインダー、市場で見つけてきたために箱ではなくビニール袋に入っていた、中敷きが擦り切れた靴、クリスマスの電飾の代わりのミカン、バービー人形の代わりの、雑誌から切り抜いたバービーの写真だった。

私は自分たちのことを、複雑なトランプ遊びで不要になったカードやガラスが欠けてもはや転がらなくなったビー玉といった、捨てられる物みたいだと思った。不法工事現場で契約も保険もないまま安全規格に則っていない足場から落ちた父みたいに、私たちは地面でじっとしていた。その奈落の底から、他のみんなが宝石のネックレスを付けるのを見ていた。

泣き声がうるさい小さな双子は、キッチン台に置かれている毛布が何枚も入れられた大きな箱で寝たから、おむつの匂いがスープの匂いと混ざった。

兄と私は、逃げ出そうとしたこともなくまだ家にいることが、自分たちでも不思議だった。褐色の髪の兄と私は逃げ出すタイミングをこっそり計画したことはあったが、家出をして人生を変えるような心の準備はできていなかった。

＊＊＊

私たちは、自分たちが住むラツィオ州の地理も、ローマの町も通りもよく知らなかった。家を離れるとお金がかかるという理由で、移動範囲が近所に限られていたからだ。近所以外では、母に付けで買い物をさせてくれる人も、日雇いの仕事と引き換えにパンやハムをくれる人もいなかった。

母の論理によれば、知らない人は助けてくれないということだった。知人がいるところに住み続ければ、大なり小なり保護され認めてもらえる関係が築けるというわけだ。

年長の兄マリアーノは私と双子を自分と母の間の潤滑油のようにしてきたが、母がしばらくシングルマザーだった頃、兄と母は生き延びるために一心同体だった。

兄は私に対しては寛大だった。めそめそしないし、お伽話や、悪魔が出てくる恐ろしくてひどい話や、物語ごとに女の子が死んで狼が必ず勝つ冒険譚を、兄が私にぶちまけるにまかせて静かに聴くからだった。小さい頃、四歳の年の差は果てしなく感じられ、兄が大人で老成してさえいるように思えたものだ。兄は私がいやな目にあうと間に入ってくれた。私が他の女の子たちを軽蔑していたのは本当で、自分よりたくさん物を持っているように思えた彼女たちを腹立たしく見ていた。ただ、まだけんかの仕方を知らなかった。

女の子たちのなかに、オーストリア人だと思われる金髪の子がいて、唇が突き出ていると言って、私を〈コウモリのくちばし〉と呼んだ。私は家のバスルームの鏡で背伸びしてチェックしたが、唇はそれほど変な形ではなかった。それに、コウモリはネズミが進化したものだから、唇の形の比喩としてよく使われるアヒルとは違うとわかっていた。だが人を傷つけるための子どもの悪口に理屈などなかった。人と違ったり身体的な欠点があったりするだけでひどいことをされた。だから、横並びでいればみんなに混ざることができて目立たなかった。うちの家族はもうじゅうぶんひどい目にあっていたから、ひどい仕打ちを許すわけにはいかなかった。

唇の件を話すと兄は学校の前まで来た。そして、私にどの子かと聞くと、「ばーか、黙れ」と一喝してその子を殴った。

人が失礼なことを言うのを勇敢にも黙らせた兄のことを私は最高に素晴らしいと思い、鳥肌が立った。だから、兄の激しやすさを、すかさずいざという時のために大切にしまっておくことにした。

だが、この件は先生にも母にも評価されなかった。母は二日ほど兄の手を背中で縛った。「殴ったりしないでやめさせなさい。それができないならお母さんたちに助けを求めなさい。手の正しい使い方がわからない人は、もう手は使わせません」と言って。

母は問題によってお仕置きを変えた。頬っぺたをたたいたり蹴ったりすることはまれで、それより私たちから何かを取り上げるのを好んだ。

家の中で大きな声を出すと夕飯は抜き。ゲームにかまけて双子の面倒を見なかったら、学校におやつを届けてもらえなかったり筆箱を取り上げられたりした。母はストライキをするのと抵抗するのが得意だった。

母のそんな考え方がいかに培われたのかはわからない。祖母や人生から学んだのか。単に生まれつきのものなのかもしれない。母には信仰もなかったし、ひいきの政党もとうになかった。あったのは、明確な正義と正しいことへの頑なな執着だった。

私は花が大好きだった。春に咲くか弱いヒメジョオンといった、うちの中庭に何本か自然に生えてくる花ではなく、母にくっついて道を歩いているときに生えているのを見かける、他人の家の庭に咲くバラや、ジャスミン、紫陽花が好きで、花を摘みたがった。

一度、私はそんな花を摘もうとしたことがあった。クラスの友だちがするのを真似てバラの花びらを水が入ったプラスチックの瓶に漬け、すごく臭いけれど貴重な自家製の香水を作って、学校で見せびらかしたかったからだ。ところが、私が金網から外へ伸びたバラを一本取るのを見た母と、けんかになった。

「人の物を取っちゃだめ」と母は怒鳴った。

「でも、道にはみ出してたよ。道はみんなのものでしょ」と私は応えた。

「それなら、余計に泥棒ね。みんなの物に手を付けちゃだめ」と母はがみがみ言った。

物を壊したり傷つけたりすることは冒瀆だったから、物が壊れると母は修理あるいは別の用途への再利用方法をあれこれ考えてすぐに救済措置をとったが、みんなの物については決して譲らなかった。児童公園の植物を踏みつけるのも、紙くずをゴミ箱以外に捨てるのも、庭園のバラを抜くのも、図書館の本を汚すのも、だめだった。

母は本にとてもこだわっていた。とりわけ父がけがをしてベッドや車椅子生活になって以来、テレビがなくラジオしかなかった家での娯楽は読書に限られていた。本を置く場所も買うお金もなかったから、図書館の本を利用した。そして、図書館の本は神聖な物として扱わねばならず、積み重ねるにしても注意が必要だった。母はすべての本の返却日をメモしておいて、私たちが期限までに返すかどうかしつこく確認した。シミを付けたり折り曲げたりしていないかチェックして、もしシミなどがあれば私たちを図書館に連れて行き、司書と他の子どもたちに謝らせ、司書が「そんな必要はありません」と言っても、「いいえ、必要あります」と言って弁償した。

「みんなの物ということは、誰の物でもない」と私が大胆にも進言すると、母は「そんな考えはやめなさい。品行の悪い女性になるわよ」と応えた。

＊＊＊

母はきれいな服を着ることはもうなかったから、普段着で市役所へ行った。汗をかき、髪にはヘアクリップを付けたままだった。小ぶりの丸顔はまつげが長く、鼻は高くも低くもなかった。贅肉はないが痩せてはおらず、健康的だった。

母は私たちにもいつも言っていた。「健康的な顔をしていることが大事なの。細すぎる足はよくないし、顔がこけていると人を心配させる」

ほしいものを手に入れるには主張し続けなければならないと母は心に決めて、天井から外れて舞台へ落ちるスポットライトのように、市役所という舞台へ入場した。それは望まれることではなく危険でさえあった。以前から人の役に立たなければ気がすまないところはあったが、今、母はものごとの主役でいることに取りつかれていた。

バランスを欠いた女性であり、希望も私的な関心も失くしていた母は、書類の束を携えて、一番親切そうな職員を探しだし、その人の名前を紙に書いた。フランコ・ムッリと。

「よろしいですか、フランコ・ムッリさん。私、アントニア・コロンボは、助けてもらえるまであなたのところへ戻ってきますからね」と母は宣言して、ムッリさんにバインダーを次々渡した。

ムッリさんは親切でいようと努めた。「嘘を言ってこちらへいらっしゃったもので、私共の責任者はそのことを忘れてはおりません。ですから手続きがうまくいくのは難しいです」

それでも母は屈しなかった。「それなら、責任者のデスクに私の書類を五十回でも置きましょう。私のことがとても邪魔になって、もう無視できなくなるまで。私には四人の子と、今や障がい者の夫までいるんです」

こんなふうに一か月、二か月、三か月と、人が代われば最初からやり直しとわかっていた母は、ムッリさんがデスクを外しているときは、翌日戻って来ると言ったり、アポを取り直したりした。帰宅した母が私たちにムッリさんのことを話すとき、よく知っていて安心できる地元の薬剤師か新聞屋さんといった馴染みのある人のようにフランコと呼ぶので、顔も形もわからない私たちにはムッリさんが侵入者のように思えた。母のために何をしてくれているのかわからず、焼きもちをやいたのだった。特に兄は。

「お母さんがムッリに会っていることについて、お前のお父さんは何も言わないな」と、ある日兄が私をなじった。兄にはいないし、ほしいとも思っていない父親が私にいることが、とりわけ私のせいみたいに。

「でも、お父さんが何を言うべきだっていうの？」私はそう返事をして父をまじまじと見た。すると、父がすわる車椅子の車輪が、テーブルの脚にはまって動かなくなっていた。膝の上に共産党系の新聞〈マニフェスト〉を開いていたが、少なくとも三十分は同じページのままだった。何を読んでいたか忘れてしまっていたはずだ。

「何かは言うべきだ」と兄は答えて、父を見るときいつもそうするように、非難の目を向けた。父は生気を失って縮み上がっていた。私は父のところへ行き、父が気づくことはないにしても膝に手を置いて、このムッリという人は誰なのか、知人なのかと尋ねた。

すると、父は私を見ずに言った。「お前の兄さんを黙らせてくれ」と。

父と兄は椅子とベッドの距離をそれぞれ挟んで向かい合った。父も兄もいつもその部屋にいたから、逃げることも聞こえないふりをすることもできなかった。

兄が怒りをあらわにしたまま外へ走りに行こうとスニーカーを履いていると、「あの女が逮捕された」と父が再び口を開いた。

「誰が？」私は父の新聞に目を落として尋ねた。

「あいつだ、例の責任者だ」と父は説明してくれたが、責任者が何なのか、何の責任者なのかわからない私は、新聞の活字に理解するためのヒントを探した。すると、父が指で押さえている名前が目に入った。ヴィットリア・ラーニ。

私は誰かもわからないまま、ヴィットリア・ラーニという名前を何度も読んだ。声に出しても読んだ。そうこうしているうちに、床用の缶入り洗剤を持って母が帰って来た。母は手ぶらで帰ることがなかった。ガラスの薬瓶、プラスチックの瓶、ベニヤ板の切れ端を持って帰ったこともあった。他の人にはもう役に立たない物でも、私たちには確実に役立つからだった。

「ヴィットリア・ラーニがどうしたの？」私たちがすわっているテーブルに洗剤の缶を置きながら母が尋ねた。ついでに「マリアーノ、どこへ行くの？」と聞いたが、兄は母を見る必要などないと考えて外へ出た。そういうわけで、兄は母が初めて喜ぶのを見ることができなかった。母の額の皺が伸びて、目がキラリと輝き唇が弓のように曲がるのを、見ることができなかった。

父の手から新聞をもぎ取って何度も読んだ母の笑顔が崩れたかと思うと、母は泣いていた。

母は茫然としていた。私は母が泣くのをほとんど見たことがなかった。病院で双子を産んだときも、母の祖母が亡くなったときも、父が足場から転落したときも、母は泣かなかった。

「ラーニさんは不法行為で取り調べを受けて、刑務所に送られるのよ」と、母は涙をためて言った。私は母がうれしいのか悲しいのかわからなかった。

「お母さんの友だちだったの？」私がおずおず聞くと、母は笑い出した。涙を浮かべたまま大笑いした。

***

母は家に足りないものについて職員に説明すべきだった。お湯が出ず、電気のコンセントは電線がむき出しになり、家族が身動きできるだけの空間がなく、陽の光がほとんど入ってこない、ということを。それなのに、居合わせた職員に「どうにか暮らせていますし、清潔さも保てています」と繰り返した。

社会福祉課から来た新しい責任者の女性は、子どもが四人いる私たち家族が二十平米に住んでいることを書類上で読むと、赤いマーカーをとって一番上の紙に〈緊急〉と記した。

こうして、社会福祉課の職員たちが私たちの担当になり、家を調査しに来た。父は挨拶もせずベッドにすわり、双子は母のスカートにしがみついて母を倒しそうになっていた。洋服ダンスの足元には双子の服が入った袋があった。双子はダンボール箱の中でくっついて眠っていたから、何はともあれ別々に眠れるようにしなければならなかった。

中庭にいる兄が大声でわめくのが聞こえた。危機に瀕しているふりをして、大人のような低い声で「助けて」と繰り返した。母は「心配しないでください。注意を引きたいだけで、大丈夫ですから」と職員に言った。

職員が二人も押しかけて来て、家はいっそう狭く感じられた。私たちにはもはや物置部屋か倉庫か洗剤やほうきをしまう小部屋のように見えた。

「警察が来た」と外から兄がわめいて、爆竹を地面に投げつけた。

職員たちはメモを取り、母に家の状態について質問をした。彼らが帰ると、父は難儀しながら横向きに寝ていびきをかき始めた。私は生の人参を食べ始め、母は敷居のところから兄を見て、「この悪党！」と怒鳴った。「あの人たちは市の職員だったのよ。罰として、夕飯は干からびたパンよ」

二週間後、新しい責任者が母に電話をかけてきた。受給のためのウェイティング・リストは私たちが知っているように果てしなく、手続きも長期にわたり止まったままだったが、今の家は狭すぎるため、別の家を見つけたから引っ越してほしいと言った。正式な住居としては提供できないものの、住人が家の管理をするということで提供可能なので、彼女がサインした書類があれば、新たに指令が出るまで私たちはそこに住めるということだった。

責任者がサインした紙を母は何十回もコピーして、郵便局、銀行、国税庁など関係があるあらゆる場所へ持って行った。そして、同じ紙をファイルに入れて壁に貼り、身分証明書や初めて抜けた乳歯をとってある小箱と一緒に保管した。

こうして、私と兄はとても驚き不安になりながら、セメントの中庭に別れを告げたのだった。新しい住まいは、お金持ちの地区にあった。オフィスや銀行に近いトリエステ通りで、ヴィラ・トルロニアやヴィラ・アーダへ歩いて行けたし、十分行けば〈パイパー〉というディスコもあった。隣はローマで一番お金持ちのパリオーリ地区だった。中庭が二つある六階建てのその建物にしか、市は私たちが管理するという名目の家をあてがえなかったのだった。

段ボール箱、ガラクタ類、サボテンの鉢として使うヨーグルトの容器、歯ブラシ入れにするインゲン豆が入っていたガラス瓶、スコッチテープと厚紙で作った洋服ハンガー、大きなゴミ袋の底に積み重なったパンツを持って、私たちはその住まいを占拠した。

寝室が三つ、台所、小さな居間があって、玄関、階段、ドア、バスタブ、台所のレンジ、ブラインドはどれも本物だった。

私と兄が、壊れたり不揃いだったりするおもちゃを入れたビニール袋を二つ部屋の中央におろすと、部屋が大きすぎるように思えて怖くなるほどだった。

そこで暮らすようになって以来よく眠れなくなった私は、兄に無理を言って電灯をつけたままにしてもらった。夜中の、信じられないほど決まった時間に悪夢にうなされて目が覚めたが、夢のことはよく覚えていなかった。必ず、私が倒れるのに誰も支えてくれないという夢だったことだけ、わかっていた。

夜、父の大きな寝息や双子が泣く声はもう聞こえなかった。兄が起きて窓辺へ行き、下の道路を眺めるのが見えるだけだった。

双子は眠らないし、私と兄はバタバタ歩くし、母は皿を洗いながらラジオを大きな音でかけるし、父は毎朝、天気がいいねと言う代わりに悪態をつくから、上階の住人が文句を言い始めた。

住み始めた建物内のマンションには管理人がいて、管理組合の会合があったが、私たちは家の所有者ではないので、会合への参加は許可されていなかった。他の住人と異なり、家を買っていない私たちの物はまだ何一つなかった。

中庭には黄、赤、サーモンピンク色のバラと果物の木がたくさんあった。だが、私たちどころか誰も触ることはできなかった。毎週水曜日に庭師がやってきて、臭い匂いの液体を木に散布した。

入居した初日の午後、私と兄が家々の窓の下で遊び始めると、上からバケツの水が降ってきた。ある住人のおばさんは、私たちが騒いでいるのがいやだったのだ。

兄はおばさんに「ばかやろう！」と大声で言った。

するとおばさんは「警察を呼ぶわよ」と言った。

そのとき母は私たちを叱って、兄に二度と大声を出すなと言った。「あの人たちは私たちより前からいるわけだし、前の家みたいにはできないの。ここでは他の人の生活に合わせて、人を尊重しなければならないの」と言った。

近所での買い物は高くついて大変だった。学校は学校で、学年度の途中で転校した私と兄のことを、留年しなければならないほど勉強が遅れていると先生は言った。兄は始終クラスから追い出され、私は口数が減って返事が尻切れトンボになった。手が震えて字がうまく書けない私は、他の女の子が書くアルファベットのoとかmがとてもうらやましかった。

マンション内で母の唯一の友だちは管理人の女性だった。シチリア出身の小柄で口数の少ない彼女は、手早くきちょうめんに掃除をして、住人の文句や話やけんかには耳を傾けるが、自分のことは決して語らなかった。届いた郵便物を整理し、住居と地下の貯蔵庫の鍵と建物のすべての錠前をかけるパネルを用意していた。鍵には見分けるための名前も付いていないのに、不思議なことになぜか彼女だけが何の鍵かを知っていた。

管理人はヌンツィアという名前で、ロベルタという一人娘がいた。ロベルタは私の父と同じく車椅子を使っていたが、障がいは転落によるものではなく生まれつきだった。うまく話すことができず、頭がたいてい垂れていて、視線は彼女自身そこにいないかのようにうつろだった。

学校から帰ると、私はいつも中庭でとまって、誰も見ていなければ鞄を地面に投げ出して中央の噴水盤のところへ行った。噴水盤は白くなって汚れていたが、水の中には金魚が六匹回遊していた。私は金魚に触れようと手を浸して長い時間を過ごした。金魚は身をかわして逃げたかと思うと近づいてきた。私は水をぐるぐる回し、水面に浮かんだ小枝を手ですくった。

私も金魚も音を立てないし、それに、金魚の相手をするだけで外に水をたくさん飛ばすわけでも水を飲むわけでもなかったから、誰にも迷惑がかからない遊びに思えた。

マンションの中庭には、冬でも日が当たる一角があった。そこから見上げると空の一部が見えて、街のど真ん中にいることをまさに忘れさせてくれる三角形の場所だった。だから管理人のヌンツィアは、車椅子に乗った娘のロベルタをそこにすわらせた。ロベルタは明るいのが好きだったからだ。管理人室のそばにある、建物内で一番小さい彼女たちの住まいは、幸いなことにほとんど段差はなかったものの、通気が悪かった。

ロベルタは静かな女の子で、時々喉をぐるぐる鳴らして唇を舐めた。言葉を伸ばして発音するので彼女の意向がわかるのは母親だけだったが、日が当たるその場所にいたいということは難なく伝えることができた。

マンションの住人は中庭をよく通るのに、誰もロベルタに挨拶しなかった。私のことも横目でにらむだけだった。金魚も見ないでまっすぐ歩いていくから、私から「こんにちは」と言ってみた。

大きな声でみんなに言って、みんながどうするか、返事をするかしないかを見た。何人かは「こんにちは」とか「こんばんは」と小声で言ったが、それ以外の人はまったく何も言わなかった。私にわざわざ返事などしなかった。

窓から私たちを厳しい顔で観察するドイツ人の女性がいた。彼女は中庭に降りて来て行ったり来たりして、他の奥さんたちにはにっこりするのに、私たちにはしなかった。私をじろじろ見て仁王立ちし、向こうへ行ったかと思うと、管理人室へ文句を言いに行って戻ってきた。ある日、気づいたらそこに、顔を真っ赤にした彼女がいた。彼女は軍隊で、私は追われる身だった。私をいきなり襲ったかと思うと、水に浸かった私の手を持ち上げた。

「やめなさい。噴水盤が汚れるでしょ」金切り声をあげた彼女の目は空色で、額は広かった。

彼女の一連の動作は大きな噴水盤の中を回遊していた金魚を驚かせた。金魚は尾ひれを硬直させ、おびえた目をしていた。ロベルタは動揺して足をばたつかせた。ドイツ人の女性は私の手首をつかんで、私の家へと続く階段の入り口の方へ私を押した。

「さあ、家へ帰りなさい」と真っ赤な顔で命じた。私は一段飛ばしで階段を上り、母を探した。

母は首にまとわりつく双子の一人と、テーブルの上で裸足のまま踊るようにお尻を振り振りするもう一人と一緒にいた。

階段を急いで上がったために汗をかきながら、私は「お母さん」と呼んだ。「ドイツ人のおばさんに、噴水盤を汚すといって怒鳴られた」

「中庭では遊べないって何度も説明したでしょう。前の家とは違うの。あの噴水盤は飾りのためにあるってこと、わかる？　遊ぶためじゃなくて、リボンの蝶結びみたいに建物をきれいに見せるためなんだから」

「静かに金魚を見ていただけなの。きれいな場所があるのに誰も触っちゃいけないなんて、あのバカな人たちは中庭で何をするの？」と私は応えた。

「じゃあ、首飾りやレースは何の役目をしてる？　何もしていない。みんなが使わなくても、きれいであればそれでいいの」

それからの数日間、私は別れた恋人であるかのように噴水盤を見ながら前を通った。宝石と装飾品になってしまった金魚とバラを気にかける人はいなかった。

ほどなくして私はロベルタがいつもの場所からいなくなったことに気づいた。日当たりがいい日でも彼女が庭に降りて来ることはなかった。母もそのことに気づいて理由を聞きに行った。

するとドイツ人の女性がそうするように要求したのだとわかった。ロベルタがそこでよだれを垂らしているのはいい眺めではないと管理人に言ったのだった。「そうでなくても、あの人たち――つまり私たち一家のことだ――がいたのでは、誰もこの建物内のマンションを買わなくなるわ」。私たち一家は物件の価値を落としているのだった。

そこで母は、このドイツ人を待ち受けることにした。双子と私と兄を連れて下に降りて、壁に向かってシャツを脱ぐように命じた。母もまたシャツを脱いでブラジャーだけになり、銃殺刑に処せられる人のように壁の前に立った。ドイツ人の女性が夫とやって来ると、母はふたりに言った。「あなた方が管理人の娘を庭に降りさせないなら、私は毎日子どもたちと一緒に、服を脱いでここで抵抗し続けるわよ」

母がそう叫ぶと、住人たちが中庭に面した窓辺に現れた。ドイツ人の女性は干鱈かハンガーみたいに動かないまま、「警察を呼ぶわよ」と言った。

「呼べばいい。でも、私たちは動きません。小さな女の子が日向にいるのを、どうして拒んだりできるんですか？　歩けない子なのに。警察には今言ったとおりに話します。警察に立ち退かされたとしてもまた戻って来ます。その気になれば私がどれほど頑固になるか、あなたは知るはずもないでしょうね」

ドイツ人の夫が間に入って、夫婦で激しく抗議した。私たちはなかば裸で壁に張り付いていた。

兄はパンツ姿になり、私はスカートをまくり上げた。

私たちは変革を起こそうとしていた。

「この門扉が見えますか？」ドイツ人の妻より確実に十歳は年上の夫が尋ねた。そして、「ファシストに盗まれたので、戦後我々が新たに取り付けました。この建物には歴史があるんです」と、落ち着いてはいるが苛立ちをあらわにして注意を喚起した。おそらくそんな彼の敵意に満ちた冷静さが母をいっそう怒らせた。

「今、ファシストが何だっていうんですか？　あなた方には門扉が大切で、子どもは大切じゃないんですね。遊ばせたり挨拶したり頭をなでたりするどころか、庭の片隅にすわらせさえしないんですね。何ていう人たちなの？　私は子どもたちの遊び場所を確保するために、エイズになる危険を冒して、投棄された注射器を掃除しましたよ」

母は片方の手で自分の胸を打ち、腕に注射器を当てる真似をした。

ドイツ人の女性と夫は答えるすべもなく黙っていた。

あらかじめ決めておいた合図に従って私たちは再び服を着て、また戻ってくると母が宣言すると、一列に並んで家へ帰った。

そして、本当に私たちは戻って来たのだった。ロベルタが日向に面したいつもの場所に戻るまで、毎日午後、放課後に、中庭でみんなを驚かせた。

「手に入れるまで主張しなければならない。主張し続ければ、引き止めるものなどないのよ」と、タオル地のよだれ掛けをしたロベルタがうれしそうに手を動かし手首を回すのを見て、母は兄に説明した。

私たちの母は、漫画に出て来る英雄や映画で見るアンナ・マニャーニのようだった。大声で話して、屈することなく、みんなを黙らせた。

私と兄は自分の部屋へと続く廊下にいた。半ズボンをはいた足の、ふくらはぎの筋肉がこわばっていた。私たちは互いの目に自分たちの不安を見てとっていた。母のようになれず、いつになっても力不足で、どんな戦いにも勝てないという不安を。

二章　水に沈んだプレゼピオ

ある朝、キッチンに入ってきた私に、つばが型崩れしたエンドウ豆色の帽子を渡して母は言った。「あなたをあるところに連れて行く」と。

「お兄ちゃんはどこ?」兄の朝食用のカップがテーブルにないのを見て、私は聞いた。

「いないよ。お兄ちゃんは来ない」と母はそっけなく言った。「時間がないから、服を着なさい」

「双子とお父さんは?」私はなおも聞いた。

「管理人さんが見ててくれるの」と母は言葉少なに言って、「鼻にそばかすがあるのね」と、初めて見るように私の顔をまじまじと見て付け加えた。

母が大きくて私は小さいだけで、私たちは瓜二つだった。縮れた赤毛も、黄土色がかった緑色の目も、色合わせが下手なのも、細いグラスだと飲めないのも、鼻のそばかすも同じだった。

母と共通の特徴は、いずれも私にとって致命的な欠点だった。そばかすはにきびより悪かったし、目の色はいわゆる緑色でも黄土色そのものでもなかったし、白すぎる肌は病的で、髪は他の何より災いをもたらした。

母と私はバスとそれからメトロを二回乗り継いでヴァッレ・アウレリアまで行き、そこから最近新しくなった路線の普通電車に乗った。まるで銀河旅行に出かけるみたいだった。私のピンク色のタオル地の半ズボンは宇宙服で、型崩れした帽子は星を見るためにかぶるヘルメットだった。電車のシートは小さなひし形模様で、電動の青いヘッドレストは、眠りたければ頭を載せてひと眠りできるように、一部分が膨らんでいた。

紙やごみを捨てるには、金属製のゴミ箱が使えた。ゴミ箱を閉めると容赦のない音がして、私は電動のサメの口を思い起こした。私がゴミ箱の蓋を上げ下げしてカチャカチャ音を立てて遊んでいると、近くにすわっていたおばさんがため息をついた。すると母は「帽子を取り上げるわよ、帽子がなかったら日が当たってそばかすができるんだから」と私を脅した。

エアコンの冷気が下から上がってくるので、スニーカーを履いた足が冷えた。途中の駅の窓ガラスはプレキシ製で、支柱は緑色だった。家からどのくらい遠くへ来たのか知りたくて「今どこにいるの?」と尋ねると、母は「電車のなか」とだけ言った。

母はクロスワードパズルを持ってきていて、私の助けを借りずにマスを埋めていった。ちらっと見ると、ちょうど縦に〈星座〉と書いたところだった。

「どの?」

「どのって?」

「どの星座？」

「星のことは知らない」

「大熊座かも」

母は答えず、もう次の言葉である横の二十七番に進んでいた。

オスティアの海辺にある祖母の家へ行く以外に遠出はほとんどしなかったし、そもそも祖母の家に行くこともほとんどなかった。父をひとりで留守番させることになるし、祖母は双子をいやがるし、兄が夜でも海水浴場をうろついて麻薬の餌食になるのではないかと母が考えて、めったに遠出をしなかった。

「どこへ向かっているの？」足が冷えた私はパッド入りの表面がざらざらする座席に座って太ももをさすりながら母に尋ねた。

「家を見に行くの」と、パラソルやデッキチェアといったありふれた物について話しているかのように母は答えた。

「誰の家？」私は尋ねた。

「私たちの家よ」と母が答えると、私はからかわれている気がした。母の赤毛にだまされて、何もないところで電車から降ろされてしまうような気がした。

私たちは自分の家に住んでいるのではなく、人の厚意で住まわせてもらっているだけだった。厚意と言ったのは、恩情という言葉を使わないためだったが、恩情こそが適切な言葉だったかもしれない。あるいはそうではなく、援助、救援、急務、ことによると偽善と言えたかもしれない。

私が目をしっかり開いて駅名を声に出して読むと、母が「ローマの北にいるの。あれがカッシア街道で、ここは兵舎があるチェザーノ駅よ」と教えてくれた。私には、自分たちが大陸じゅうを横断し、各地の人々と知り合い、敵の領土に侵入して行くように思えた。

次の駅の青い看板には、アングイッラーラ・サバッツィアと書いてあった。母は私に降りるようにと言った。長旅で足がなまっていたけれど、私は黙っていた。電車が再び出発すると、私たちは駅からの道を人に尋ねた。

「湖までどのくらいで行けますか？」と母が聞くと、四キロメートル離れているのにバスがないことが判明した。歩くかヒッチハイクをするかしかなかった。

ということで、私たちは駅の構内を出た。駅前には、雨宿りができる庇のある場所と、雑誌の売店とコーヒーを売るキオスクがあり、細い道路が交差していた。道路の両側には田園が広がっていた。

もっと向こうには、不格好で物悲しい感じのする教会が見えた。最近建てられたのだろう。サーカス小屋のテントみたいな形をして、壁は透かし模様で、ガラスの扉には病院みたいな取っ手がついていた。てっぺんの十字架だけが教会であることを示していた。教会の裏手には集会所の草地があり、教会前広場には噴水があったが早くも壊れていた。

母は教会の前に立ち、誰かの車が止まって私たちを乗せてくれるのを待った。こわばった仕草でにこりともしなかったから、誰も私たちのことを気に留めてくれなかった。母は私の手をリボルバーを持つように握っていた。

襟ぐりが広かったり体にぴったりする服を着ることがほとんどなかった母は、膝丈で太ももの部分にポケットが付いた半ズボンをはいていた。そして、父が左官みたいだと言った、建築会社の電話番号とロゴがついた、男の子が着るような丸首のTシャツを着ていた。

私も、左官みたいな格好をした母も、いずれも赤毛だった。誰かが応えてくれるのを祈りながら待つ態勢をとって、ほとんど車が通らない道路から動かないでいたが、誰も止まってくれなかった。

「帰ろうよ」と私は母に言った。

母はいらいらしながら私をそばに引き寄せ、「ばかを言うんじゃないの。湖がある素敵な場所なのよ」と、確信しきったように言った。

＊＊＊

外から見ると、その建物は小さな工場みたいだった。ツナ缶か太い靴ひも付きの靴を生産し、工場の裏に廃棄物を置き、労働者が毎朝七時にタイムカードを押す、そんな工場みたいだった。しかし、実際のところそれは公営住宅群で、周りに庭付きの家々と、犬を散歩させる小さな公園が二つと、ハワイの砂みたいに白い、コンクリートで固めた長方形の広場があった。

近くには、集落の幹線道路に面して、建築資材を売る店と、二つ買えば一つ無料になる割引をする眼鏡屋と、建築中の家が一軒あった。

建物の窓はすべて同じ高さにあり、ミニテーブルと腰掛け二つとアロエの鉢とほうき入れがやっと入る、四角い小さなテラスが付いていた。正面玄関からは階段が左右対称に延びていた。古くも新しくもないこぢんまりとした建物は、ひだ飾りがついた服や真珠は身につけないけれど、目の下のクマを化粧で隠さず外出するのをいやがる中年女性に似ていた。

母が私を三階に連れて行くと、襟がVの字に前で交差してエプロンみたいに後ろで締める花柄のワンピースを着た女性が、握手をして微笑んだ。その満面の微笑は不吉な情熱を帯びていて、強盗を予感させた。

母がその女性を私に紹介すると、彼女が言った。「はじめまして。ミレッラです」

私は名前だけ言って、はじめましてとは付け加えなかった。

「家はトリエステ通りの家とほぼ同じくらいの大きさです」。女性は私たちに詳しく説明したがった。「小さなテラスは専用で使えるので、夏は最高ですし、安心して洗濯物が干せます。キッチンは備え付けで、ガスの装置は適正です。静かな場所ですし」。女性はそう言って、さらに説明を続けた。「ここの公営住宅はローマのとは違います。みんな仕事に就いていて、子どもは公園で遊びます」。そして、私たちの家の事情を察した彼女は、バスルームが広くて浴槽があるため、父も問題なく体を洗えると言った。「ソファと洋服ダンスはこのまま使ってくださってもかまいません。寝室は三つあります」と、感じよく勧めたが、その一つは明らかに物置部屋だった。スライスチーズがどれも小さなパッケージの中で薄切りになって分かれているように、その部屋が双子の部屋になるのだろうと私は想像した。

「完璧だと思う」と母が言った。

「何に完璧なの？」と私が尋ねた。

誰も答えなかった。

母と女性は、その家に何が残されて何が運び出されるのか、何にサインをしなければならないのかについて談笑したうえで、儀礼的な挨拶を交わして握手をした。ふたりの取り決めが何なのか、どのお金でその新しい家を買うのか、なぜ買うのか、私には理解できなかった。私たちがついに手に入れた家は、バスも通っておらず教会がスーパーマーケットみたいに醜い、この辺鄙な集落にあるのではなかったのだから。

私と兄のものになるはずの部屋に入ってみた。部屋を見てみると、サメのような灰色をしたレンガ素材の床は光沢も模様もなく、寄木張りでないどころか焼成もされておらず、単にざらついているだけで、セメントに縁取りをしたように見えた。壁にはいろんな色の水玉模様のひどい壁紙が貼られていて、布にくるまれた、ひどく騒がしくむずかる赤ちゃんか赤ちゃんの人形の部屋みたいだった。それに、壁は石膏板でできていたから、音がぜんぶ聞こえて、とても暑かった。陽が照り付けた部屋は灼熱の温室のようで、私はまるでレモンの木だった。

兄と同じ部屋で眠れることだけが私を安心させた。兄の寝息を聞き、兄が電気を消したり、洗濯物を入れるかごに靴下を投げ入れたりするのを見たり、夜中に、「以上」「お馬さん」「月」「さようなら」「電話して」「なんで？」と寝言を言うのを聞いたりすると、私は安心した。

ミレッラさんとハグを交わして、母は言った。「この家は救いです」と。

＊＊＊

私が初めて湖を見たのは、緑色の帽子をかぶった日ではなく、引っ越しの日だった。

母はかなり早くから引っ越し準備を始めていた。作業のリストを作り、荷造り用の段ボール箱とテープを見つけてきて、非の打ち所のない仕方で物をきちんと詰めだした。まるで薄紙とスポンジであるかのように皿とグラスを詰め、箱を閉じた。そして、ハンガーと天井から吊るす電灯を抱えて丁寧に運んだ。汗をかいて悪態をつきながら、物干しラックや藁が詰まった椅子や棚をひとりで引きずって運んだ。

私はといえば、母に任されたことをしただけだった。つまり、服を整理して各自の服の山に分け、さらに冬物と夏物に分けて箱に入れて荷札を貼り、部屋の隅に積み重ねた。

そんな日々、兄は何もせず、母が引っ越しを決めたことを、違法でナチスみたいだと言って抵抗した。

五歳になる、ほくろ以外は瓜二つの双子のマイコルとロベルトは、私たちがけんかしてひどい言葉を掛けあいながら引っ越しするのを、そっくりな目で見ていた。

新しい家に着くと、段ボール箱と家具の運搬がまた始まった。ヴィンチェンツォという名前の、母の幼馴染の男性が手伝ってくれた。兄と私は名前で呼んだが、父はあいつと呼んだ。

ヴィンチェンツォはバンを使わせてくれただけでなく、数少ない家具を持ち上げて新居まで運び入れてくれたのも、エレベーターを使って私たちの階まで父を連れて行ってくれたのも、空になったバンで引き揚げる前に湖だけでも見ておこうと提案してくれたのも、彼だった。

ヴィンチェンツォと母と私は、双子を兄に任せて湖を見に行った。なぜなら兄は、天の川と、宇宙に姿を消すため宇宙船に登る階段を探すエイリアンみたいに、家のなかを歩き回っていたからだった。

防波堤がある広場は駐車した車でいっぱいで、アスファルトの舗装路に沿ってぐるりと鉄の手すりがあった。私が母と一緒に船着き場に上がっているあいだ、ヴィンチェンツォはそばのバールでコーヒーを飲んでいた。

「この下には何があるの？」私は手すりから身を乗り出して暗い水を見たが、特に何も見えなかった。

「ぬかるみでしょ」と母は答えて、「下を見ずに、きれいな眺めを見なさい」と言った。

私が顔を上げると、母は指さして教えてくれた。丘、近隣の集落、オデスカルキ城、トレヴィニャーノの湖畔の道、森、それからチミーニ山系が遠くに見えた。「そっちはヴィテルボで、あっちはマンズィアーナ。遊歩道沿いでは泳げるのよ。木はポプラね。水は常に冷たすぎるということがないの」と母は言った。だが、私は再び下の水を見た。

「ねえ、この下には何があるの？」何か光るものが見えたので、私はもう一度尋ねた。

「何もない。水があるだけ」と母は言葉少なに答えて、引き続き他の湖畔や砂浜や集落を見た。

「家並みに当たる光がいいわね」と、母は最後に言い添えた。

私は何かの影が一瞬動いた場所を見つめた。陶器のかけらか、魚か、水を吸って膨らんだボールか。

ブロンドの少年が一人、手すりに腰かけて足を垂らしていた。その少年も私が疑問に思っているその地点を指さして言った。「あそこには、ずっと前からプレゼピオが沈んでいるんだ。赤ちゃんのイエスと牛やロバもいて、お祭りになるとライトアップされる。この集落の伝統さ」

私は身を乗り出して何度も見たが、もう何も見えなかった。水は澄んでいるのに、私が探すキリスト降誕のプレゼピオは見えなかった。

だから私は、「そんなの嘘よ」と言った。

すると彼は「クリスマスに見においでよ」と言った。

私は挑戦的な目で彼を見た。おかしな迷彩色の短パンをはいていて、ちょうど森から出てきたところという風貌だった。

母は「ばかばかしい。あそこにはイエス様の頭も目も足も聖母様のガウンも現れたりしないわ」と言って話にけりを付けて、私を連れて行った。私は母と少年のどちらが正しいか決めかねていた。何も見えない母と、すべてが見える少年と。

＊＊＊

ローマから引っ越してきたとき、兄は十五歳だった。青春期にさしかかり、兄の鼻はいっそう目立ってきた。長く伸びて鼻孔のところが引き締まった鼻の先は上を向き、鼻筋に突起があるかから、崖が切り立った山か、北海の入り江が入り組んだ海岸のように見えた。

家族の誰ひとり兄のような鼻はしていなかった。兄にとって鼻は、唯一実の父親から受け継いだものだった。兄は父親の苗字さえ受け継いでおらず、父親の戸籍の内容も、父親が何の仕事をしているのかも、知らなかった。だから、人混みの中で父親を見分けることも、クリスマス恒例の挨拶をするのに父親に会いに行くこともできなかったはずだ。

その鼻を、母は兄ならではの特徴だと言ったが、私は取って付けたようだと言った。兄の本当の鼻というより、偶然そこに取り付けられたように思えたのだ。母も双子も私も、もちろん父だって、そんな鼻はしていなかった。

それどころか、年月がたつにつれて、父は兄の鼻が兄なりの復讐かもしれないと決めつけた。大して労せず物事をやっかいにする、兄なりのやり方だと。苦労せずして人を傷つける能力を子どものように身に付けたと、父は決めつけた。

兄はどんな時にも顔の上に鼻があることを気づかされた。それは当然すぎるほど当然で、意識するからそうなるわけではなかった。

「最初に鼻ありきで、それからマリアーノが生まれた」と、父はテラスでタバコを吸ってアロエの鉢に灰を捨てながら言ったものだった。よく軋む、シミのついたクッションが敷かれた、お尻の形がくっきりついた椅子にいつもすわって。

アングイッラーラの新しい家の建物にはエレベーターがあったので、父はエレベーターを使って母か私に下に連れて行ってもらって公園へ行き、日陰か日向、あるいは陽に対して斜めにすわってうとうとすることもできた。つまり、多少なりとも世間に身を置くことができたのに、そうしたがらなかった。

ベッドから車椅子へ、車椅子から普通の椅子へ、椅子からソファへ、ソファからバスタブへ、バスタブからトイレへ、トイレからベッドへの繰り返しが、父の動線だった。

決してうまくいかない三日ごとの父の入浴の儀式に、私たちは苦しめられた。父を手助けして服を着せ、背中を押して、髪をとかすあいだ、父は悪態をついて怒鳴るので私たちは疲れ果てた。バスタブに入ると、父はいつも体をこわばらせていた。陶器製の石鹸入れを投げつけて手を切ったときは、血がバスタブの縁や床に流れてタイルの目地に跡が残った。

自分が生き残ったこと、つまり足場から落ちたのに即死しなかった事実の代償を、父は私たちに払わせたがっているかのようだった。まるでけがが私たちによって引き起こされ、私たちに落ち度があったとでもいうように。

母は父の冗談が耐えられなかった。父がニコチンと歯垢で黄ばんだ歯が見えるくらい大きく口を開けて、息子のことを笑うやり方が耐えられなかった。

「私のことは笑いものにしないのね」と母はいつも言った。

兄はたいがい父を無視したが、そうでないときは苦しんでいた。だから父を罵倒し、殴り、父がすわる椅子の後ろに回って首を平手打ちして髪を引っ張り、それから距離を取って言った。

「さあ立ち上がってかかってこい」と。

あまり背は高くなかったが引き締まった体をした兄は、空気がわずかに動いただけで興奮した。だから、家庭内のささいなものから学校での大きなものまで、彼の反発は数知れなかった。

「十五歳にして、腐りきっている」と父は言った。

ローマから引っ越して、兄は私たちの集落近くのブラッチャーノの、土地測量技師の技術専門高校へ通うようになった。いつも朝八時ごろバスに乗って行って、夜七時より早く帰宅することはなかった。とても血走った焦点の合わない目で私を見たことが何度かあった。今や兄の鼻は鋭利な武器へと変わっていた。

兄にとって、学校におけるすべてが間違っていた。先生がつける成績は生徒を管理する体制であり、トイレは先生を辱めるためにわざと汚されていて、体育の授業では無理やりサッカーをさせられ、歴史の教科書は嘘ばかりで、コンピューターの教室は溶けたプラスチックの匂いがして、用務員はトイレットペーパーを盗むからだった。

これらの不正のすべてに兄は反旗を翻した。

教室では手を上げずに発言し、先生自身が知りもしない本について話すと遮り、校長室のドアの前ですわり込みをし、トイレの外に貼るポスターを作り、フェレロのお菓子ばかりで値段が高すぎると言って、スナックの自動販売機を壊した。

「テレビのCMで見る物ばかり食べさせられる」と、夕飯のとき兄は学校のやり方が間違っていると訴えた。それに対して母はやさしい一瞥を投げかけたが、私は無言で、父はあざ笑った。

「お前がマリアーノをあんなふうにしたんだ。やつは遅かれ早かれ痛い目にあうぞ」と父は母に言った。

＊＊＊

「あなた、誰の娘さん？」

「アントニアっていう……」

「アントニア？　パトゥッツォのお孫さん？」

「いいえ。そんな人、知りません」

「じゃ、誰なの？　あなたたち、何者？」

兄は住み始めた集落についていろいろ教えてくれた。目立とうとするより先に、自分が誰か明らかにすることが必要である、ということなどについてだ。私たちが何者であるかをみんながしっかりわかって初めて、私たちの存在は認められる。どの家の者か、出身はどこか、住んでいるのはタウンハウスか庭付きの家かマンションか、どの地区に住んでいるか、商売をしているか、割引をしてくれるか、木曜日は規定通りに休みか、兄弟姉妹は誰の子と同じクラスか、職業は何か、私たちの車はあの赤いフィアットか、それとも舗道に停めてある車か、家の鉄柵は自動で開くか、霊柩車が家の前を通ったらシャッターを下ろすか。

ここの住人はあだ名が大好きで、新参者にあだ名を付けないと気がすまなかった。住人と見なされると、みんな新たな名前を付けられるのだった。就いている職業、住んでいる場所、祖父にまつわる昔話などによって、〈魚屋〉、〈カエル〉、〈暴徒〉などと呼ばれ、付けられた名前が撤回されることは絶対になかった。体のサイズぴったりに縫われた服みたいに、ずっと付いて回るのだった。

人とあだ名の連想は、多くの場合パン屋なら〈小麦粉〉、鼻が長ければ〈ナスカ〉というように簡単にわかったが、由来がはっきりしないあだ名もあった。実際そのようなあだ名は代々受け継がれたものであったり、一時的な状態だったり、二、三十年前に起きたけんかにまつわるものだったりすることが多く、とりわけ辛辣で重くて苦々しいあだ名として残った。

「場所もあだ名と同じさ」と兄は言った。〈洗濯場広場《ラヴァトイオ》〉にはもはや洗濯場はないし、〈兵士通り《ソルダーティ》〉にもはや兵士はいなかった。〈円筒通り《バラットリ》〉、〈水道管《カンネッラ》〉、〈山頂《ピッツォ》のカーブ〉、〈十字架《クローチェ》〉も同様だった。

場所の名前の由来を知らないとよそ者の烙印を押された。出自のわからないよそ者は、選挙で誰に投票すべきか、かかりつけ医を誰にするか、謝肉祭にどの山車《だし》を作ればよいのかわからない。魚祭りにワカサギのフライを作るにしても、みんなはどう頼めばいいかわからないので、手伝ってと頼まれることはなく、郵便局で挨拶されることもない。肉屋ではいかなる場合も他の人が先だから、自分の番ですと言っても取り合ってもらえない。

私はアングイッラーラで中学校から始めることになった。母から聞いて知ったことだが、当時この地はローマからの引っ越しブームを迎えていた。家は安いしゆったり生活できて、一時間列車に乗ればヴァチカンやトラステヴェレに行けるからだった。集落は内陸へと広がり、次々と建つ庭付きの家や、一定の時間内であれば無料で車を停められる駐車スペース、ガソリンスタンド、スーパー、公立学校、体育館で埋まっていった。こうしてローマ出身者が地元の人に混ざっていったが、この混ざり合いは不和や不安、そして懸念を生み出した。

私たち一家が何者なのか地元の人はさっぱりわからなかった。特に私たちがこの地にやってきた動機は、彼らにとって謎だった。

その時々で、私たちは信じてもらえそうな理由を考え出したり、単なる作り話をしたりした。貴族出身のおばがいるとか、スモッグ・アレルギーだからとか、田舎道が好きだからとか、ローマではもはやまともなトマトを買うことさえできなくなったからとか、麦の穂や乳牛の匂いが好きだからとか、散歩やトレッキングが好きで、いつか自転車で湖を一周してみたいからと。

母とミレッラさんが実際どういう関係なのか、私はわからなかった。わかっていたのは、私たちの子ども時代について詳しく話してはならないということだけだった。父については障がい者であるということだけを、家についてはそこに住んでいるということだけを話した。「ふりをするのでも嘘をつくのでもなくて、省略するの」と、母は私たちに教えた。この集落で家族の些事《さじ》や事情、取るに足らないことを話して聞かせるのは、手を繋がれて裸で集落の人と向き合うよりずっと悪いと教えられた。

ローマでの私たちの生活はいわば人質の生活だった、と母は言った。だから、家族みんなのために最上の解決策を選んだと。その解決策とは、ある種の人々、すなわちお金があっても賢い使い方をしたことのない人々と関係を持つことなく得られた解決策だった。ローマの集合住宅はカエルにおたまじゃくし、幼虫、ミミズがいる沼だったから、私たちが帆走できる水面が必要だったと母は言い、帆船と順風のイメージで私を納得させたのだった。

母は人の家を掃除する仕事をしていたが、掃除以外にもいろんなことができた。例えば、壊れた家具を修理し、動きが鈍った皿洗い器を再起動させ、ランプを取り換え、ラジエーターの詰まりを直し、シンプルな服を縫って靴下を繕い、学芸会や仮装の衣装を安い費用で調達し、棚やバスルームの家具用に木をカットすることができた。必要とあれば芝生も刈ったし、バラを上手に育てた。人がうらやむほど園芸上手で、バルコニー、テラス、そして庭に花を咲かせ、仕事を終えて帰る前に芝地に水を撒いた。

母は仕事をする家々でも我が家と同じように指揮した。引き出しの中を片付け、子どもを叱り、どの洗剤を使うかを決め、洗濯物の干し方を強引に伝授し、日曜大工の製品で銀器を磨き、家じゅうに脱ぎ捨てられたスリッパについて小言を、散らかったおもちゃについて文句を言い、野菜や専用の容器に入れられたチーズに消費期限の白いラベルを貼りつけ、工場で製造したおやつとコカコーラで妥協しないための買い物リストを作り、学校から帰ってきた女の子たちの髪をとかして三つ編みにしたから、誰一人母を怒らせようとはしなかった。

母が仕事をするのは複数階ある庭付きの家で、ときにはプールやガレージもあって、呼び鈴の上には〈犬に注意〉の札があり、ソファには毛長の猫がいた。そんな家が母によって完全に支配されていた。

洗濯ばさみもコルク栓も食卓用ナプキンもリモコンも、すべてが母の管理下に置かれ、母の趣味でもって家族のために選んだ場所に有無を言わさず置かれた。

家の持ち主は母にゆるぎない信頼を置き、お金の管理を任せ、整備のために乗って行く車の鍵を渡し、祝日や夏休みやクリスマスに有給休暇を与えた。もう着ない服はぜんぶ母にプレゼントしたから、母は服を持ち帰って私と兄に着せてみた。父でさえ何度もサイズの大きいシャツやズボンをもらい、母はすぐにその裾上げをした。もっとも、もらった服を着ても、父はせいぜいベッドからキッチンの食卓へ行くだけだったけれど。

そうして何年も働くあいだ、母は宝石やカポディモンテの小ぶりの彫像や銀製のナイフや象の形をした小さなクリスタル製品をくすねることだってできただろう。だがしなかった。なぜなら、それらは母の物ではなかったからだ。母は他人の物に対して用心し、死者に接するときのように敬意をもってふるまう人だった。

父がほんの冗談で、家にない物、例えば切らしてしまったパスタや塩、トイレットペーパーといったありふれた物を持って帰ってくれと頼んだだけで、母は激怒した。そして、冷ややかな声で夕飯は作らないと宣言し、ドアをばたんと閉めて出て行き、必要な物を買ってきた。そうすることで、何が不足し何があるかを決めるのは自分だけだと、みんなに思い出させるのだった。

それからほどなくして、集落のみんなは私たちのことを〈赤毛のアントニアの子どもたち〉と呼び始めた。

三章　痛みを感じたことのない人は性格が悪い

成長するには苦労が必要だ。子どもでいられる時間はそう長くない。いつまでも守られ世話を焼いてもらい、水を飲ませてもらい口を拭いてもらい、助けてはもらえない。自分で世間に出て行くときがやって来る。私にもそんなときがやって来た。

小さな町は確かに安全でも、学校はローマの方がいいから、アングイッラーラやブラッチャーノの中学校へ行くのは私のためにならないという考えに母は至った。兄のことを父も母も信用していなかったということもあって、一人娘の私は勉強して優秀な成績で大学へ行き、医者や技師になるか、財務省に入るか、小説家にならなければならなかった。しかも何にもまして、息つく暇もなく丹念に本を読まなければならなかった。

ジュスティニアーナにある中学校がいいと、母は何人もの人から聞いた。ローマ北部の交通量が多いこの地区は、カッシア街道が真ん中を通り、守衛と監視カメラ付きの集合住宅が、プレハブの建物や中華料理店と混在していた。

新しい学校では、オッタヴィアやパルマローラのようなかなり庶民的な地区の子どもと、入り口の鉄門が自動で三百もあるインターフォンから家を選ばなければならない、治水工事地域の集合住宅から来るお金持ちの中流家庭の子どもが交ざっていた。とはいえ、子どもを私立学校に送りたがる、いわゆる本物のお金持ちは決して集まっていなかった。

学校に名前があったかどうかさえ私は知らない。学校がある地区や電車の駅名でいつも呼ばれていたからだ。初めてローマからアングイッラーラへ私を運んだのと同じ電車の車輛から、私は毎朝降りた。私が通過し、大急ぎで走り、フラストレーションを感じる場となったこの車輛は、通勤客で混みあい、駅は前に倒れそうになり、定期券はとても高かった。電車が遅れると、一限に間に合うよう走るはめになった。車掌が来るとトイレに隠れた。

私が住む集落は二つの派に分かれていた。つまり、湖畔の学校へ行く子どもと、私のように電車でローマへ行く子どもだ。しかも、ばかげていると思われるけれど、ローマへ通う子がけっこういた。通学電車が快適で、私が通うような学校のほうがいいと考えたのは、母だけではなかったのだ。

私は毎朝七時に起きた。町役場がようやく導入を決めたバスを待って駅まで行くと、学校へ行く他の子どものナップザックや鼻や目のくまが目に入った。私たちはそれぞれ違う駅で降りた。高校生と中学生、チェザーノからローマのテルミニ駅へ行く兵役の人やサン・ピエトロで働くアタッシェケースを持った男の人たちが交ざっていた。

学校が始まって最初の数週間、私は幼虫か繭の中のかいこのように口を閉ざし、恭しいほどの物思いにふけって、つれづれに巡る考えに耳を傾けた。電車も、電車の窓やヘッドレストもなじみのないものに思われ、閉め切った匂い、朝の汗の匂い、ツンと鼻をつく脱臭用の香水の匂いが重たく感じられた。私はひとりナップザックを膝に置いてすわった。ナップザックは最初兄が使っていたもので、私に渡すにあたって母が厚紙で底を補強した。私が小さなポケットに自分の名前を書くと、母は「あとでマイコルとロベルトが使うんだから、ペンで汚したり絵を描いたり、女の子っぽく変えたりしてはだめ。きれいに使いなさい」と文句を言った。

駅で見かける顔は、そうは言ってもいつも同じだし、そのうち目が合うようになったので、学校でも互いに顔が見分けられるようになった。たとえクラスが違っても、私たちアングイッラーラの生徒は、オオカミやライオンの群れよろしく、休み時間に会ったり電車でおしゃべりしたり廊下で挨拶し合ったりし始めた。

こうして私はアガタとカルロッタと知り合った。

アガタは小柄で、髪はきれいなブロンドだった。血色の悪い顔で微笑む彼女は、まつげも明るい色だった。自分はあまりかわいくないといつもこぼして、自分しか気づかないような欠点を気にしていたが、アガタは高く結わえたポニーテールだけでなく日焼けした肌も、同年代のすべての男の子の注目を集めた。父親が乳牛と豚と飼料を扱う仕事をしていたので、日向で作業することは、家族の務めの一部だった。

カルロッタは年齢より早く成熟し始めていて、腰は女性らしく柔らかで、腿はむっちりしていた。襟が広く開いたTシャツを着て、ヒューという音を出して独特の笑い方をした。彼女は人を従わせることもできた。左右が違う顔のことをいやがっていたし、耳は大きすぎてあごが長く、目は小さくて黒っぽかったが、そばかすや歪んだ膝を気にする子どもっぽい私やアガタにはない自信を持ち、自分らしく生きていた。

自分の友だちが王女様みたいかそうでないかと評価することに、私は興味がなかった。というのも、私たちは必要に迫られて友だちになったからだった。私たち三人は城塞であり、城塞を守ってくれる軍隊を欲し、城塞を取り仕切ってくれる人を探していた。

私たちは、まだ自分の体や人の体にこだわるほど大人ではなかったけれど、自分たちを互いに見る目が何年かするうちに無言の戦いになり、互いに敵対する党派に属して毒矢でだまし討ちすることになるであろうと予感するほどには、じゅうぶん大人だった。

「新しいフード付きトレーナー？」とカルロッタが聞いた。

「ううん、兄のなんだ。なんで？」私は答えた。

「フエルトペンみたいな緑で、センス悪い」

「家にあったから」

「アニメの登場人物みたい」

三が私の好きな数であったためしはなく、すぐに居心地悪く感じた。少なくとも五人はいる、食卓では誰かが大声をあげている大家族に慣れていたからだ。泣くときは寝室で泣くものだとよくわかっていたものの、静まり返っていると私は怖くなった。

私たち三人は居心地よく感じるには数が少なすぎ、他のふたりから大事にされていると感じるには数が多すぎた。

一方で、私と母、私と兄、私と父、あるいは私たちは、群れをなす、にぎやかな家族だった。そもそも私たち三人の友情が、蝶番《ちょうつがい》が外れたように生まれたことを、私はいぶかしく思った。それに、私は友情に向いていなかった。友情というものの力学も友だち同士の無理解もわかっていなかった。どんな時に応じるべきなのか、あるいは距離を置くべきなのかがわからなかった。しかも、友だちを家に招待できず、友だちの家に連れて行ってくれる人もいなかった。私が放課後に友だちと出かけるのは、少なくとも来年まで待つべきだと母は言った。私は男の子を惹きつける魅力もなかったし、新しい話題も提供できなかったし、ゲームも持っていなかったし、化粧品や貸してあげる服もなかった。私がみんなに差し出せるのは、兄のフード付きトレーナーと、双子のおむつと、父の車椅子だけだった。

自宅での生活について、私は彼女たちと話さなかった。お母さんが間違って、縞柄のシャツや、ピンク色がよかったのにすみれ色の自転車をプレゼントに選んでしまったと彼女たちが文句を言うと、私は頷いたが、私の潜在的な妬みは小さなヘビがお腹を地面に付けるように姿を隠していた。私はその妬みを手塩にかけて育て、腸の入り口で世話を焼いた。可能であれば養分を与え、友だちが二人いることが、あまり価値のない友だちでいることよりも重要なのだという希望を持って、妬みをかばった。

だから、彼女たちの新しいシャツやネックレスをほめたり、学校のノートに〈大好きなガイアへ〉と書いてもらうと感激したり、自分の物を買うにはおやつを我慢して買わなければならないのに、彼女らにお返しのヘアピンや漫画雑誌をプレゼントしたりした。

ときどき三人の間に不均衡が生じたり消えたりすることがあり、私はそれをどう消化すればよいのかわからなかった。ふたりと一緒にいて、あるいは私自身に腹が立つ日があるかと思えば、アガタが私を思いやってくれていないように感じる日があった。そうかと思えばアガタは、私を息が詰まるほど抱きしめて、電車の中でマニキュアを塗ってと言ったりした。カルロッタにしても、私のスカートのことをサーカス小屋から出てきたみたいだと言ったかと思えば、髪をとかしてくれたり人造宝石が付いた腕輪をくれたりした。

彼女たちは私が物を持っていないことをかわいそうに思っていたか、私に与えることで優位に立っていると感じられるのがまんざらでもなかったか、どちらかだった。わからなかったが、たぶん両方だったのだろう。私は自分の空間に身を置く術を、家の中で学んで知っていた。空間からはみ出すことなく、あてがわれた場所――段ボール箱であれ洋服ダンスであれベッドの下であれ――にいれば、人に迷惑をかけず、埃もたてず、みんな寛大でいてくれて、ひどい目にあわされることはなかった。

アガタとカルロッタと一緒にいると理由もわからずふたりの怒りを買い、私が謝ることがよくあった。なぜだかわからない要求を前に、私はぺこぺこした。一つまた一つと彼女らが押し付けて来る要求の根拠を不文律に従って探し、陰で悪く言われれば要求を受け入れた。ふたりのいずれも正しいとは思わなかったけれど、もめごとでは中立を保ち、状況を鎮める必要があれば白旗を振った。

私が我慢したのは、彼女たちといる限り学校でも家の周りでもひとりぼっちにならずにすんだからだった。遠足でも校庭でも駅でも、私は少人数のグループに属していた。私たちはみんな一緒に校舎に入り、互いへのほめ言葉を書いた日記帳を交換し、年上の男の子のことを話し、たいていの場合ありもしない恋の手柄や成就を語り合った。とてつもなく大きな世界の中で自分たちがちっぽけであるという悲劇に居合わせていた。

私たちはお互い残酷で、こっそり意地悪して物を盗み合ったりした。かといって、物を盗まれた者は他のふたりが盗んだと気づくから、表ざたにすることもできなかった。互いに泥棒や敵であるとわかっていながら、いつも変わらぬ笑みを浮かべて仲良しという舞台へ上がるのだった。外から脅威が迫ると私たちは結束した。楯を立てかけ互いを守り、他のふたりのために嘘をついて仮病のふりをし、圧力をかけたがる親や、人を傷つける暴君教師と戦った。

私たちの友情は普通といえば普通だった。笑い、泣き、勝者にも敗者にもなった。ゴムのように引っ張られて爆発しそうにもなった。私たちの無邪気な友情には、いかなる悲劇の匂いもなかった。

＊＊＊

私の学校は古くて、設備にいろいろ問題があった。それに、正門にたどり着くには、急な坂を上がらなければならなかった。

教室の数は生徒数に比してじゅうぶんでなかったため、校庭にコンテナが二つ設置されていた。コンテナは夏になるとカビの格好の温床になり、冬になると凍った。クラスが交代でコンテナを使わなければならず、運が悪ければ他のクラスと合同で使うこともあった。

学校には体育館がなく、黒いアスファルトの空き地があるだけだった。だからスポーツをするには、週二回ある授業を二時間に合体して、学校からそう遠くないスポーツ・センターを使わせてもらった。そうして、一年の半分は屋内プールで泳ぎ、残りの半分は屋内コートでテニスをした。

スポーツに参加するには余分にお金を払い、水泳帽、水着、水中眼鏡、ラケットなど必要な物を買わなければならなかった。

最初の数か月は建物内の三階で体育の授業を受けた。スポーツ・センターでのカリキュラムがまだ始まっていなかったからだ。体を動かすときは、アスファルト上でドッジボールをして、ウォームアップのためにぐるぐる走らされた。

友だちは同じクラスではなかった。他の女の子に対して私はとても慎重になり、信用しなかった。なかには留年した子もいて、私より年上のそんな子たちにとって私は子どもすぎた。子どもっぽい子を早く大人っぽくさせようと、タバコを吸ったり男の子とトイレに入るようにそそのかす子もいた。いやだと答えるとすぐのけ者にされ、つまらない愚か者を見るような目で見られた。

だから私は、日替わりでクラスメートと今にも壊れそうな同盟を結び、自分から話し出すことはなかった。授業終わりのベルが鳴るとすぐに教室を飛び出し、友だちを探して校庭にある自分たちのものと決めた低い塀に一緒にすわった。私のベンチ、私の筆箱、鍵が壊れているからドアを押さえ合うトイレ、私たちの塀と、私たちは空間のなかに自分ならではの印をつけて、馴染みがなく怖いものを、自分に手なずけたがった。

友だちが話すこととクラスメートが話すことは、実際には決してそれほど違わなかったが、私にはかけ離れているように思えた。私は高波を自分が選んだ流れに乗って泳いだ。

ジャージの上下を着たクラスの男子で、体が大きくなったばかりの子どもの清潔な魅力をもつ子は誰一人いなかった。彼らは筋の通らない下品な会話のやりとりをしてげらげら笑った。にこっとするだけでは満足せず、大笑いし続けた。何時間も何日も何か月も、変わることのないマニアックでしつこい冗談を言って過ごした。クラスには、耳を動かせるのを自慢する子や、Tシャツから鎖骨がわかるくらい痩せた子、髪が脂っこいために野球帽を絶対に脱がない子がいた。だが、興味を引くような男の子は周りには皆無だった。いたとしても、ずっと年上だった。他のクラスにはいたし、湖畔の集落には確実にいた。とにかく、価値がなくランク付けに値しないクラスの男子は、すぐに記憶から消えた。

私の唯一の使命は、赤点を取らず、通学中の電車で勉強して、午後は中学生にふさわしいことをしていると母に見せることだった。それは、先生との面談に呼ばれ、なぜ一人で行動するのか、母が何の仕事をしているのか、私たちがどこから引っ越してきたのかという、先生に話したくないことを説明させられるのを避けるためだった。

数学の女の先生は生徒にあだ名をつけるのが好きで、私にはＰＨ４・５とつけた。自分を感じがいいと思っている先生に、私がつっけんどんに応えるためらしかった。英語の先生は、しつこくて強要する人だった。私たちが動詞や複数形を間違えるとノートに百回書かせたから、私のノートは副詞と代名詞と自動詞であふれていた。イタリア語の先生は私が書く作文を嫌った。先生によると、私はいつも話の筋から脱線するらしかった。だから先生は赤ペンで下線を引いて、最低合格点をつけることが多かった。それからこの先生は、授業中生徒のおしゃべりを聞いただけで冷静さを失い、名簿を閉じて両手で振り回し、教壇をたたき始めた。だが、私が決して打ち負かすことのできない敵は、技術教育の先生だった。なぜなら私はずさんで、製図をするのに丸をきちんと閉じることができず、すべての線をにじませて汚し、定規を使っても手が震えるからだった。しかも兄のお下がりのバインダーには、上に兄が書いたか削ったかしたのを、母がうまく消せなかった乱れたAの字が残っていた。

口頭試問をうまく切り抜けて技術教育で合格点を維持できるように、私は必死で勉強した。プレハブと電気設備がどのように作られているのか、建物の構造システムや作図を暗記し、織物の技法と陶器の知識を完璧に身に付けようとした。私が描いたものを父に見せると、父はそれをからかって笑い、自分の考えではこう描かれるべきだとしびれを切らして私に示したりした。だが、父も母も勉強したことも図面を描いたこともなければ、文章を書いたことも解釈したこともなかった。それに、もし勉強していたとしても、年を取るにつれて勉強したことを忘れてしまったはずだ。

図案の宿題が出たとき、兄は私の問題を解決しようとしてくれて、他で使いたいはずの時間をかけてコンパスを回し、黒ペンで線を引いた。しかし、先生をごまかすことはできなかった。というのも、先生は同じ作業を授業で私にさせたからだ。左利きの私はすべての紙をペンで汚し、左から右へと複数の垂直線を引くことができなかった。

だが、そんな蛮行を突発させても私は困らなかった。それどころか、何かができないでいることで私は守られた。勉強ができる生徒は先生側にいる裏切り者であり、みんなは人食い人種のように裏切り者の肉を噛もうと待っていた。成長過程の私の肉は崩れて伸びて薄くはがれていた。みんなは、醜いしるしや、きつくなってしまった服や、顔のあざを、貪欲に探した。

クラスメートの嘲笑的な表情を免れる者はいなかった。何が嘲笑に駆り立てるのかは不可解で、私の場合は髪を切っただけでゲリラ戦が勃発した。

私の家では美容院へ行けなかったから、母が自分を含めて子どもと大人みんなの髪を切った。前回母は、伸びすぎて枝毛になった私の髪をばっさり切るタイミングだと言って、あごの長さまで切った。すると前髪の一部が短くなりすぎて耳がぜんぶ露出し、赤いスポンジみたいなおかっぱに縁取られているように見えた。

私が教室に入るとクラスメートはすぐそのことに気づいた。何かへんだよねと笑い、耳が大きいとか、私がキノコやコケに似ていると言った。そして、赤ずきんちゃんとかダンボとかと呼び、休み時間で私がいないあいだに、私の机の上に巨大な耳をした人の絵を描いて、その誇張された耳で今にも飛び立ちそうだということを私にわからせようと、私の背後で飛行機の真似をした。

だから私は、子どもっぽい口だと言われた時と同じく今回も鏡で耳をチェックして、いつもと変わらないことがわかると、母のせいにし始めた。

「お母さんが髪を男の子みたいに切ったからよ」と、私は学校から泣きながら帰ると、大声で言った。

「そんなことない。とても似合っているよ」と母は自己弁護した。

「私は頭の悪い男の子みたい。胸もないし髪もない」

「どっちもあるじゃない。こんなくだらないことで泣くなんて本当にばかね。世の中には髪以外に絶望すべきことがあるのよ」

「お母さんにとっては、すべてが、私が大変な思いをしていることよりひどいんだね」

「大変な思いをする、の意味がわかってないことが問題ね」と母は言った。「私は必要もない美容院にお金を捨てるようなことはしないの。どうしても必要なら、カチューシャかヘアピンでもつけて勉強に戻りなさい。学校はきれいに見せるために行くところじゃないのよ」母はそう言い終えると、うんざりしてため息をつきながらアイロンをかけに行った。母は他人の家での仕事以外に、自分の家のこともしなければならなかった。

私が部屋まで走って行って中に入ろうとすると、鍵がかかっていたので何度もノックした。兄が、勉強しに来たはずの女友だちと部屋にこもっていたのだ。

私は誰も彼もがいやになり、部屋のドアにもたれてすわった。そして、女友だちが再び服を着て兄がドアを開けるまで待った。

実際には、私のクラスメートは早々に私と私の耳のことに飽きたが、ある男の子だけは違った。

＊＊＊

彼はアレッサンドロという名前で、私の頭にあごを置けるくらい私より背が高かった。近視用の細いフレームの眼鏡をかけた彼は、サッカーが上手でいつも校庭でボールを蹴っていた。髪はふさふさした黒い巻き毛で、一か月に一回はスニーカーを替えた。両親は地区の人みんなが買いに行くケーキ屋を営んでいた。

私へのからかいがまだじゅうぶんでないと考えた彼は、私をからかい続けた。銅の甲冑を着た単騎の騎士に対して、私は馬にも乗れず槍も持っていなかった。

彼にとって、私の名前は〈耳〉でしかなかった。教室で、廊下で、休み時間に、下校時に、遠足のバスで、私を繰り返し〈耳〉と呼び、私の机やノートに〈耳〉と書き、みんなの前で大声でそう呼んだ。「〈耳〉、こっち来いよ」、「〈耳〉、これやれよ」、「〈耳〉はあそこにすわれ」と言った。

最初、私は怒って、家でも教室でも文句を言った。先生に言いつけたりもした。だが、誰も私の不快な気持ちにまじめに取り合ってくれず、にっこり笑って肩をすくめた。他のみんなもされているから、私だってそうされると言うかのように。

私は無視したほうがいいと考え、〈耳〉と聞こえても振り向かず、彼が前を通っても挨拶せず、彼の居場所がわかっていればそこへは行かなかった。一緒に口頭試問を受けても助けてあげなかった。私は自分の周りに壁を築いて安全な場所で身を守った。すると彼は爆発した。嘲笑されると恨みの感情が生まれ、悪い冗談を言われると冒瀆された気持ちになるものだ。

ある日、私たちが学校の中庭でいつもするようにぐるぐる回って体を温めていると、アレッサンドロが言った。「〈耳〉、気を付けないと、転ぶぞ」

私は彼に足を払われて転んだ。

気づくと、アスファルトの地面にうつぶせになっていた。あごを打ちつけて切り傷ができ、Tシャツに血が流れていた。手のひらには黒いアスファルトの粒が食い込んでいた。不意の急襲に膝が震え、すぐには震えを止めることができなかった。

彼はこっちを見ていたが、満足しているようには見えなかった。しかも、血を見て一瞬あわてた。やりすぎたと感じたのか、私を起こそうと手を差し伸べた。私はその手に触れず自力で起き上がり、トイレへ行ってきれいに洗い流してそこで静かにしていた。

「ごめんな、〈耳〉。わざとじゃなかったんだ」と、彼はトイレの外で私に言ったが、私は返事をしなかった。

すると彼は私の本当の名前を呼んでその場を切り抜けようとしたが、私はこれにも応えずトイレから出て、膝が痛いにもかかわらず中庭に戻ってぐるぐる回った。そのあと私は日陰にすわり、彼を含むみんながドッジボールをするのを眺めた。

勝ちを決めた彼がチームのみんなと喜んでいた。

先生はこの件をまったく気にも留めず、痛かったわねとも言わなかった。ツイードのスカートとブーツをはいて体育の授業をする先生は、いつも赤紫のマニキュアをしてベレー帽をかぶっていた。そして、走るよりタバコを吸っている時間の方が長かった。

その晩私は母に、アスファルトの地面から松の木の根が飛び出していて転んだと説明した。母は「松の木の根を切ってもらうように言いに行くわ」と言った。

私は「頼むからやめて」と言った。

この件はアレッサンドロをおとなしくさせたが、すぐ元に戻った。

彼は早々にまた〈耳〉と呼び始め、他のみんなにもそう呼ばせて実名の私を永遠に消すことで、新たな私を作り出そうとした。ブスで痩せて胸が平らで、キスしたこともないし、二等辺三角形も描けない、〈耳〉という名の私を。

クラスのパーティでは、私は招かれていないと言い張った。私の家の電話番号を手に入れると、電話してきて「〈耳〉」とだけ言って切ったり、母か兄がいると思う時には無言電話をかけたりした。

別のクラスメートや私の知らない人にも電話をかけさせたため、夜でも数時間にわたって電話が鳴った。それでも私は降参しなかった。何が原因なのか母に言わなかったのは、私の代わりに母が話をつけるのを見るのは、負けを認めることだったからだ。

何が起きているのかを母か兄に言えば、間違いなく間に入ってくれて問題は解決しただろう。母は大騒ぎをして叱り、兄は以前もあったように学校の門の前まで行ってアレッサンドロを殴っただろう。母も兄も不正を消す力を持っていた。でも、今回の件はこれまでとはまったく違うように私には思えた。自分が成長したような気がしていた私は、自ら身を守れるようになりたかった。

　学校へ行くのが日に日にいやになった。常に陰口をたたかれてクスクス笑われ、犬歯が見えるほどゲラゲラ笑われた私は、吸血鬼に取りつかれたように感じた。私の血は静脈から外へ流れ、常に眠気に襲われていた。

　屋内プール月間が始まって状況は悪化した。母が縫った水着はお尻のところがきつすぎて、いつも自分で調整して着なければならなかった。おばさんがよくかぶる花の絵が描かれたピンク色のゴム製の水泳帽からは、赤毛がはみ出していた。痩せすぎの足はそばかすだらけで、胸はヒラメのように平らで、腋と足の毛は剃られていなかった。私の負けは明らかだった。こうして、秀でることもなければ撃沈することもなかった私の子ども時代は終わった。

　私をいじめる理由は倍増していった。どぎつい緑色の大きすぎるサンダルを履く私や、バタフライができずに常に溺れそうな私は、いじめられる自分を自ら作り出していた。

　再び教室に戻るとき、私は塔のてっぺんに立つようにみんなの注目を浴びて席に着いた。

　私以外の女子はクリスマスに初めての携帯電話をもらった。どれも灰色でバナナみたいに大きい携帯をみんなは鳴らして思いを伝え合い、間違いだらけの文法のメッセージに「あなたのこと好きよ」と書き合った。

　みんなのこのような光景から私は切り取られていた。無数の陶器のかけらや彫像や聖遺物箱を見てうんざりした、ヴィラ・ジュリアのエトルリア博物館への遠足で撮ったクラス写真みたいに。

光沢のある糊がきいた紙に印刷されたその写真が配られたとき、私はハサミで左上の端にある自分の頭を四角く切り取った。

チョキッ、チョキッと切ると、私の頭が下に落ちた。

〈耳〉の顔が写るその四角い紙の断片がそこにあった。〈耳〉は私ではなく、私の知らない誰かであり、その痕跡をできるだけ早くなくしてしまいたかった。

私はその顔を父の灰皿に入れた。父が灰皿を見もしないでタバコの火を消すのを知っていたからだ。その日の夕飯が終わったときもそうだった。タバコの灰が写真に穴を開けた。

***

生理が始まって血が太ももについているのを見たとき、私はいら立ちも震えたりもせず毅然として母のところへ行き、お尻を出したままパンツを持って、どうしたらいいか尋ねた。

母は私をバスルームに連れて行き、自分のナプキンを出して、紙をはがし羽の部分を開いて何枚かのパンツに貼り付けてくれた。そして、その日からずっとその手順を踏むことになると私に説明した。

母はナプキンがどこにあるか教えてくれた。私たちの共有になったナプキンを、母は三つのグループに分けた。一番色が濃いのは生理が始まったとき、紫は痛みが少なくなったとき、ピンクは生理の終わりか出血が少ないときに使う。

出血が多いときは私に言いに来なさい。生理が来ない時も言いに来なさい。学校でお腹が痛くなったらじっとしていなさい。血圧が下がってめまいがしたら横になりなさい。

常に体を洗いなさい、と母は繰り返し言った。びっくりするかもしれないけど、常にシャワーを浴びてビデを使い、汚れたパンツとシーツはすぐに洗うこと。そうしないとしみが残るから。でも一番大事なことは、生理はあなたに関わることだということ。つまり、自分で気にかけなければいけない。男子には気を付けること。男子が「君を信じるよ」と言ったり、わかっているように見えたりしても、わかっていないのだから。今日からあなたには子どもができるということ、それから避妊は自分自身が考えなければいけないということをわきまえなさい。

「私みたいになってはだめ。私は十七歳でトニーっていう男との間にマリアーノを産んだ。その男は今も刑務所で殺人の罪を償っている」

「マリアーノはそのこと知っているの？」私は聞いた。

「知らないし、知らなくていい。この世には何の役にも立たない男がいっぱいいるの」

母が私の汚れたパンツを漂白剤につけると、私は胃がきゅっとなった。

その晩以降、私と兄を同じ部屋で寝させることをまずいと感じた母は、どうするか考え始めた。心を決した母は、部屋の一方から他方へひもを張り、何枚かシーツを縫い合わせて私と兄のベッドのあいだに吊るした。そうして、私が兄に見られずに服を脱いで動けるようにした。

「これ何の冗談？」兄は部屋に入って来るなり言った。

「あなたの妹にはプライバシーが必要なの」と母は答えた。

こうして、兄の寝言を聞くことができた子どもの私と、それを終わりにしなければならない大人の私とのあいだに、塹壕が築かれたのだった。別々に遊び、服は違うのを着て、私側の壁にはポスターが、兄側の壁には政党の旗が貼られ、シーツと枕カバーもそれぞれ違うものになった。夜、仕切り布に、兄が作る操り人形のような影絵が現れたり消えたりした。

実際、私の体は変わっていった。このことを私以外のみんなは心配した。父はともすれば、誰が私に話しかけ電話をかけてくるか、私の友だちが誰で、敵が誰かについて、意味不明の注意や心配を向けた。

そして可能であれば、私のノートや日記帳をめくって見るようになった。自分が守ることのできない世界に未熟な私がいることに、父は苦しんでいた。

恐れているようには決して見えなかったが、私がヘビのように脱皮して以来、父は兄に、私に注意しておくようしつこく頼むようになった。「妹が何をしているか、どこへ行くか、よく見ていなさい」と言い続けた。

兄が「俺は子守りじゃない」と言うと、ふたりは口げんかになった。

食事の時間になるとみんなが言い合って暴言を吐いた。ラケットについて言い合ったときは最悪だった。

学校ではプール月間が終わり、テニスの授業が始まろうとしていた。中古品が見つからなかったし、買うのは高すぎたから、私はまだラケットを持っていなかった。

このところ私の表情が暗いのに気づいていた母は、他の出費、すなわち父と兄のタバコや電気代、電話代、母が選ぶ家庭用品、髪を染めるお金を切り詰めているのだから、ラケットを買うべきだと主張した。

「テニスの授業をして何になる？　金の無駄遣いで、トイレに捨てるようなものだ」と、父は人参とストラッキーノ・チーズが並ぶ夕飯の席で興奮して言った。

「授業がどうのというんじゃなくて、必修科目なの」と、今度は母が応えた。水が入ったグラスをコトンと音を立てて置いたものだから、水がこぼれた。

「お父さんの言うとおりだよ。ラケットが何だよ。それに、十三歳にもなってないからすぐにやめてしまうよ」と、兄は不思議なことに父の味方をした。

こうなると私は女だから、父と兄は自分たちが男であることを思い出して、思いがけず新たな同盟の枢軸を結んだ。

「みんなに許可をもらおうとしているわけじゃないことを、はっきりさせていなかったかもしれないわね。私はラケット用にお金を貯めているわけだけど、ラケットを買うためにみんなが各自我慢しようということが言いたかったの」と、やつれた顔で母は兄を見た。

「じゃあ、全員にそうしてくれるわけ？　僕らみんなラケットを買ってもらえるの？　それなら僕もほしいな」と、兄は口にパンを入れたまま母に食いついた。

「私を困らせないで。あなたは何も買ってもらえないよ。ガイアが今厳しい局面にいることが母親としてわかるの。お兄さんならそのことをわかってあげなくちゃ。それなのに、集会やグループのことばかりで、好き勝手にぶらぶらしているじゃない。それを私たちが見ていないとか、わかっていないとか思っているわけ？」

「厳しい局面だって？　にきびがあって貧相な尻をしてるから？　こんなことが厳しいことなの？　お母さんはいつもただの偽善者だ」

「お母さんはあなたたちをどうにかやっていけるようにしているだけ。私がいなかったら、あなたたちはどうしようもない人間になるわよ」。母が立ち上がって皿をテーブルにたたきつけると、皿が割れて人参が飛び散り、チェックのテーブルクロスが汚れた。そして双子が泣きだした。

私はろうそくになった。消えたまま燭台の上で平衡を保っていた。

そんなこんなで、一週間のうちに私はラケットを買ってもらい、父と兄はラケットについて話すのをやめた。私たちが間違ったことをしたときの常で、ふたりは〈おあずけ〉の罰として、母からもう話しかけられず注意を払われなかった。

テニスの授業が始まった。私はテニスの授業を心して受けなければと感じ、授業が終わるとラケットをケースにきちんとしまった。それは私がはじめて持つことになった新品の一つだったから、きちんとする責任を感じたのだ。

テニスの授業があるたびに、家に帰ると母のところへ行って何を習ったか話した。サーブをしたこと、上体がどんなふうに柔らかにしなるか、ボール集めをしたこと、赤いコートを走り回ったことを話した。

テニスは好きではなかったが、自分のラケットには敬意を感じてやさしい気持ちで眺めた。兄が不公平だと言うのを聞き、母が兄を非難するのを聞いたからには、ラケットをきちんと維持できなければならなかった。

屋内コートでテニスをするのは、プールで泳ぐより確実にうまくできた。私の体操服はかっこよくはなかったけれど普通で、継ぎはぎも花柄もなくてそれほどおかしく見えなかった。それに、クラスで一番安物のラケットであっても、つやつやしてきれいだった。私はラケットのケースを誇らしげに肩にかけて、駅で友だちに見せびらかした。「これ新しいの。新品なのよ」と繰り返し言った。

みんなは携帯電話を持っていて真珠のピアスをしていたが、私にはラケットがあったから気にしなかった。

だがそれも、ラケットを壊される日が来るまでのことだった。私がアレッサンドロに関心を示さなくなるにつれ、彼の卑屈な感情は増した。私から無視されるたびにいらいらして顔が真っ赤になり、自分を無能に感じて空回りした。

だから彼は悪知恵を働かせて、私が一番いやがることをした。剪定ばさみをナップザックにしのばせて家から持ってきて、私が顔を洗っているあいだに、静脈を切るみたいにラケットのガットを切った。

ラケットの真ん中に穴を開けて使い物にならなくして、剪定ばさみを隠し、ラケットを私が置いていたベンチに置いた。注意散漫な先生たちは気が付かなかったし、クラスメートは共犯だったから、彼は何事もなくテニスをしに戻った。

替えのTシャツと下着を入れておいた大きな鞄のそばに、ガットを切られたラケットがあるの

いても役に立たなくなったその楕円形の物は、無防備に見えた。生気をなくして落ちぶれていた。持ち手は付いていても役に立たなくなったその楕円形の物は、無防備に見えた。

アレッサンドロが私の方へ強情でまぶしいほどの笑顔を見せたのを見て、私は彼がやったと確信した。

試合と練習が再び始まったが、私はもはや気力を失ってベンチにすわった。雷に打たれたように、養分を断たれたように感じた。修理にかかるお金のこと、母に話すまでにかかる時間のこと、自分のラケットを守れなかった愚か者とみなされるだろうなどという考えが、頭に浮かんだ。

二時間にわたる授業が終わると、私は立ち上がってアレッサンドロのところへ行った。

「話せる？」と私は聞いた。

「〈耳〉、何について？」

「ラケットのこと」

「話せない」

「あなたがやったんでしょう？」ガットが切れて穴が開いたラケットを見せて私が言うと、彼は肩をすくめた。

他のみんなは屋内コートから出ていくところだった。私とアレッサンドロが最後まで残っているのを見た先生が、ちょうどよかったと、パイロンとボールを集めるように言った。

「あなたがやったんでしょう？」私は先生を無視して繰り返した。

コートには私たちだけが残っていた。

「そうかもな」と、彼は微笑んだ。

彼はほんのいたずらをしただけだと信じていた。大した意味のない冗談で、お腹をつねったり、横に吊るされた木の上にのった人を押したり、髪を引っ張ったりするようなことだと。

私は彼のことを考えた。彼が腕にはめている、私のラケットの三倍の値段の時計、ジェルをつけた巻き毛、十四歳の誕生日に買ってもらう約束になっているスクーターのことを、ロゴ入りのTシャツやブランドの眼鏡のことを考えた。彼のお母さんが作るザバイオーネがどれだけおいしいかとか、砂糖菓子にかけるピンク色のアイシングのことも考えた。それから、私の家のチェックのテーブルクロス、割れた皿、人参、安売りで買った洗剤、私のことが嫌いになってカーテンの向こうからしか私を見なくなった兄、金魚と一緒にいるのを私に禁じたドイツ人の女性、ファシストに盗まれたという鉄門、腕に注射器を当てる真似をする母、双子がいつも寝かせられていた段ボール箱、歩けなくなって集中治療室にいた父のことを考えた。そして、私は殴り始めた。

持ち手を取ってラケットを持ち上げ、両手で握って彼の膝を一回、二回、三回、四回、五回と殴ると、七回目に彼は地面に倒れて泣き叫んだ。

傷口から血が出て、レンガ色のコートの地面に流れた。彼は立ち上がろうとしたができなかった。私は血で汚れたラケットを投げた。私はわかっていた。もし私が先生に話していたら、先生は私のラケットを修理させただろう。そして彼の両親を面談に呼び、両親は私に謝っただろう。だが、そのとき私にとって重要だったのは、そんなことではなかった。

膝を痛めつけられた彼をそこに残して、私は彼のバッグが置いてあるところへ行った。バッグを開けて彼のラケットを取り出し、自分のケースに入れた。彼にはそれが、彼がしたことの代価だとは言わなかった。私は謝罪も罪の償いも求めていなかった。

彼は暴言を吐いてわめきたて、ぜいぜい息をした。私は屋内コートを出て、体育館の外へ出る大階段を早足で歩き、道路からガソリンスタンド、そして駅前広場まで行った。肩にラケットのケースを掛けてベンチにすわり、十三時二十三分発のヴィテルボ・ポルタ・ロマーナ行きの電車を待った。ちょうどそこにカルロッタが現れて、「元気？」と聞いてきた。

「電車は五分遅れるよ」と、私は応えた。

区民公園でバラを抜いたからでも、期限までに図書館に本を返さなかったからでも、何度も口を大きく開けて食べたからでも、非常用の優先車線を追い越しに使ったからでも、フルーツ味のグミをめぐって子どもとけんかしたからでも、嘘をついたり悪意を抱いたりしたからでもなかったはずだ。けれども現実には、人はこんなふうにして邪悪な人間になるのだ。

四章　世界は冷たすぎるプールだ

子どもの頃、母が兄と私のためにきれいに掃除してくれたセメントの正方形の地面が、唯一の遊び場だった。小学校には校庭もサッカーをする小さなコートもなくて、休み時間は廊下で過ごした。中庭には松の倒木が斜めに横たわっていたからだった。木の周りは、子どもに立ち入り禁止を知らせる紅白のテープで囲われたものの、誰も木を動かそうとはしなかった。テープが切れると、誰かが結んだ。小学校の五年間、教室の窓から松葉と松ぼっくりがたくさんついたその木の幹が見えていた。根の部分はセメントが原因で腐っていた。中庭に横たわる木の眠りは、その眠りが私たちの間違いのしるしだと言わんばかりだった。

私たちが最初に住んだ家に近い小さな公園は、注射器だらけだった。日中でも、女の人や男の人が腕を伸ばして静脈に針を刺したままベンチにすわっていた。針を抜くのを忘れてしまった彼らのために、抜いてあげようという人などいなかったからだ。

母はそんな人を見ると、近くへ行って言うのだった。「誰でもいいから、この人たちの腕から注射器を抜いてあげてよ。私は怒りで涙がこみあげて来る。ひどい目にあわされ重荷を負わされ、廃人にされて。私は同情しているんじゃなくて、この人たちのことが心配なの」

母は素朴なおもちゃを私と兄だけで使うことを決まりにしていた。だから、シーソーも滑り台も、他の子どもたちと自転車で衝突する空き地もなかった。

私たちが家の外へ出ると、子どもにふさわしくないすさんだ場所で、母自身も子どものとき見たことがある凝りすぎたおもちゃに出くわすのではないかと、母は恐れていたのだった。

あるとき、母が子どものときのことを話してくれたことがあった。母が生まれた地区で、ある日、貼り紙が掲示されたときの話だ。その貼り紙には公営プールの工事が始まったと書いてあった。プールができたら、住民のための水泳教室が設けられ、老人と子どもに割引をすると。市の関係機関はさらに、新しい施設、バスの新路線、公共のゴミ入れの定期的な回収、夜間の麻薬密売の監視を公約に掲げていたという。

プールの工事が始まり、掘削が行われた。まず地ならし機、それからセメントが運ばれ、技師が来て、建築許可が下りた図面が届いた。市長と評議員もやって来て、今まで誰も完成させることのできなかった工事を見ようと、みんなが集まって来た。

そして、プールはできたが、落成式は行われなかった。コンクリートが注がれてプール漕が樹脂で絶縁され、飛び込み台が設置されても、プールに水がはられることはなかった。

年月がたつにつれ、その公営プールは人を嘲笑する道化のように、プールそのものの亡霊のようになった。地域再生のシンボルになるはずだったのが、一転して何もかもが頓挫してしまった。

人々はプールにゴミや使わなくなった家具を入れ始めた。マットレス、底が抜けた肘掛け椅子、割れたバスルームのタイル、排水管。プール用塩素の代わりに殺虫剤が撒かれて、救命具の代わりにネズミとゴキブリがいた。

もはや誰も望まなくなったその広い場所に、不履行と忘却の匂いがするその場所に、それでも子どもたちは遊びに行った。児童公園や広場といった、友だちに会う場所が他になかったから、教会へ行くよりそこで会うほうがましだった。母と友だちは会う約束をするとき、「プールで会おうね」と言ったそうだ。

プールの汚れた水は、果たされなかった約束のようだった。少年たちは飛び込み台にすわって、病が積み重なったプールの上に、絶壁のごとく足を垂らした。

そして、更衣室になるはずだった、骸骨のような小部屋の並びでかくれんぼをして、〈新しい公営プールがオープンします〉という字が残る大きな布の後ろに隠れて、タバコを吸った。

日時も場所もすべて決まっていたのに、誰もプールをオープンできなかった。ペンキは雨ではげて、タイルははずれた。工事を入札した会社は倒産を宣言し、不法行為についての調査が行われたが、その調査も中止された。プールの訴訟の資料は、他の訴訟と共に決着不可能な資料として積み重ねられた。

母は私に、プールの件以降、市役所を信じるのをやめたと打ち明けた。市役所が地域を清掃すると言ったときも、道端に放り出された人を助けると言ったときも、失業中の家庭に住まいを供給すると言ったときも、新しい遊び場やトラムの路線や衛生公社の支部を作ると言ったときも、母は取り合わないで笑った。

そして、誰かがしてくれるのを待つのをやめて、自分でした。陽炎《かげろう》のように開設が頓挫してしまったプールで私たち子どもが遊ぶことはなかったが、母は、掃除しなければならないものがあれば自分で掃除し、禁止すべきものがあれば自分で禁止し、土地の境界線を引く必要があれば自分で引いたのだった。

アングイッラーラの家の真ん前の広場にメリーゴーラウンドが設置されようとしているのを見て、母はそれが、自分がした選択が正しかった印だと認識した。そう認識したのは、子どもの遊具が危険だとして母が改めるように意見したことがあったからなのか。あるいは、お祭りや移動遊園地で、金魚やぬいぐるみの象といったかねがね望んでいた賞品を獲得するためには、危険はもとより狙いを定めて撃たなければならないということを、母が忘れていたからかもしれない。

＊＊＊

移動遊園地は年に一度、復活祭の休み中にやってきて、二、三週間とどまった。大きな広場の片側には、上がり降りする銀色の妙な小舟がいくつも設置された。小舟は舳先が赤くて宇宙ロケットに似ていた。これには、特に小さな子が親に連れられてよく乗りに来た。親たちは小舟の機械的で反復的な動きによって、子どもが未知なるものを知り、飛行を経験するのだと考えて、上の方を指さした。

遊園地に必ずあるのがいわゆる空中ブランコだった。小さな椅子が鎖で円形状の物に吊り下げられて回る遊具だ。椅子は回り始めると速度が増して、徐々に高く上がった。椅子を上昇するように前方へぐっと押し、たいていの場合ポールに吊るされている賞品を手でつかむことができれば勝ちだった。この遊びは、ゆっくり回すなら子ども用の単純な遊びになり、大学生が調子に乗ってすれば残虐な競争にもなった。私たちは調子に乗った学生だった、というか、少なくともそんな学生になりたがっていたが、実際にはまだ十二歳で自己も定まっておらず、宇宙ロケットがいやだと言ったところで、スクーターやタバコを買うお金などなかった。

私たちは三つのアトラクションに夢中になった。

一つ目は、〈パンチ〉という、ボクシングに使うような楕円形の砂袋が吊るされたマシーンだった。パンチが強ければそれだけ多くのポイントがもらえた。男の子たちは何時間も、あるいは一日中でも、誰が一番強いパンチを食らわせるかを競って過ごした。人によって、助走をつけてしたり、ひじを高く引いて額に皺を寄せてしたりした。砂袋を一センチすら動かせない人は負けで、みんなに笑われた。私たち女の子はその周りに円になって、どんなふうに勝ち負けするのかを見た。大声で応援したりげらげら笑ったりしながら、髭も生えていないしセックスも知らない男の子たちの男らしさをからかって、彼らをもっと男らしくなるように促した。一番強く打てた人は尊敬の眼差しで見られ、領主に仕える家臣のように威張って歩いた。私たち女の子はパンチをさせてもらえなかったが、したくもなかった。ボクシングをしてけがでもしたら、しとやかさを失うから、気が進まなかったのだ。それでも砂袋まで行って、バカにして笑いながら軽く砂袋を殴る女の子もいたが、半ポイントすら上げられなかった。私たちのパンチは乳児のパンチに等しかった。

二つ目は、カルロッタのお気に入りのゴーカートだった。私の家のバルコニーの前にある広場の中央に、屋根付きの黒いリンクが設置されていた。そのリンク内で、擦り切れた黒革のハンドルが付いた二人乗りの車が走り回るのだった。どの車にも側面に番号が描かれていた。楽しみはただ一つ、運転手同士のぶつかり合いだった。車には分厚いゴム製のバンパーが巻き付けられているので、衝突は緩和された。ところが、笑いたい盛りの私たちには、ぶつかり合うだけでは足りなかった。実際、男の子たちは狙いを定めて遠くから観察し、大きく旋回しながら敵意をもって衝突させる車を探した。衝突するたびにボンッと大きな音がしたから、車同士が当たると互いに悪態をついた。でも、カルロッタがゴーカートを好きなのは、それ自体子どもっぽい遊びであるゴーカートのそんなぶつかり合いのためではなかったし、小さな子どもには不向きだと言って私たちがゴーカートを占領した理由も別にあった。それは、〈キスのゲーム〉という、遊園地の支配人が考え出した更なる楽しみだった。

リンク上で運転していると、ある時点で支配人が鐘を鳴らすのに合わせてすべての車が止まる。そして、番号が呼ばれる。すると、その番号の車にすわっている人は立ち上がり、誰か好きな人にキスをしなければならない。キスされた人はコインをもらえて、そのコインがあれば次回無料で乗ることができた。キスを獲得するということに興奮したカルロッタは、同乗者にいつもアガタを選んだ。というのも、アガタは私より多くキスされたからだ。一方私は自分の存在を消していた。自分の番号が呼ばれるかもしれないというだけで、私は動揺して指に汗をかいた。誰のところへ行き、何をして、誰に近づけばよいのか、わからなかったのだ。もちろん、男の子のなかには、いいなと思う顔があり、他の女の子ではなくこの私を選んでほしいと思う人は何人かいた。特にある男の子からは選んでほしかった。彼はアンドレアという名前で、すらっと背が高く、額の部分の髪をまっすぐに切っていた。他の子と比べると方言を話さない彼は、よく色付きのTシャツを着て、つぶらな瞳をしていた。そつなく振る舞う彼は多くの女の子に好かれていた。侮辱されたら反応し、当事者になったら引き下がったりしなかったけれど、攻撃的ではなかったし、自分から口論を仕掛けたりしなかった。

番号を呼ばれたアンドレアが、車から立ち上がって私のところへ来ると想像するだけで、私は動揺した。だが、彼が私のところへ来ることはなかった。偶然に番号を呼ばれても、同乗の友だちを立たせて、彼はすわったままだった。彼がどこを見ているのか、私を見ているのか見ていないのか、他のことを考えているのか、誰のことを考えているのか、友だちと小声で皮肉な言葉を交わすとき何を笑っているのか、私にはわからなかった。

カルロッタは立ち上がって誰にキスするか選ぶのが好きだった。彼女が屈託なくそうするのが私はいやだった。彼女においては期待で不安になるということは決してなく、どんな障害にも成長にも備えができているように見えた。ただ、男の子たちは彼女の目配せが特にうれしいというふうには見えなかった。彼女の何かが、顔か、手入れのされていない眉毛か、だんだん大きくなっていく腰かが、男の子たちに好まれなかったのだろう。

誰も望んでいない愛を与えるというカルロッタの喜びが気づまりで、彼女が立ち上がると私は顔をそむけた。そして、与えることも受けることもないキスから身を守るために、私はただ車を旋回させ、どの車に衝突させるかを決めて、アクセルをいっそう強く踏み続けて後を追いかけることしかできなかった。私の車に衝突された車に乗った人の体が前のめりになり、首がガクッとなり、背中が丸まった。女の子が立ち上がってキスしようとすると気持ちをくすぐられる男の子たちが、女の子に衝突される際に見せる戸惑った目を見ると、私はさらに満足した。私のパーカーは形が崩れ、フードが上に引っ張られて髪と耳と額の半分を覆っていた。車にすわった私はまるで男の子みたいだった。

「なんで怒ってるの?」一回分が終わって車を降りるとき、アガタが私に聞いた。アガタはコインを四つ獲得したから、その晩ずっとゴーカートをして遊べたが、私の方はその朝兄がくれたお金を使い果たしていたから、コインを獲得できなかった子に交ざってリンクの周りにいるしかなかった。

「怒ってない。ただ、ゴーカートはこういうものでしょ。〈キスする車〉じゃなく〈ぶつかり合う車〉なんだから」と、私はアガタに答えた。

私の口調はぶっきらぼうで尖っていた。声もたぶんそれまでの自分の声とは違っていた。アレッサンドロとのラケットの戦いに勝って以来、私はすぐにも戦いに臨める気がしていた。

あの日以来、クラスの男の子は私に話しかけるのをやめた。アレッサンドロを殴ったのが女の子だったと言う勇気がある者は誰もいなかった。先生たちは取り調べをし、アレッサンドロの両親は取り調べを受けた。息子は救急病院へ行くはめになり、もうフットサルができなくなるかもしれなかったから、両親は損害賠償を求めて学校を訴えると言った。

「射撃したい？」とアンドレアが聞いた。私は彼が誰と話しているのかと思ってあたりを見ただけで、答えなかった。

すると、彼は「射撃したい？」とまた聞いて、ジーンズのポケットからお金を出した。彼は私に話しかけていたのだった。

私たちが夢中になった三つ目のアトラクションは射撃だった。壁に面して置かれた空のコカコーラやスプライトやファンタのでこぼこになった缶を、渡されたピストルか弾が入った小銃で倒した分の賞品がもらえた。倒した缶が三つまでなら何ももらえない、十個ならカエル、ネズミ、キリンといった小さなぬいぐるみが、三十個ならチョコが詰まった発泡酒の瓶に似た瓶が、ぜんぶ倒したら巨大なぬいぐるみがもらえた。そのぬいぐるみは二メートルもあるピンク色のクマで、首に赤いリボンがついていて、クラゲのような黒い目をしていた。

私は射撃をしたことがなかった。缶のほとんどは木の台座に貼りつけられているはずだし、三十缶倒せたとしても、それ以上倒せない射撃はばかげた、お金を巻き上げる遊びに思えたのだ。人がするのを見ると、ひとつかみのチョコをもらうのに必要な数より多く倒せた人はいなかった。チョコをもらった人は低い塀にすわってチョコを食べ、ジーンズをチョコとタバコで汚して戻ってきた。

私はアンドレアをちらっと見て言った。「いいよ、やってみよう」

彼は一セッション分のお金を払って撃ち始めた。曲がって握ったピストルで、せっかちに的を狙った。武器がどういうものかわかっていないように思えた。彼は家の客間の絨毯の上にすわり、招いた友だちをビデオ・ゲームで死に導くくらいが関の山だった。本物のピストルは、人参やブロッコリーやナスのようなただの物として握るのではなく、何を撃ちたいかわかって握らなければならないと私は思った。

アンドレアを見ていると、いくつか缶に命中したが、かすめただけとか、動きもしない缶もあって、ほとんどの缶が立ったままだった。友だちが集まってきて、カルロッタとアガタまで彼を駆り立てた。私たちの集落では、紹介されたことがなくてもお互い知っていたから、言葉を交わしたりそばに行ったりするだけで仲間になれた。

そのあと、アンドレアが「君の番だ」と言って、カウンターにまたお金を置いた。彼の目が一瞬挑戦的に光るのが見えた。すると、彼のやさしさだと感じられていたものが、私をからかうという目的になってしまったように思われた。ゴーカートで私は、気持ちをわかってもらい受け入れられたいと熱望する片思いの人のように彼に付きまとったのだから、今度は私が試練を受ける番だった。

私がピストルを手にすると、射撃小屋の持ち主の女性が弾の数を教えてくれた。あとでもっと弾がほしくなったら、さらにお金を払うのは当然のこととして、最初から新たに始めなければならなかった。一セッションにつき、商品は一つだった。

私が頷くと、みんなは離れて行った。世間に逆らう兄の服を着た、母親に下手に切られた髪の女の子がピストルを撃って弾を外すことなど、みんなにはどうでもよかった。私はみんなを笑わすことはできたかもしれなかったが、私がもたらす笑いさえ、みんなには何の価値もなかった。学校で、アレッサンドロが松葉杖をついて教室に入って来るのを見たイタリア語の先生は、涙を浮かべロに手を当てて、「こんなことが起きてはいけません」とつぶやいた。

私はまがい物のピストルを握った手をゆっくり上げた。片眼をつむって狙いを定める瞬間、身震いも動悸も感じなかった。「みんな、見てて。ほら、私だって射撃ができるから」と、大声で言いたかった。

そうして撃ち始めると、いくつか倒れた缶がカラコロと鳴る音と空砲の音がした。五つ続いて缶が倒れると、私はやめて手を休めた。自分がどうやって缶を倒せたのかわからなかった。腕がぴんと伸びて、指が引き金を引き、目の焦点が的に合うのを感じただけだった。それはまるで、初めて歌ったら鶯《うぐいす》のような美声の持ち主だとわかるのに似ていた。

そんな私を意識して、アンドレアが運の良さについて気の利いたせりふを言ったり、風があったと指摘したりして笑った。

私はなおもピストルを持ち上げ、六つ目の缶を狙って撃った。そうしてさらに五つ倒して弾を装填した。脂っこい髪の、襟ぐりの広い鮮やかなピンク色の服を着た射撃小屋の女性が、笑顔を引きつらせて地元のとは違う方言で私の射撃について何か言ったが、私は強いてわかろうとしなかった。

フラミンゴだけができる片足立ちで平衡を保つ人や、リズムよくパーカッションのテンポを感じながら踊る人や、足し算や引き算をするのに紙や計算機なしでできる人がいるように、私は射撃ができた。私の足はかさついていて、パーカーは大きすぎで、頭はからっぽで、どんな未来があるのかわからなかった。

賞品が賭けられ、その商品をもらえるかもしれないという事実からして、射撃は私にとって格別だった。他のみんなにはそんなことはなかっただろう。でも、物を貯めたくて、靴や口紅や髪用のゴム輪をたくさんほしかった私には格別だった。ピンク色で耳と丸い鼻がついた大きな動物のぬいぐるみは、ご褒美と儲けの匂いがした。

私はピストルを手で持ち上げて缶を見据えた。一、二、三、で撃った。小さい頃、私はメリーゴーラウンドに乗ったことがなかった。王女様の格好をして王冠をかぶって笏《しゃく》を握りしめたかったけれど、メリーゴーラウンドも王冠もクリスタルの靴もお金がかかった。

最後の弾になった。今、私の背後には人が大勢いた。私は本来受けるはずのない異常な注目を集めていた。みんなは言った。まだ腕の筋肉も付いていない、替えのパンツを買うお金さえない小娘だと。

私はゴール近くまで来たのに倒れてしまう人のようになるだろう。ゴール直前まで他の人とせっていながら負けてしまうだろう。最終カーブで足が利かなくなる競走馬に、馬に振り落とされそうな騎手に、ゴールを外すサッカー選手になって、木製のメダルをもらうだろう。気持ちが高ぶって散漫になり、情けを抱いたために、わずかな差で負けるのだ。

私は最後の弾を撃った。コカコーラの缶が揺れたことで、だましはなかったことがわかった。

缶はすべて倒れた。私はピストルをカウンターに置いた。

私の友だちたちが叫んだ。ゴーカートでひとり取り残されるあのなんだか変なクラスメートでも、学校で〈耳〉と呼ばれている、蚤の市で買った蛍光ペン色のＴシャツを着たクラスメートでもない、ヒロインの私と、これで仲間になったと思ったのだ。

だが、私はうれしいと思えなかった。そこにはまだ弾を撃つ、不動の、冷徹な私がいた。

私をじっと見ている射撃場の女性の方へ視線をあげた。

そして、「賞品がほしいんですけど」と、腕を広げて彼女に言った。私は世界を、宇宙すべてを腕に抱ける準備ができていた。

女性が振り向いて、二メートルあるクマのぬいぐるみを苦労して小屋から出そうとすると、クマの後ろに完全に隠れてしまった。彼女はどうやって私にクマを渡せばよいかわからず、私もどうやって受け取ればよいかわからなかった。クマは私の二倍近くの大きさで、人間というか、巨人みたいだった。女性はクマを私の前の地面に置いて、「おめでとう」と言った。

女性はそう言ったが、喜んではいなかった。私の射撃を見て困惑して、私がインチキをしたのか、どうやって缶をぜんぶ倒せたのか、誰か代わりに撃ったのかと自問していた。私もよくわからなかったから、自分の後ろを見てチェックした。

そうして最後に、私は自分の前にある毛の塊を仰ぎ見た。私はクマを抱きしめて名前を付けるべきだったかもしれない。あるいは、クマをそこに残して、クマなんてどうでもいいと言うべきだったかもしれない。

だが、私はその代わりに「お金、ありがとう」とアンドレアに言った。彼は驚くべきかあわてるべきか判断しかねていた。

だから、彼は「こういうの、ビギナーズラックって言うんだよね」と返事をしてみて、クマをじっと見た。背中に倒れてくるかもしれないと思ったのだ。彼はほしくもないばかげた賞品を私が獲得したから笑おうと思ったが、彼だけでなく、誰も笑わなかった。

私は他に何を言えばいいのかわからなかった。すると、兄が私を探しに広場へ降りてくるのが見えた。もう夜九時で、子どもは寝る時間だった。

「それ、何？」と、兄は私に聞いた。

「クマだよ」と私は答えて、「家に持って上がるのを手伝って」と付け加えた。

兄はそこにいるみんなを植物か石を見るようにじっと見て、それ以上何も聞かずにクマの頭をつかんだ。そして、私が足を持って、ふたりで家まで持って上がった。玄関ドアのところではクマを押して部屋に引き入れたものの、部屋にクマを隠すなど不可能だった。

母はラジオをつけて音楽を聴いていた。そして、バルコニーのそばでタバコを吸う父のために、パティ・プラーヴォの歌をうたった。ふたりとも、隣の部屋にピンク色のクマがいることなど、知りもしなかった。

ところが翌日、母は、私の側と兄の側を隔てるカーテンがあるところでクマを見つけた。そこでクマをまじまじと見て、「どこから持ってきたの？」と聞いた。

「賞品でもらった」と、私は説明した。

「どうやってもらったの？」

「移動遊園地のゲームの賞品」

「こんな物を賞品にするなんて、何のゲーム？」

「射撃」

しばらく黙っていた母が怒りだした。あごに皺を寄せ、用心深い目をしていた。

「すぐ返してきなさい」

「いやだ。当てたんだから」

「そんなばかな。それに、そんな物、あなたには必要ない」

「誰にでも必要でしょ」

「いいえ、ピンク色のクマなんて、誰にも必要ありません。この世は間違っている。子どもにピストルを撃たせてぬいぐるみを当てさせるなんて、ひどい世の中よ」

私はクマを返さないと叫び、母の目の前で家が揺れるほどの勢いでドアをバタンと閉めた。母はなおも、ピストルは遊びで撃つものじゃないし、まして本気でなど撃っちゃいけないと怒鳴り続けた。でも、私は母の言うことには耳を傾けず、自分の賞品を見つめた。巨大なクマは表情がなく、スフィンクスのようだった。

＊＊＊

二〇〇一年の夏、私は中学校を終え、魔女みたいにあだ名をつけるのが好きな数学の先生とさよならをした。テニスコートのことも、お尻のところがきつい水着のことも、私は忘れた。ラケットは洋服ダンスに隠しておいた。自分の間違いの代償も払わず、直線もコンパスを使って描く円もあいかわらず描けなかった。世の中で起きていることなどには注意も払わず、わが凋落と、いつされるかわからない復讐のはざまで宙づりになって生きていた。

アニメ、ミニスカートをはいたヒロイン、踊る人形、おやつのコマーシャル、いつも他人の画面でしかその存在を知ることができなかったMTVの動画や間違って見てしまった画像は、もはや思い出になった。ようやく母から解放された私は、女友だちの家で放課後を過ごせるようになり、あらゆる禁止事項を前に、魅せられたように時間を過ごした。一方で友だちはみんな、そんなことには無頓着で、いつも胸の下までの短いシャツを着ておへそを出し、マイクをオンにしておしゃべりをしていた。

十三歳にはなったものの、私はまだキスをしたことがなかった。七月も末に近い頃、家では数えきれないほどの戦いが繰り広げられていた。母が楯を立て、兄が鋭い剣を手にして、居間の真ん中で決闘していた。

「クラスの友だちも電車で行くんだ」と、兄が説明した。

「あなたはどこにも行っちゃいけません。十七歳なんだから」と、母が応えた。双子は床にすわって、どちらがより埃を立てられるかを競っていた。

「ううん、僕は行く。世界レベルのデモなんだ。テルミニ駅を朝早く出る電車があって……」

「あなたに言うのはこれが最後よ。どの電車にも乗っちゃダメ」

「お母さんは、周りで何が起こっているか関心はないの？　挑発されて始まった戦争に資金提供して、お金と投資のことしか考えていないんだよ。お母さんは、銀行や、僕らが払わされるお金のことはどうでもいいわけ？　自分の家すらないくせに……」

「わかってもいないことをしゃべってるわね。戦争や多国籍者や家について何を知っているっていうの？　あなたがすべきなのは勉強と仕事であって、逮捕されることじゃない」

「お母さんはわかってない」

「いいえ。自分が十七歳であることをわかっていないのはあなたよ。ジェノヴァには行っちゃダメ。私があなたの姿を見て声を聞けるここにいなさい。命令よ」

「お母さんはいつもみんなを助けたがるんじゃなかったっけ？　ストライキをして、支配されないようにするんじゃなかったっけ？」

「私はあなたより年をとっていていろんなことを見てきたから、自分がしていることがわかっているけど、あなたはわかっていない。まだ子どもなんだから」

「どっちにしても僕は行くよ。僕をここに鎖でつなぐことはできないよ」

父も意見を試みた。「アントニア、俺たちだってデモに参加して歩いたじゃないか。若い者は、人と衝突して最前線にいなきゃいけないものなんだよ」

「へぇ、そう？　我が家はどうなの。あなたが足を失って歩けなくなったから、私は忌々しいことに他人の家の掃除をしているのよ。若者は勉強しなきゃいけない。勉強していればいいの」

「お母さんたちの考え方は終わってるね」と、兄がからかった。

私はといえば、いつものことが目の前で起こっているときに見せる表情をした。みんなが何のために言い合っているのかわからなかった。耳を塞ぎ、大声で叫びそうだった。自分の家族が、家族の窮乏が、苦しみが、私は敵のようにいやだった。

兄は母のことを落伍者だと言った。しかも、母がよくわかるように注意して〈ら・く・ご・しゃ〉と音で分けて言った。

それから二、三日後、兄は起きて友だちの家へ行くふりをして、普通列車とメトロを乗り継いでテルミニ駅まで行き、ジェノヴァ行きの電車に乗った。

私たち家族は、携帯電話もテレビもパソコンも、通信手段は何も持っていなかった。固い木靴で踏みつけ、私たちを置き去りにして早足で走り過ぎる世界の過去に、私たちは閉じ込められていた。

母は固定電話で兄の友だちに電話して尋ねた。友だちのお母さん、お父さん、それから休暇中の先生など、手当たり次第に尋ねた。誰が兄に電車代を渡したのか、誰が何番ホームから電車に乗ると教えたのか、誰と行ったのか、どこで寝泊まりするのかを尋ねた。

母はラジオのニュース番組をつけ、キッチンのテーブルに着いてニュースを聞いた。放したくないとでもいうように、ラジオを頬にくっつけていた。爆撃を受けた建物の地下に閉じ込められた少女の亡霊のようだった。

「アントニア、明日にはきっと戻って来るさ」と、つっけんどんで無関心で虚無的な父が言った。

「静かにしてよ！」と、断固として抵抗を示して母が怒鳴ると、鋭い声が壁を突き抜けた。「広場やら闘争やらについてマリアーノに話して、行けって言ったのはあなたじゃない。あなたのせいよ」

怒鳴り声が積み重なっていくその背景で、ラジオから金切り声が聞こえてきた。「状況が変わってきました。今、デモの行列は混乱状態になり、怖いほどです。警官が厳戒態勢につきました」。ラジオは、地面に倒れた人や走って逃げる人のことを伝えた。デモをする人の黒ずくめの格好、家族、コミュニティ・センターという言葉が聞こえてきた。詳細を語ろうとするが、話は混乱した。しかし、ある時点で、「青年が死亡しました」とはっきり伝えた。そのあとも、黒ずくめの格好とか消火器という言葉が何度も聞こえた。今回ばかりはおしまいだと、母と父は怒鳴り合った。離婚して、永久に別の人生を歩いていくと。「あなたはここで、私は別のところで。あなたは人に世話をしてもらうほうがいいんだし、これで抗うつ剤をやっと使い始められる。哀れな障がい者なんだから」。「お前はあいかわらず激情型だ」

私は不安に打ちのめされた。この家の中で起こっていることだけで、神経症になりそうだった。兄の消息はなかった。すでに死んで、銀河の流れに飲み込まれてしまったように、私には思われた。

母はナップザックにいくつか物を入れ始めた。「私は息子を連れ戻しに行く。どこにいようとも」と母は大声で言った。警察官も有力者の集まりも軍隊も、母が息子を取り戻しに行くのを止められなかった。

「私たちは最低ね」と母は父に怒鳴って、ワインが半分残っていたグラスを父に投げた。父はひじでグラスから顔を守った。今や母は興奮しきって物まで壊そうとしていて、止みそうになかった。母には恐怖で見開かれた双子の目も、消えた暖房器具の近くで固まったままふたりを見ている私も目に入らず、声も聞こえなかった。私には、澄み切った水のあぶくの中に母がいるように見えた。屈折して別人に思えた。

母は本当にジェノヴァへ行った。そして息子を家へ連れ戻した。時間とエネルギーを使い、私の知らない場所を通って私の知らない人と話をしたが、それがどうしてできたのか、その数日間のことは話さなかった。

このとき母を待っていた家は断層であり、鼓動する傷口であり、裂けた膿瘍であり、皮膚を両側に切り開いたメスだった。

私は、流しの向こうのタイルを黙って見続ける父の腕の患部を世話して、肉団子を作りサラダの味付けをして、双子を寝かしつけた。不安になるといつもトイレに行きたくなるから、トイレの便座にすわって夜が過ぎるのを待ち、洗面台に突っ伏すようにして二時間眠った。そうして、次の日も、その次の日も、同じことを最初から繰り返した。射撃場の缶をすべて倒して最後に空砲を撃ったのも、ラケットで膝の皿を割ったのも、私に起こるべくして起こった。だが、家族は私にとって麻酔のようなものだった。私は家族に対して反応する術がなかった。

兄は激戦を見てしまった人のような顔をして帰って来た。母はそんな兄に急いで私物を取ってくるようにと促した。

そして言った。「私はあんな恐怖をもう二度と味わいたくない。あなたはまったくもって私の息子にふさわしくない」

父と私は、今起きていることを自分たちがわかっているかどうか確信が持てなかった。今回の出来事が巻き起こした旋風は止み、傷口が縫合されるところまでたどり着いたと思っていたからだ。

「さあ、自分の物を持ってオスティアのおばあちゃんの家へ出て行きなさい。私はあなたに関わるのをやめたから」。母はそう言いながらも兄につきまとい、巨大なピンク色のクマのぬいぐるみが死んだような目で見下ろすなか、引き出しから兄のTシャツ、靴下、毛糸の帽子、タバコのフィルターを引っ張り出した。

クマは家族の離散の場面を楽しみ笑っているかのように、私たちがどんな結末に至るか知っているかのように見えた。

「あなたがそれほど大人で立派なら、本当の意味で成長しなさい」

私はわかっていた。できることなら母の足元にひれ伏して許しを請い、大声で謝れたらと、兄が思っていたことを。兄の目が苦しみで熱を帯びて震えているのを見て、それがわかった。母がいなかったら、私たちはどうしようもない人間になり、どこへ進んでいくかもわからなかった。だが、兄は許しを請わなかった。許してほしいとお願いもせず、お母さんが正しいとも、そのとおりだとも言わなかった。ジェノヴァの体験は兄にとってそれほど大きかった。

父は車椅子にすわっておろおろしていた。ひじに包帯を巻き、顔には汗が噴き出ていた。七月末の暑さで溶けそうになりながら、父は繰り返した。「アントニア、いくらなんでもばかげている」

しかし母は父に耳を貸すことなく、我が家は上院と下院が両側で平衡を取る議会などではないから、自分が仕切るのだと明言した。

父は、母の用意した鞄を持ち、自分の未来を腕に抱える兄を見ていた。何年にもわたるひどい出来事、虚ろな眼差し、暴言を経て、うるさく付きまとっていた赤ん坊から、厄介な子どもになり、そして、妻からすべてを受け継いだこの少年が、今まさに舞台から出て行こうとしているように父には思われた。

「マリアーノ、出て行かなくてもいいんだぞ」と、霧の濃い朝のように父は当惑して言った。

その言葉は、兄を玄関まで送る母に無視された。

ほんの一瞬だったが、兄は私と父と双子を見た。

父が無力感に陥っているのが、車椅子の車輪の握り方に表れていた。立ち上がることも間に入ることもできず、父は無防備なまま母が決めるのを見ていた。

玄関ドアがカチッと開いて、兄は出て行った。私たちの前で、母の裁きを受け、去って行った。

それから数日して、私は友だちにテレビでジェノヴァについて見たかと尋ねたが、みんなは見ていないと答えた。それどころか、『ドーソンズ・クリーク』の再放送があったことについて、

「ジョーイはペーシーのほうが好きみたいよ」と言った。

にこりとして「そうね」と言った私は、まるで魚のマスかコレゴヌスみたいだった。

＊＊＊

七月が終わろうとしていた。八月になると私は、ある男の子が漕いでくれる自転車の座席にすわって、すごい速さで走ることになるのだった。

スクーターを持っていたのは一握りの金持ちの家の子だけだった。それ以外のみんなは誕生日に買ってもらった自転車で駆けまわった。自転車の乗り方も知らないし、自転車も持っていなかった私はといえば、フェデリーコという、私より背が低くて均整の取れた顔の男の子に目を付けた。彼は男らしい親切心から、毎日午後になると私の家の下を通って自転車に乗せてくれた。そこから自転車をこいで、電車通学をしていない子やローマおよびその周辺部の学校へ通う子たちと夏休みを過ごすことに決めた場所まで行った。

待ち合わせ場所のことを、私たちは小さな広場と呼んでいたが、実際それは、アングイッラーラの鉄道駅からマルティニャーノ湖へ行く道路まで広がる、庭付きの小さな一軒家からなるクラウディア住宅地区内の、道路の交差点に過ぎなかった。

その広場には何の魅力もなかった。私たちはただ一つある街灯の周りに腰かけたり、大通り沿いで自転車を後輪だけで走らせたりした。大通り沿いにはバールも新聞屋のキオスクもビリヤード場もなかった。そんなこの待ち合わせ場所は、湖の近くではなく集落の新しい地区にあった。周りにも興味を引くような場所は少なかった。冬に水泳と水球の教室が開かれるホテルのプールはあったが、入場料が必要だった。個人所有の農地は干し草ばかりで、家は廃屋になり、庭付きの一軒家には何年も住み手がいなかった。

アガタとカルロッタは、フェデリーコが私のことを好きだと言った。だから坂道を苦労して登って、私の友だちや仲間でいてくれているのに、私は感謝を感じるだけで、彼から距離を置いた。自転車に乗るのにも、彼の腰の両側にそっと手を添えるだけで、広場に着いてもほとんど話さなかったし、話しても夢中にはならなかった。

フェデリーコはアンドレアの友だちだった。アンドレアは、他の男の子の友だちと共に、その広場をみんなで集まる基地として選んでいた。彼らはタバコを吸いながらサッカー選手権がどうなったか話して長い時間を過ごした。誰かがボールを持っていれば、シュートをしたりした。だが、彼らには密かな活動があって、それは廃屋を訪れることだった。

私はまだ自分の性欲についてよくわかっていなかった。ベッドで時々枕に体をこすりつけることはあったが、どうしてか自分自身わかっていなかった。兄の漫画雑誌に載った写真の数々、通りがかりに聞いた話、広告のポスター。私の空想は乏しかったし、私の経験といえば、関心も抱かず何とはなしに見た兄の裸に限られていた。しばらく前から父と母はセックスをしなくなっていたが、兄も私もその訳を知りたいとも思わなかった。もはや互いのそばにいることもなくなった父と母ではあったが、正反対でありながら同じ痛みを共有していた。

性欲についてかなりはっきりした考えを持っていたのは、友だちのカルロッタだけだった。集落周辺部の男性から受ける申し出や条件についてアガタと私に打ち明ける彼女の眼は、勝ち誇っていて、私をうんざりさせ嫌悪感を催させた。

私とアガタは自分たちの無知を恥ずかしいと感じていて、何かが起こりそうになると後ずさりした。セックスに関する特別な言葉も知らなかったし、どうアプローチすればよいのかもわからなかった。胸もお尻も小さくてマネキンみたいな平らな体の私たちは、子ども時代の終わりでゆらゆらしていた。

フランチェスコ、ヴィンチェンツォ、ロレンツォというように、カルロッタは起こったことと体験したことのコレクションに毎日名前を付け加えていった。その話にアガタは私より興味を持った。

こんな状況において私が打ち明けられる最大のことはといえば、私にとってただ一人、鳥肌が立ち胸がドキドキするアンドレアへの興味だった。射撃の日から数か月過ぎたが、アンドレアにも友だちにも、私は兄のことも兄が家を追い出されたことも話していなかった。家の中で進行する冷戦について、私は誰にも洩らさなかった。アンドレアは私に敬意を抱いてくれているように思えた。そして、この敬意はしばしば隔たりに変わった。彼は私にはタバコやお金を貸してくれとは頼まなかったし、自転車にも乗せてくれなかった。私のほうも彼と一緒に麦畑に入ったり、松の実をイモ虫みたいに石でつぶしたりしなかった。

カルロッタについてあっという間に噂が流れ始めた。彼女が体の関係を持った男性の名前が、彼女への疑いや嘘を取り交ぜてささやかれた。体を触れ合った人、太ももの間に手を入れた人、彼女に向かってジーンズのファスナーを開けた人、彼女にひざまずいた人の名前が増えていった。

二つから二十へ、そして三十へと増えていった。集落の男性すべてが彼女の裸を見て、そのすべての男性に彼女が快感を与え、彼らが喜んだかのように。

カルロッタの家に泊まったある日のこと、一人半用のベッドに三人でぎゅうぎゅう詰めになりながら、アガタと私は、カルロッタが詳しく語る、私たちには未知の、男性との親密な話を聞いた。

私たちが「どうやってするの？」と聞くと、彼女は答えた。「簡単よ。彼の後ろにすわって、手を前に伸ばして触ればいい」と。

それを聞いた私は、天井の方を見上げて壁のポスターを見た。歌謡曲の歌手、俳優、沈没したタイタニック号と助からなかったジャックのポスターを。そして、私たちも助からないだろうと考えた。

カルロッタは私がアンドレアに誘いかけるべきだと言い張った。触り合いっこしたいと言われて、いやだと言う男の人はいないのだから。でも、私はできないと答えた。実は、私はそうしたいと思わなかったのだが、うまく説明できなかった。

「背後にすわれば、顔を見られない」。「了解」と私が言うと、その言葉は宙に留まった。

次の日の午後、アガタと私は広場の街灯の下にすわってカルロッタを何時間も待った。四時に来るはずが、六時になっても姿を現さなかった。男の子五人と廃屋へ行ったと、フェデリーコが私たちに教えてくれた。だから「みんないつ戻って来るかわからない」と。

アガタは「やめて」と言った。

この間ずっと、私は自分が意見を言ったり心配したりするのにふさわしくないと感じていた。アガタと私は立ち上がってカルロッタのところへ行き、男の子を触って舐めて私たちのことも好きなようにさせるべきだったかもしれなかったが、行こうとはしなかった。私はセメントのようだった。ただ、ひとりになって気持ちを落ち着かせたかった。

カルロッタが廃屋から戻ると、徐々に五人の男の子が現れた。知っている子も知らない子もいた。カルロッタは、喜劇の最後に役者が浮かべる満足した笑みを浮かべていた。しかしその笑みは、観衆がじゅうぶんに拍手をしてくれなかったために、役者が幕の後ろへ消えると同時に涙に変わってしまう、そんな笑みだった。

うまくいったという最初の感覚は、みんなから評価されたとカルロッタに感じさせたが、その感覚はしだいに弱まって、新たな色合いを帯びた。

私は立ち上がって廃屋へと向かう道を歩き始めた。そこにまだ行ったことがなかった私は、何があるのか、私たちの成長に関してどんな新たな事実を見せてくれるのか、手ほどきの儀式がどのようなものなのか、将来についてどんなお告げを授けてくれるのかが知りたかった。

廃屋の中に入ってみた。二階建ての庭付きの家は、トイレなどの水道設備が取り払われ、排水溝の匂いがした。地面には使用済みのコンドーム、飲みかけのビール瓶、タバコの空箱と吸い殻、ペンキが散らかっていた。壁には誰が描いたのか絵が描かれ、そこへ行った人の名前が書かれていた。私はカルロッタの名前を見つけた。その近くには赤い小さなハート印がつけられていた。

家の壁には、事の不可解さと押さえつけられた体の、要求と失敗の、未発達の胸と太ももの付け根に出た脂肪の塊の、垂れたお腹でとまった気持ち悪いロー・ウエストの短パンの気配が響いていた。――もう十三歳なんだからダイエットしなさいよ。ジェラートと飴をやめて、食べる量を極力少なくして、やがて消えてなくなるまで――。

翌週で八月は終わった。私たちは夏がもう戻って来ないと思って不安になった。

高校と授業とクラスメートの選択が待ち受けていた。

一緒にいられる最後の日々を楽しもうと、みんなでホテルのプールへ行った。日がな一日、トランポリンに頭から飛び込み、小さな子どもを連れてプールに来ている他の客に迷惑をかけ、日向で足を組んですわって棒状のアイスクリームを舐めた。何も入っていないハンドバッグを開けようともたもたする私を見たフェデリーコが気をきかせて入場料を払ってくれたので、私は消え入りそうな声でありがとうと言った。彼以外の誰かが、女友だちの誰かが払うと言ってくれたほうが、ましだった。

アガタが貸してくれたセパレートの水着を着た私は、公に醜態をさらしているような気がして胸をタオルでしっかり包んで日陰にばかりいたが、それでもすぐにスイカみたいに真っ赤になった。私をプールへ突き落とそうと、アンドレアがこっちへおいでよと合図するのが見えたが、私は首を横に振った。

幾晩かにわたって私はよく眠れなかった。体を斜めにして膝を曲げ、首をすくめてあごに力を入れて寝た。部屋を区切るカーテンを閉めていたものの、その向こうに兄はもういなかった。電話ボックスから電話すると、兄は「オスティアはすごく暑い」と言った。

家にいると私たちの体は冷えた。雪だるまみたいに私たちは部屋から部屋へとぎこちなく動いた。この麻痺状態を人に話したくなかった私は、家族の思い出であるあの狭い空間に、二重に鍵をかけてしまっておいた。

物思いに沈んでいた私は、気づくと日向にいた。日陰が動いて取り残されたのだった。他のみんなが水しぶきを上げてプールサイドを走り水に潜るのを見て、肌が暑くなった私は水に浸かったが、すぐ水から出た。塩素の匂いで考えたくもない中学校のことを思い出してしまい、急いでタオルを取りに行った。

あたりを見回すとカルロッタが見つからなかった。彼女がどこへ行ってしまったのかアガタに尋ねると、家に帰るのにシャワーを浴びに行ったと教えてくれた。だから私も、フェデリーコに「もう帰る？」と尋ねた。暑さと自分の無能さにあてられて疲れていたからだった。するとフェデリーコは、「いいよ、プールの外で待ってる」と言ってくれた。

私はさっそく持ち物を取りに行った。父から拝借してきたユーカリの匂いのシャンプーのボトルを左手で、ブラシを右手で持ち、髪からしずくを垂らして地面に跡を残しながら歩いて脱衣場に入り、「カルロッタ？」と言った。

シャワーの音が聞こえていた。

そして「シャンプーを持ってきてあげたよ」と言い添えた。

するとシャワーが止まって静かになり、二人の人がひそひそ話す声が聞こえた。どんなふうにするのかも、相手に体をゆだねることも、愛撫の仕方も楽しみ方も知らない私は、通路で立ち尽くしていた。

シャワールームの扉が開いてアンドレアが最初に出てきた。私を見ないでそそくさと歩いて行きながら、海水パンツを整えてタオルを腰に巻いた。そこは女性用の脱衣所で、私はブラシを持ったままだった。ユーカリの匂いがしていた。

カルロッタもそのシャワールームから出てきた。ビキニのトップを片手に持って、「来たよ」と言った。

私はそこでじっと動かなかった。アンドレアも動かなかった。私たちは動揺しながら二等辺三角形を形作っていた。父が車椅子の車輪をテーブルにはさんで動けなくなったり、双子がおしっこを漏らしたりしたことをよく知っているときと同様、カルロッタを探しに行くなんて気にならなければよかった。だが、私は間違いについての第六感があった。

カルロッタの「来たよ」に対して、私は何も言わなかった。私の赤毛はまだ濡れていて、バンドが前に付いた青いサンダルから足の指が飛び出していた。回れ右をして脱衣場とプールを出た私は、シャンプーとブラシを持って大通りへ向かった。私を見たフェデリーコが「どうしたの？」と聞いた。帰る支度をして待っていた彼に、私は何も答えなかった。

侮辱を受けた私は、的にピストルを向けるように、適切に反応するにはどう進めていくかを腹の奥で追っていた。カルロッタは私のアンドレアへの思いを知っていた。私の無能さも無口も無知もわかっていた。私が意を決して思いを打ち明けるのを聞いたからだ。もし私が起き上がってシャワールームに行かなかったら、私に隠れて罪を犯しながら、私には絶対白状しなかっただろう。

自分に襲い掛かったこの初めての裏切りを、私はまつげの上に押しとどめ、泣かずに、業務用の圧縮機やペンチを用いるように押し殺した。すると、裏切りは嫌悪感の熱に押しつぶされた。家へと足早に歩き、まだ髪を濡らしてブラシとシャンプーを持ったまま、サンダルをペタペタ鳴らして帰宅した。

両親がテーブルの両側で見つめ合い、観念の力で禍《わざわい》と呪いを送り合っていた。濡れたままの私はふらふらしていた。陽を頭にじかに受けて目が回り、数歩前に出たとたん滑って地面にくずおれた。

それから数日して、ニューヨークのツインタワーも崩壊した。

五章　メロローグ

夏が終わった。母は私が図書館で借りた四冊の本に目を止めた。二冊はバスルームに、もう二冊は私の部屋のベッド脇のミニテーブルの上に置いてあった。

母は洗濯機にもたれて立って、二冊のうちの一冊をめくっていた。嫌悪感をあらわにしてページをめくったり前に戻ったりしていた。その本の表紙は鮮やかなピンク色で、『この家は災難だ』という題名が緑色で浮き彫りになっていた。

「このリンダ・ロムズィーっていうのは誰なの？」と母は間違った発音で尋ねた。三回繰り返しても名前の発音を間違えた。母は私に背を向けたままで、パジャマを着た私は裸足でドアの外にいた。

「知らない」と答えると、私のお腹が鳴った。

「それにしても、知っている人なんているの？　どんな本を書くの？」母は本の背をつかんで動かし、そこに隠れている物や、私という人格の神秘や、この世に私がいる動機を、落とさなければばならないとでもいうように振った。

「友だちがみんな読んでる……」

「こんな本を読んで何になるっていうの？」母が大きな声を出して振り向いた。

「夏じゅう時間を費やしてしたことがこれだけなんて。大学へ進学できる公立高校へ行きたいんじゃないの？　大学へ進学できる学校へ行くことが、私にとってどういうことだったかわかる？

そんな学校へ行くことなんて私は夢にすら思わなかった。私は中学を卒業してから独学した。ナップザックを背負った女の子たちを見ながら、早くも私は老女の家の仕事に就いて階段を掃除していた。その二、三年後に妊娠して中絶した。それからまた妊娠してマリアーノが生まれた。この家は災難？　あなたに図書館の使用カードを持たせたのは、まともな本を読ませるためだった。あなたはこのリンダなんとかっていう無名の人について話をするために公立学校へ行くの？　こんなけばけばしい装丁の本について。あなたは八歳だっけ？　私が言ったとおりに司書の人にアドバイスしてもらったの？」

「うん。でも難しい本を渡されて……」

「あなたはつまりそういう人なのね。難しいことが起きたらやめてしまうような。それならみんなと同じことをすればいい。何の役にも立たないことを」

「お母さん、これは余暇を過ごすための本だよ」と、私は母がまだ持っている本をさして言った。

「それに、本はトイレに置いておくものじゃない。美容院の雑誌じゃないんだから。心して聞きなさい。時間は刻々と過ぎている。この時間が終わってもあなたは何も読んだことにはならない。

ラテン語とかギリシャ語を勉強したいんでしょう？　この家は災難？」

母は力をこめて本を洗濯機の上に置いた。私たちの本ではなく図書館の本だったからだ。家の本ならバラバラにして紙を飲み込んでしまったか、床に落ちたソースを本の紙で拭っただろう。私の方を向いた母の目は、まだ解放してくれそうになかった。

「これからは図書館で借りた本を私に見せなさい。友だちと一緒に進学校に行きたいんでしょう？　それなら勉強を始めなさい。学校は特権だから、怠けることは許されないの。勉強するか、ダメな人間になるかよ。わかった？　ダメな人間になりたい？」

私は黙ったまま、司書の丸い顔のことを考えた。曲がって切られ、あまり頻繁に洗っていないからてかてかしたおかっぱの前髪のことを、爪が噛まれた指のことを、彼女がはめた色付きの指輪のことを、親指の青い指輪のことを、地下室から何度も持って上がって来る本のことを、まじめな本を読んでほしいと母に言われた私が、司書にアドバイスを求めたときに渡してくれた一覧表のことを、鳥肌が立って涙が出るような本のことを、私は考えた。

「いつだったか家で本を見た、イギリスの女性作家は何ていう名前だったたっけ？」母はなおも平然と続けた。

「ジェイン・オースティン」と答えると、私はとても熱い水たまりに足を入れてしまったか、私たちの言葉のスープに足を浸してしまったかのように、足がゆだるように感じられた。

「あの本は難しかった？　でも映画化もされているのよ」と母が大声で言うと、私が借りた本は亡骸のように、死んでしまった奇怪な物のように思えた。母は表紙に指を押し当て、間違いをたどった。

「ジェイン・オースティンの本、お母さんは読んでいないよね」と私はやり返した。

「私のことはどうでもいいの。ずっと働いてきたんだから。仕事をするってことがどういうことかわかってる？　私にはあなたが文句ばかり言うのが理解できない。問題はあなたよ」

私は再び黙って聞いた。無音のなか、私が決して読まないであろう本がぐるぐる回っていた。私は自問した。なぜ母は猛烈に挑んでくるのだろう。私に何を求めているのか。何を計画し、何を投影しているのか。兄がいなくなったことが関係しているのだろうか。もし今、私の無意味さが明らかになったらどうなるのだろう。母は、ブラジャーやコートのように、何が何でも私に詰め込みたいのだろうか。

「聞いてるの？」

「うん、聞いてる」

「あなたは死んだ魚みたいよ。私の体を見透かすように見て」

母はさらに言った。「もし自分が選んだこの高校で最高点が取れなかったら、もう外出できないよ。家に閉じ込める。私とお父さんは教科書にたくさんお金を払ってるんだから。あなたはそれに報いなくちゃいけない」

「うん」

「わからないときは私が一緒に読んで、一緒に勉強する。私たちは何が何でも成功しなくちゃね」。まだ分割払いが終わっていない洗濯機の丸窓を開けて濡れた洗濯物を取り出しながら言う母の声は、震えていた。母は黒物と白物を一緒に洗うのが嫌いだったが、水を浪費するのも嫌いで、私が歯を磨くときは蛇口を閉めたし、十分以上シャワーを浴びると怒った。

私が含まれる〈私たち〉はまるで監獄だった。そこに私が住みたいかどうか聞いてくれる人は誰もいなかった。

私が金持ちの子が行く高校を選んだのは、母に罰を与えるためだった。深い切り傷や窒息といった罰を。私はラテン語やギリシャ語を教える難しい高校を選んだ。友だちのためにそうしたのだと、友だちが行くから私も行くのだと自分で言っていたが、本当は、どんぐりか昆虫ほどの卑小なもののために私は高校に入った。それは母の声だった。私は自分がすごいと示す必要があった。

見えないけれどそこにいるその〈私たち〉が私に命じ、蜃気楼を私に作り出した。

＊＊＊

高校での初日に私が知ったのは、金持ちの子を教育する学校でも壁がぼろぼろになり、校庭にはアスファルトを突き破る木の根が放置され、体育館はすえた汗の匂いがするということだった。

校舎は三階建てのこぢんまりした平行六面体で、赤いレンガ色だった。あまり葉をつけていない数本の老木が校舎を取り囲み、細長く並んだ駐車場と小さなサッカー場があった。雨がしのげる地下には、バレーボール用のコートとボルダリングの壁と、布がほころびた跳び箱が一つあり、天井からはサラミやハムみたいに輪がぶら下がっていた。教室は運が良ければ最上階にあり、窓から男子がサッカーをするのが見えたが、運が悪ければ地下の講堂のそばにあって、そこはぐっと寒く、壁は石膏ボードでできていたから、たたくとぽろぽろ崩れた。陽は気まぐれに斜めに射すだけで、すべてがカビとコケの匂いがした。

そんな建物の地階で、ネズミかゴキブリみたいに、私の一年目が始まった。

この学校でもすぐに、私は人前にうまく出られなくなった。自分をさらそうとすると呼吸が早まったから、体育の授業でドリブルやスマッシュをするのがいやだった。それに、私が履くタオル地の靴下は指先のところが大きすぎ、運動着は膝のところが型崩れしていた。常に寒くて眠かった。みんなからの評価と、みんなが私を忘れないでいてくれることに、飢えていた。人前に出て「ここよ、私、ここにいるよ」と繰り返したかった。

塀にも教室にも落書きがたくさんあった。とても怖い先生への侮辱の言葉、誰が好きだと書いたのを取り消した字、人が勝手に書いた誰かの電話番号。学校の正面には前年の学年末に投げられた卵の殻とシミが目立っていた。

学校はカッシア街道沿いにあるにはあったが、街道のなかでもかなり遠くにあり、学校へ行くには電車だけでなく二〇一番のバスにも乗らなければならなかった。バスはオルジャータという住宅地の南口から出た。そこは、フォーリ・インペリアーリの立派な古代遺跡に匹敵するような、テニスコートとゴルフ場があり、お手伝いの女性と庭師と、入り口には守衛がいる住宅地で、いわゆる郊外のお金持ち地区だった。

八時二十分に教室に着くには六時に起きなければならなかった。ほしくもないのにミルクとビスケット二枚を飲み込んで朝食をどうにかとった。電車はもっとひどくて、家畜を載せる貨物車みたいだった。乗客は自動扉に向かって息を吐いた。くしゃみをする空間さえなかった。電車が揺れるたびに乗客は悪態をついた。電車を降りると私はいつも走らなければならず、背負ったナップザックが上下に揺れた。向こう側の停車場にバスが到着するのが見えるからだった。

バスには座席があまりなかった。私が通った中学校のそばをバスで通ると、中学校はとても小さく無表情で、冬の終わりの植物みたいに弱々しく見えた。バスが中学校を通り越すと、信号のせいで時速三十キロメートルを超えることは考えられない区間があるかと思えば、急に道路が空いて、健康な動脈の血液のように車はスイスイ流れた。

しかし、時折それではすまず、バスは遅れに遅れ、私たちはローマの環状高速道路へ逸れる道路の前で降ろされて、学校まで歩かなければならなかった。こうなると私は、数珠つなぎになった車の排気ガスのなかをスキーのスラロームのようにかき分けて行った。すると、小さな祭壇があるのに気づいた。教えてくれたのはアガタだった。祭壇は柵で囲われ、中央に造花の花束と鉄板が錆びたフレーム付きの二枚の写真があった。そこでスクーターに乗った女の子が二人亡くなったと、誰かが言っていた。何年か前、街灯の柱に衝突して亡くなったと。それを知った私は悲しくて残念な思いにとらわれそうな気がした。彼女たちが死んでいなければ、私はそれからの五年間、通学時に、知り合いになることはないにしても彼女らと出会ったはずだった。だから、道路わきのその写真に、自分自身を思い描くべきだと私は思った。無関心と、目的地へ早く着きたいという気持ちが川のように流れている、その写真の上に。

私とアガタはまた同じクラスになったが、カルロッタは最終的にローマの高校より郊外の高校の方がいいと考えて、私の兄が通う学校に近い、ブラッチャーノにある学校に通っていた。

プールの件以降、私は自分の気持ちについてカルロッタに何も話していなかった。私たちの間には霰《あられ》が降《ふ》り静寂が降《お》りた。カルロッタの名前が出ると私は悪意をあらわにして、彼女がカエルか蟻であるかのように、溺れてしまうように彼女の名前につばを吐いた。私の軽蔑の言葉はすべて彼女に伝わると知っていたから、彼女をひどく傷つける言葉を使った。だから私は、中傷やひどい仕打ちによる追放を免れなかった。

カルロッタが挨拶してくると顔をそむけ、近くを通ったらパンチを食らわそうとするボクサーのごとくはじかれたようにその場を飛び出した。彼女は何度も私の近くに来て私の壁の割れ目に入り込もうとしたが、掻き出された。ぼろぼろに砕ける石膏然とした彼女を、私ははね返して地面に吐き捨てた。

彼女が誰と付き合いデートしているのか、新しい学校でどうしているのか、私は知ろうとせず、彼女に関する話は無視した。彼女が文句を言っていると私はいらいらし、悩んでいると喜んだ。彼女の言葉はすべてでたらめだと思っていた私にとって、以前のように私のところに戻ってきたいという彼女の気持ちはいかにもぎこちなかった。だから私は、彼女を彼女の恥辱の穴に追いやろうとした。タオルを持ってシャワー室から出て来る彼女を繰り返し目に浮かべ、ユーカリの香りを嗅ぎ、ブラシの毛が手のひらに触れるのを私は感じた。

アガタと同じクラスであることは私に有利に働いた。カルロッタを追い出せたからだ。何もかもが今や私とアガタだけのものになった世界について、彼女は私たちと話すことができず、私たちのおしゃべりや噂話の蚊帳の外にいた。まれに三人一緒になっても、私はそばに幽霊がいるということにして、わざと彼女がわからないことを話し、内輪の人にしか通じない学校での逸話を選んだ。アガタとだけ話していることにして、楽しそうな、私のとは思えない口調で、すばらしい話を考え出し、お金持ちの知り合いがいると自慢し、彼女との距離を強調しながら話した。「あなたは違うけれど私たちはそうなのよ」と。「お金持ちの近くにいるとその人たちの匂いを吸い込むでしょ、すると豪華が私たちに伝染《うつ》るのよ」と、私は自分に言い、彼女を見ないで彼女に言った。

実際、バスに乗っただけで私は背後に押し寄せる空気を感じた。女の子たちはオフィスにいる女性みたいな濃い香水をつけ、男の子は冬になるとダウンのジャンパーを着て、ブランド名がわかるウールの帽子をかぶった。みんな似ているから、誰が誰だか見分けられなかった。だが、みんなのうちオルジャータとレ・ルーゲから来る子は一目でわかった。いずれもローマ北部の、三階建ての家ばかりがある地区だった。彼らの家の前後には庭があり、トランポリンが置いてあるプールと、ペルシャ絨毯と、ウォークイン・クローゼットがあった。彼らは私たちと一緒にバスに乗るのをすぐにやめた。ちょうどスクーターに乗れる年齢になり、そのあと、トラクターと同じ音を出す、未成年でも運転できるとても小さな車に乗れる年齢になったからだった。私は自転車すら持っていないのに、彼らは車を運転した。彼らと私は並行する宇宙にいて、その間に天の川があるということが、じきに見えてくるはずだった。

アガタにしてもぜんぶ持っていた。私には許されることのないわがままがいつも許されていて、必死に服を取っ替えひっかえしていた。

私たちには、ナイキであれアディダスであれ、新しい靴のことを考えるのさえやっとなのに、彼女らは誕生日にローマのコンドッティ通りの買い物から帰ると、プラダの靴やグッチのバッグを身につけ、バッグにノートやペンを詰め込んだ。一方、私たちは中学校と同じナップザックだった。

必要な筆記用具を買いに文房具屋へ行ったとき、私が母に宿題用に使うのに黒い連絡帳はどうかと言うと、母は値段を見て、例年どおり、小さなノートを二冊使えば自分で連絡帳を作れると言った。ページを真ん中で分けて数字と日付を書き、宿題用に線はそのままにしておくだけよと。

そう言って、人造の石と濡れた鼻をした子犬で飾られたカードのコーナーの前に突っ立っていた母に、私はわめくように言った。日付を書き加えたノートでもカレンダーでもなくて、本物の連絡帳がほしいのだと。いつもの連絡帳もどきはいやだと。すると母はその返事として、自分の膝を私の膝の後ろに当てて私の足を払い、私を無視して母が買おうと決めたノートとペンと、薄いピンク色の長すぎるペンケースを買った。

新しい学校は、消費期限が過ぎたソースか溶けた冷凍食品みたいに、すぐに私をはねつけた。だからこそ私は留まり、踏ん張った。底が抜けたナップザックと連絡帳の代わりのノートを持って、バリケードを張って競争した。戦場を目の当たりにした私は行軍を始めた。

左右対称に長く伸びてきた赤毛のために、私の顔はよけいにほっそりして見えた。今となっては耳はいつも髪でしっかり隠して、ポニーテールやシニョンにはしなかった。私は胸もお尻もぺっちゃんこで痩せていたが、私が持っている数少ない体にぴったりした服を着始め、肋骨と細い手首をみんなに見せた。電車の中でこっそりマスカラをつけて鏡を見ると、自分の殻から外に出たように感じた。今よりましな私になって、他の人が私に抱いていた悪評をそろそろ忘れるべきだった。

お金もないし美人でもなければ、あなたを救えるのはただ一つ、と私は自分に言い聞かせた。頻繁に髪をとかし、目の下にアイライナーを引いて奥行きをもたせるように薬指で頬を引っ張って、人から興味を持たれる対象になること。私に備わるわずかなものが理由で、身なりに構わず働いて皿洗いをしているのに、そうでないふりをしようと、野外市場で買った麻の服を着る母に似るわけではなかった。できるだけ早く、私は欠点のある少女から愛される大人の女性に変わらなければならなかった。私は変わりたくてむずむずして、病的なほど体と見た目を競おうと前のめりになった。

学校が始まって一週間たって、私はフェデリーコに、「キスしてみない？」と言った。私にはキスの洗礼が必要だった。ただし、キスは一回きりで、素晴らしかったなんて言わないこと。私たちは廃屋へなど行かないし、もう自転車で出かけることもない。フェデリーコは私にとって、冷凍庫に入れておいた、夕飯に料理する物がないときに助かる鱈のようなものだった。

私たちのキスはぎこちなかった。愛情の印というより、物を噛んで反芻するみたいで、よだれが口の端に垂れた。彼は私より背が低かったから、髪のジェルの匂いがした。彼の心遣いが邪魔になった。

キスをしたのは小さな広場の低い塀の後ろで、人目から隠れるわけでも見えるわけでもなかった。松の木の下だったから毛虫が落ちてきた。フェデリーコが「また会える？」と聞いた。私は手の甲で口を拭った。私たちしか知らない援助の申し出の跡を、私は残したくなかった。

「会えない。忙しいから」と応えると、私は早くも彼に背中を向けていた。

＊＊＊

地下に教室があるせいで、私たち生徒は自分が夜行性の蝶のように思えた。眠ってしまわないよう、売春婦みたいにまぶたをしばたたかせた。

私とアガタは教室の真ん中あたりの席に一緒にすわった。前にはがり勉の生徒が、後ろには教科書になんて興味がない生徒がいた。良い点数を確保し、母の胸に宿る三尾のドラゴンの目を覚まさせないという私の切迫した思いは、後ろにすわる生徒の誰にものしかかってはいなかった。

男子は数が少なく、かっこいい子がいなかった。「他のクラスには少なくとも一人はまあまあの男子がいるのに、うちのクラスにはいないよね」と私はアガタに何度も言った。髪が細くて薄い、ある男子は、話し始めるとすぐに赤面した。ずんぐりむっくりの別の男子は顔が大きすぎた。髪が脂っこくてほくろがたくさんある子や、並びの悪い出っ歯と無様な形の鼻が目立つ子もいた。

そんな男子がいやでたまらなかった私は、彼らを闇に葬って風で吹き飛ばしてしまいたかった。一人だけ生き残った男子がいたが、彼は別の理由で問題外だった。サムエーレという名前の彼はすでに二度も落第していた。クラスで唯一の落第生だったが、まだ退学させられる年齢ではなかったので、引き続き怠けていた。童顔で、唇が分厚く、やさしいながらも脅すような目をしていた。いつもジャージの上下を着てすり減った靴を履いていたが、腕時計や腕輪やネックレスなど、細部を見ると彼が裕福な家の息子であることがわかった。確かに靴はすり減っていたが、それは放課後にフットサルをするからであって、一週間に一度は別の靴に変わった。サムエーレは学校にナップザックでは来なかった。いつも遅刻して来て、前方の席にすわって寝ているか、新聞あるいは授業と関係のない自分で選んだ本を持ってきて、黙ってめくっていた。ドジでおかしな私たち新入生の女子に、彼は恐れと気後れを抱かせた。教室では休み時間に、よくタバコを巻いたり大麻を吸ったりしていた。それ以外の時間は、私たちがカエルで彼が王子様であるかのように私たちを無視して、終業のベルが鳴るとすぐに、以前のクラスの男子か、高等専門学校生で、じきに大学へ進学するはずの男子のところへ行った。

ある朝アガタが「彼、怖いね」と私にこっそり言った。

実際、サムエーレは早朝からビールを少し飲んで、アルコールの匂いをさせながら二限の授業から出てきた。黄色いパーカーを着て腫れた目で、宿題のことを尋ねる英語の先生にぼそぼそ答えた。「昨晩月が落ちて、世界は終わろうとしています」と。

私たち他の生徒はじっと黙って、感情の波を震わせていた。

ラテン語とギリシャ語の授業は大変だった。女の先生は頑として私たちを支配し、大きな声を上げるだけではすまず、私たちが間違えるたびに先生の不同意の眼差しが私たちの上に夜の帳《とばり》のように降りるのだった。先生に苗字を呼ばれるだけで、私たちは消えてなくなりそうだった。サムエーレさえこの先生には敬意を示したが、彼が授業中に居眠りをすると、たとえ人に迷惑をかけなくても、先生は容赦しなかった。サムエーレと足で踏まれる道端のシダとのあいだに、差はなかったということだ。

最初の数か月、私たちはラテン語とギリシャ語に愕然としていた。わからないし、わかろうとも思わないままに、動詞と語形変化をロボットか人形みたいに、家で電車の中で、そして授業の前後に繰り返した。両腕に各言語の辞書を抱えて運ぶと、それぞれが一キロ以上あって、小麦粉の袋か油が入った瓶みたいだった。

私のギリシャ語とラテン語の辞書は古くて汚れていた。母の友だちの手を借りて中古品を買ったからだ。紙は黄ばみ、余白には他の学生の読解不可能なメモが書かれていたから、授業中にするテストで使えるように動詞の活用を空欄に鉛筆で書き込むことができなかった。授業中のテストでは、私たちの机のあいだを恐怖のギリシャ語の訳が巡っていた。

そんな辞書をめくりながら、なぜ私はこんな学校にいるのだろうと考えた。ギリシャにおいてさえ、この古代ギリシャ語はもはや知られてないのにとつぶやいた。

初めての試験で私はみじめにも最低合格点を取った。赤ペンで直されたテスト用紙を私は母に見せる勇気がなかったから、隠しておいて連絡帳には母のサインを自分で書いた。他の人は六を取ればお祝い事だったが、私にとっては災いだった。

兄がオスティアへ行ってから、母はすべての思いを私に集中させ、以前は兄と半々だった責任や仕事を私に与えた。つまり私は、料理から食事まで、アイロンがけから双子のベッド・メーキングまで、あれこれについて常に母を手伝うことになった。

「手伝いをすませて勉強しなさい」と母はいつも繰り返した。

もはや外出はなくなり、友だちと会うのもまれになった。フェデリーコとのキスの味はとっくに忘れ、アンドレアのことはタブーとして幕を閉じた。

母は私をしつこく追いかけた。私は狐で母は鉄砲だった。ある日学校から帰ると、キッチンのテーブルに新しい辞書があって、母は私ににっこりした。

掃除の仕事をしてあげているフェスタ夫人に、母は読書好きな女の子に何を贈ればいいか尋ねたそうだ。すると夫人は残酷にもくそまじめに「辞書ですよ」と答えたらしい。

「これがあればラテン語やギリシャ語と照らし合わせながら言語が学べる。私でも勉強できたはずね。素晴らしいでしょう？　まさにすべての言葉が……」

母はイタリア語の辞書を適当に開いてページを示し、近視用眼鏡を鼻先にかけて言った。「メロローグは音楽を意味するメロスと言葉を意味するロゴスからできた言葉よ、わかる？　あなたが勉強していることとね。音楽が伴われたテキストのこと。ここを読んでごらん」

私の腕の中に辞書を放り投げて、あいかわらずにっこりしている母の目は夢で輝いていた。私はさっき母が指さした箇所を見て「メロローグ」と繰り返し、大きな声で説明をぜんぶ読んだ。

母の喜びが私にまとわりついたけれど、何か月も暗い顔をしてとぎれとぎれの言葉しか発しなかった私は、母を悲しませたくなかった。だから、ページをめくり別の単語を選んだ。こうして私たちは初めて学ぶことの時間の中にずっと宙づりになっていた。私が大きな声で単語を発音するたびに、母は生き生きとしてその単語を繰り返し習得しようとした。ただし、母の方言の抑揚が消えることはなかった。ダイナミックな力のようなものによって私自身の満足は遠ざけられたが、母の満足を私が追う後押しになった。

母から贈り物をもらって以来、私の時間は濃密になった。丁寧に、そして疲弊するほど勉強するようになった。常に勉強して、自分が他の人より勉強ができると考えなくなったどころか、とにかく勉強に没頭し、六から六・五へ、六・五から七へ、七から七・五へ、七・五から八へと、必死で良い点を求めた。ギリシャ語の先生がテストを返してくれて九と書いてあったとき、私は飛び上がった。

みんなは私を黙って見て、それからくすくす笑ったが、そんなことはどうでもよかった。授業中やテスト中の彼らを見ると、机の下で携帯をいじったり紙切れを交換したり他の人のテスト用紙を盗み見したりしていた。一方、私の頭の中には母の言ったことが飛び交っていた。「難しいことが起こると、あなたは投げ出すのね」。

そのテストの点数について、私は母に何も言わなかった。なぜならひとつの点数は、一撃目で倒れた缶と同じ価値を持つに過ぎなかったからだ。私は缶がぜんぶ倒れるまで撃ち続けて母のところに戻り、ピンクの巨大なクマのぬいぐるみとかグミやチョコレートといった役にも立たない賞品だけを獲得したのではなく、私は誇りをもたらす存在であり、投げ出したりしないと示さなければならなかった。

三回目のテストで数学も含む様々な教科で良い点を取ると、私の能力に気づいたクラスメートは、どう反応すればいいかわからなかった。というのも私が、けなすに値するがり勉と考えられるほどにはむかつかなかったものの、羨望の眼差しで見る、近づきになりたいと思うほどの金持ちでも、勉強に対して欲がない生徒でもなかったからだ。

だからみんなは口頭試問の前になると私に助けを求め、要約やアドバイスをほしがり、テスト中に私の回答用紙の方へ手を伸ばして用紙を見た。アガタは勉強が遅れ気味だったが勉強家で、苦心していたのに私を利用しようとしなかったから、私は彼女を支えようとした。しかしサムエーレは、イタリア語の先生が教室を出るとすぐ私の机にずかずかと近づいてきて、イエスかノーで答えるのではない質問に対して私が書いた解答を見ようと、私の手から解答用紙を取った。このとき、私はすわったまま耐えるのではなく、すかさず猛然と立ち上がって用紙を取り返した。

「席に戻りなさいよ」と彼に言った私の目には意志がみなぎり、声には緊張感があった。

瘦せた彼が、私を見下ろして目を狭めた。彼は他者の拒否の意味を知らなかった。

「**お前はただの哀れな貧乏人で、尻におしめをしたがり勉じゃないか**」と、サムエーレが私に方言でののしった。それは、私の窮状を公に示して非難し、私がクラスで唯一の貧乏人の娘であるとみんなに繰り返し、私が彼らの恩情で受け入れてもらっている客人かつよそ者であり、例外的に学校に入れたと強調するためだった。

私がそんな彼を相手にしなかったのは、先生が教室に戻ってきたからだった。アガタが慰めるように私の腕に触れた。私が涙を流して平静を失うと思っただろうが、私は彼女の腕を戻して、皺くちゃになったテスト用紙をきれいに伸ばすことに専念した。サムエーレの背中をじっと見ながら、用紙を縦に横になでた。

母は布の切れ端をかご一杯にとっていた。ズボンの当て布にしたり、穴が開いたポケットや擦り切れた縫い目を繕ったり、焦げ目やTシャツの頑固な染みを覆ったりするためだった。

休み時間になるとサムエーレは誰よりも先に教室を出た。後をつけて行くと階段を上がったので、私も後ろから一段飛ばしで階段をてっぺんまで上がった。すると、立ち入り禁止の屋上テラスに彼の姿が消えるのが見えた。

屋上に出てみると、凍てつきそうだけれど穏やかなローマの陽が照り付けた。彼は私より年長の男子たちと一緒にいた。

その時初めてサムエーレは私と私の赤毛に気づいた。

「なんだよ」。消えたタバコをくわえて振り向いた彼の目には、イライラとあざけりが見て取れた。

初めてのことではなかったが、そのとき、苦労や言い争いのイメージが頭に浮かんだ。私の絶望と野望、決して尊重も理解もされないこと、図書館と母の脅し文句、尽きることのない本のページ、「メロローグはメロスとロゴス、つまり音楽と言葉でできている」と繰り返す母の笑顔、図書館司書のティツィアーナのおかっぱの前髪、これを読まないとクズだという本の一覧表、つれづれに気晴らしとして笑うために読む本を放り出して読むべき本、勉強時間、つかみ合いのけんかをする父と母の怒号、電車でもトイレでも膝の上に置いて読む本、私がまだ外に出ていないのに沈む太陽、上がったり下がったりして私を評価する試験結果。こんなことを思っているうちに、戦いと復讐の欲望が膨らんでいった。私が無防備である時間は終わった。いまや多くのことを心得ていた。ピストルを撃つことも殴ることもひどい仕打ちをすることもキスをすることも、私はできた。

私はこぶしを握った。痩せて骨盤が目立つか弱い体から、狂気に駆られた力と、常に闘わなければならない者の無謀さでもって、サムエーレの顔を殴った。右目を殴られた彼は後ずさりして、その目を手で覆い、うろたえたように左目で私を見つめた。片目が見えないというのに、私の背後に他の誰かがいるかどうかを知ろうとした。もちろん誰もいなかった。

「哀れなやつはあんただってわかった？　まだイタリア語の作文もできないくせに。放蕩息子のあんたを怖がる人なんていないわよ」と大声で言ってつばを吐くと、つばが彼の靴にかかった。

私のこぶしが彼を痛めつけられるほど強かったかどうかはわからなかったが、指の節は痛んで焼け付くようで、腱と肉は震えていた。まつ毛は内部に湧き上がった狂気と怒りで濡れていた。私はその怒りを吐き出さなければならなかったのだ。吐き出された怒りは今、再びこの世に戻ってきた。

私の怒りはテラスの上に横たわっていた。陽を浴びてまぶしそうにして、日陰を這いずり回り、居合わせた人の肩の上に現れた。御しがたくエネルギーにあふれる私の怒りには顔や髪や手があって、擦り切れた膝までのジーンズをはき、片方の縫い目がほつれてしまった革の鞄を肩にかけていた。そして、無分別と色合わせの悪い服で際立っていた。釣り合いが取れていない私の怒りは、とても長い脚とおとなしくまとまった耳と小さく毛深い足をしていた。

怒りがそこにいるとき、私はいつも、湖の集落の家ではなく、私の本当の家、つまり、子ども時代に兄とアスファルトの上に〈い・え〉と描いた、あの家に帰って、自分たちが描いた線の中にすわった。

＊＊＊

小さなサッカー場を取り巻く凝灰岩とコンクリートでできた低い塀に私がすわっていると、体育の先生から私の体が曲がっていて軟体動物に匹敵する耐久力と野菜や種に通じる平衡感覚があると言われて、学校の周りを三周する羽目になった。そのことから私が感じたことはただ一つ。ゴールに決して到達することなく円周を走るという命令は、安全な避難所のようなものだということだった。

他のクラスの男子がサッカーをしていた。スパイク付きの靴を家から持ってきている子がいるかと思えば、ジーンズをはきセーターを着てコートに入る子がいた。みんなはのんきに、まぶしい陽の光でボールを目くらましにして、空から降ってくる塊を他の子がよけられないようにしようと、ボールをコートの真ん中でとても高く蹴り上げて楽しんでいた。

「お前、気でも狂ったのか？」サムエーレがポケットに手を入れたまま、私のそばにすわった。私は返事をしなかった。

「みんながみんな俺みたいだと思ったら、ひどい目にあうぞ」と付け加えた彼の目は、なんとなく赤かったが、私の襲撃の痛手をそれほど受けたようには見えなかった。彼をちっともやっつけられなかったと知って、私は気分を害した。

私はしばらく考えて、「ひどい目がどんなものか知らないくせに」と言った。

ところが、私を見つめる彼の顔には、怒りも非難も見られなかった。その顔はむしろ、その時まで彼が仕組んでいた企てを見破られてもかまわないと思っている人の顔だった。家から本を持ってきて教室で読む子が、愚か者や無関心であるはずがなかった。彼には私のイタリア語のテスト用紙など必要なく、単に私の注意を引こうとしてやったことだった。

「あそこにいる男子、なんていう名前？」サムエーレが他に何も言わないのを見て、私は長い髪の先が外にはねた男の子を指さして尋ねた。

「知らない」と彼は答えて、タバコを出し、つぶそうとでもするように人差し指と親指で握った。

「知ってるくせに。彼と話してるの、見たよ」

「何だよ、お前はスパイか？」

「違うよ。彼をスパイしてるの」

サムエーレは塀から立ち上がって、タバコをこぶしで握った。「それなら、彼に名前を聞けよ」

遠ざかって行く彼を私は追いもせず、彼に謝りもしなかった。私は自分の常軌を逸した行動に対して屈したくなかった。

その男の子はルチャーノといった。私はすでに他の子から彼の名前を教えてもらっていて、どこに住んでいるのかも、彼のスクーターのナンバーも知っていた。彼の家は三階建ての、前後に庭がある大きな家で、お母さんはルイ・ヴィトンの服を着て、お父さんは大型のメルセデスベンツを持っていた。ルチャーノが将来お父さんと同じ悪徳建設業者になるであろうことも、誕生日に宝石をもらうことも、学校で人気者であることも、私は知っていた。年上の女の子にも人気で、女の子たちがラブレターを書いて彼のナップザックに入れることも、休み時間に黒板に彼の名前と並んでハートや矢のマークを描いたり、電話番号を渡して「よろしくね」とうるさく言ったりすることも知っていた。私は塀から立ち上がってサッカー場を区切るネットに近づき、彼が笑ったり歩いたりするのを見つめた。お金持ちの人は、吟遊詩人や騎士や兵士のような歩き方でないとすれば、どんな歩き方をするのかと思ったのだ。

それから数日後の休み時間、私はアガタに「することがあるから、コーヒーの自動販売機の前で待ってて」と言って、ロビーにあふれかえる生徒のなかに姿を消した。校庭に出ると、ルチャーノは塀に腰かけていた。タバコを吸わず、あんずのジュースをごくごく飲んでいた。私は近くへ行き、友だちの前にいる彼を見て「こんにちは」と言って自己紹介した。会議か仮面舞踏会でのように、私は平常心を保ち、薄ら笑いやほのめかしを避けるようにした。

ルチャーノが持っていたジュースの缶は緑色で、あんずが二つ絡み合う絵が描かれ、砂糖無添加と書かれていた。彼は獲物をかぎ分ける人の抜け目のない目をしていた。私の指をぎゅっと握ったが、心はこもっていなかった。

私たちは少し言葉を交わしただけだった。私はこのときのために黒いスカートをはいていた。それは母のお下がりで大きすぎたから、わからないようにゴムで縛っていた。黒いストッキングはウエストのところで巻いていた。スニーカーは前の週の月曜日に集落の野外市場で買ったものだった。灰色のぶかぶかのセーターからは、私の青白い顔がのぞいていた。そばかすがあって、髪は不自然な赤毛だった。

「ということで、映画を見に行こう」と、私は相手の意向を尋ねもしないで、すでに計画中のことを確認するためみたいに言った。彼は「いいよ」と言って、私の電話番号を聞いた。「携帯電話は持ってない。家の固定電話の番号ならある」と言うと、恥ずかしい気持ちが体を巡り、胃のあたりに火をつけてのどを上がってくるのを感じたが、息を整えて石綿の埃みたいな屈辱を飲み込んだ。

ルチャーノはぎこちなく微笑んでから、私の固定電話の番号を自分の携帯に記して、私の名前をもう一度聞いた。早くも忘れてしまっていたからだ。私は電話が鳴るたびに母と競い、どうにかぎりぎり母より先に電話を取らなければならないことを考えた。もし母が先に取ったら、電話をかけてきたのは誰なのかとか、どこに住んでいるのかとか、どんな家族なのかとか、うちの家族が良いところの出だと言わんばかりに、尋ねるかもしれなかったからだ。

私はそれ以外あまり話さずにルチャーノと別れた。映画館へ行くのにどんな言い訳を考え出せばよいのか、映画館へはどう行くのか、チケット代をどう捻出するのか、わからなかった。夏に広場で『マンマ・ローマ』――母の一番好きな映画だったが、私はイライラさせられるだけで疲れて、上映の半ばで眠ってしまった映画だ――を無料で見た他は映画館へ行ったことがないと、誰に話せばよいのか。家にはテレビがなくて、ラジオと雑誌や本に連載される小説、つまり絶滅寸前の物で暮らしていると、誰に告白すればよいのかわからなかった。

家に着くところで、上の方から誰かが私の名を呼ぶのが聞こえた。顔を上げると、サムエーレが身投げをしようとしているかのように、テラスから身を乗り出してこっちを見ていた。「どうしたの?」と聞いても答えなかった。彼は欄干から身を引いていなくなり、それ以上付きまとわれることはなかった。

その午後、私は恋をしたとアガタに打ち明けたが、それは嘘だった。だが、恋について嘘をつくのは楽しかったし、ルチャーノの知り合いだと言うことで、自分に価値があり秩序ある宇宙の一部であると感じることができた。アガタには、「このことはカルロッタには言わないで」ときっぱりした口調で頼んで、こう付け加えた。「彼女は恋について何も知らないから」

アガタと私は同じクラスの他の女子とあまり繋がりはなかったものの、チェザーノに住む二、三人だけは同じ電車で学校へ通うことで空間と時間を共有していて、繋がりがあった。私たちは彼女たちから徐々に、誰を信用できるか見抜くことを学んでいた。その一人がマルタで、彼女には敵を作らない無邪気さがあった。学校でとてもいい成績を取っていたが、彼女はみんなの称賛を得るのに、私みたいに苦労する必要がないように見えたから、私をくやしがらせ、とげとげしくさせた。もう一人はラモーナで、軍人の娘でナポリ出身だった。学校で彼女が〈エ〉を口を大きく開けて発音するのをみんなはよく真似た。しかし彼女には、私にない能力があった。血以外のことなら何でも笑うことができるのだった。一度授業中、ノートの紙で指を切って自分の血が見えたとき、彼女は気を失った。

マルタとラモーナにも私は自分の初恋の思いを話して聞かせた。計画的で細部にわたって研究された、手榴弾に当たって損傷した四肢のような、人工的な初恋の話を。

その日から、私は彼女たちにルチャーノについての進捗状況を伝えることにした。ルチャーノが連絡をしてくるのは難しいだろうと彼女たちは言ったが、私は彼に新たに連絡せずに待った。ある日の午後、地理の勉強をしている最中に固定電話が鳴ったとき、彼の電話だと予感した私は駆けつけて電話を取った。ルチャーノは「今週の土曜日、犯罪ものの映画を上映するからそれを見たい」と言った。私の希望なんてどうでもいいみたいだった。

初めて聞くタイトルだったが、私も興味があると答えた。私たちはカッシア街道の映画館〈チャック〉で会うことにした。バスを二回と電車を乗り継いでしか行けない場所だったが、このことを彼が知る必要はなかった。互いを知ることは私たちのデートの目的ではなかったのだから。私は彼と一緒にいる有名人で、常に笑みを浮かべて頷くかわいい女の子でいればよかった。あなたの家もお母さんも車も素敵ね。あなたのキスの仕方も裸のあなたも好き。映画もよかった。私がちょうど見たいと思っていたの、どうしてわかったの？　と。

マルタの助けを得て、母にはチェザーノにあるマルタの家で勉強しなければならないと言って、昼食を終えるとすぐ電車に乗った。父には映画のことを打ち明けてお金をもらった。私と私に起こっていることに関わっていると感じさせることで、父の信頼につけこんだのだった。ただ、男の子が一緒であることは省略した。なぜなら、もはや私の兄の厳しい監視を当てにすることができない父は、男性の話が出るといつも殉教者の様相を呈して苦しみ七転八倒するからだった。父母の間にはあいかわらず意見の衝突や互いへの恨み、取っ組み合いのけんかや誰かをかばっての沈黙があった。

みんなに秘密にしてもらって、私は初めてのデートの場所へ向かい、何食わぬ顔で映画を見た。主人公さえ死んでしまうその映画には、車にひかれたり首をはねられたりした何人もの死体が出てきて、血が漂白剤みたいに飛び散り、動物たちは蹴られ、家は放火された。ルチャーノが私を試そうとしてその映画にしたのかどうかはわからなかった。彼が、私に郊外に住む分別ある女の子の格好をしてほしいのか、あるいは労働者や庶民的な家庭の女の子の格好をしてほしいのかも、直感ではわからなかった。わからないまま、映画が終わると、私は彼に微笑みながら「キスをしなくちゃね」と言った。

そうして私たちはキスをした。やがて館内に電気が灯ったが、そのときまでに私たちが交わした言葉は「チャオ」と「元気?」だけだった。彼が座席を越えて手を伸ばして私の太ももの間に入れたとき、私はゆっくり立ち上がって「また会うこともあるかもね」ときっぱり言った。

私はあっという間に外の道に出て、ローマ皇帝ネロの霊廟前にあるバス停へと歩いて行った。落書きだらけで周りにビールの缶がたくさん落ちているその霊廟を、私は確信と親愛感をもって見つめた。伝説によるとそこに眠るのは、ローマ中に火を放った男だった。

＊＊＊

その年のクリスマスの昼食に兄は来ないと決めたため、祖母はオスティアからひとり電車を乗り継いで、キノコとハムのラザニアの容器を二つ膝に載せてやってきた。そして、家に入って来るなり言った。「何もかもきちんと直さなければいけないね。キッチンのレンジフードの周りはかびが生えているし、タイルの目地も汚れている。それに、子どもたちは大騒ぎして、グリッシーニか街灯みたいに痩せている」と。

私たちはラジオをつけたまま食事をした。「ワールド・トレード・センターの跡地に残された穴の前で、人々がろうそくを持ってお祈りをしています」と言うのが聞こえた。私たちの沈黙は、双子がふざけるときだけ破られた。口に小さな指を入れて音を出したりしていると、双子はすぐ母ににらまれて静かにさせられ、部屋の隅に連れて行かれた。そうこうするうちに、父の上に悲嘆の霜が降りた。父と兄は決裂して以来、互いに「俺の息子」と「俺のおやじ」としか呼び合わないので、母は困っていた。私は話の結末がわからないまま本の終章まできてしまったときと同じ感じがした。

兄が不在の席を私たちの財政困難が埋めていた。バルコニーに吊るした明かりが、クリスマスを華やかにする唯一の飾りだった。本と辞書と服とトイレットペーパーにお金がかかりすぎたから、贈り物はしないと母が決めたのだ。もっとも、母によると、足りない物など何もなかった。双子にサンタクロースの話をする人は誰もいなかった。私と兄にも、洋服ダンスの中やベッドの下に贈り物を隠してくれたり、夜中に起き出して居間にこっそり入り、リボンと光沢のある紙に包まれた贈り物を積み重ねてくれたりする人はいなかった。

サンタクロースなど嘘で、キリストとは何の関係もなく作り上げられたというのが母の理論だった。だから、私が五歳のときから母はそう言いふらしていた。

小学生のときから私は学校で、いつも他の子どもの話から想像してサンタクロースを信じているふりをした。一方、サンタクロースが贈り物を持ってきてくれるという魔法が人間性そのものであるということに初めて気づいた他の子どもたちは、私と隔たったところで生きていた。私はポリスチレンで空想を作り上げ、もっぱら絵空事の真似をした。

昼食が終わると、私は道を渡って電話ボックスまで行き、電話機にお金を入れた。線がつながる音がした。兄が電話を取ってくれるといいなと思いながら、ひとりで家にいる兄の姿を想像した。市販のポテトチップスの袋を抱えて、祖母のくすんだワイン色のソファにすわって、窓の敷居かアパートの庭の夾竹桃《きょうちくとう》を眺める兄の姿を。

「もしもし、お兄ちゃん。私だけど。あっ、クリスマスおめでとう。何してたの？」「何も。寝てた」「なんで来なかったの？」「お母さんが逆上すると思って。もううんざりだ」「私のこともうんざり？」「そんなことない。お父さんは元気？」「ずっとすわったまま」「お前は石みたいに頑固になりつつあるな」「お兄ちゃんは冥王星みたいに遠くなっちゃった」「なんで電話し

「教えてほしいことがあって」「いいよ」「あのね、触りあうとき、男の子は背後からされるのがいいの？」「すごい質問だな」「質問だから答えてよ」「背後から何をするって？」「触るのよ、背後から。そうじゃないの？」「そうじゃない。誰かに強要されたのか？」「ううん、誰にも。知りたいだけ」

コインがなくなって、兄とのクリスマスの電話も終わった。兄がいなくて寂しいと言う暇もなかったし、どう言えばいいかもわからなかった。兄以外には私のことをわかってくれる人などいないし、ピンク色の二メートルの大きさのクマのぬいぐるみを抱えて家の階段を一緒に上がってくれる人も、意味がないからこそ神聖な身振りを示してくれる人もいないことを。

家に戻ると私はひとり物思いにふけった。一割引きで買ったパンドーロも、そのパンドーロの袋を開けて粉砂糖をかけ、それからその袋をマラカスみたいに振って、道の真ん中に袋を投げ捨てたときのようなドンドンという鈍い音を立てた父の姿も、すでに遠い彼方だった。

映画のあと、私とルチャーノは見つめ合ったり体を寄せあったりのデートを続けた。家に電話をかけるときは、夕方以降にかけるのが約束だった。ただ、いつも彼にかけ直してと頼まなければならなかったのは、五分も電話していると、母が切りなさいと合図をして、お金がなくなるとかお金の無駄だとかしつこく身振りで示すからだった。

私たちのおしゃべりには重みがなく、同じ話題をよく繰り返した。彼が受けている英語の家庭教師の授業のこと、フットサルの勝ち負け、お父さんとサッカー場へ行くかどうか、私が彼のことを思っていたかどうか。「もちろんすごく思っていたよ」と私は言った。「どれくらい？」と彼が聞くたびに、私は「すごく」と繰り返した。すごく以上の表現を知らなかったからだ。すごくのあとはものすごく？　無限に？　果てしないくらいにすごく？　私は爪の根元の甘皮をむきながら、「果てしないくらいにすごく」と彼に言った。

彼といるときは自分の家庭の大変な話には触れなかった。暮らしに関わる問題や不都合な問いは投げかけず、彼は持っていて私は持っていない一連の物にすばやく話を変えた。するとそれらの物を彼と共有しているような気さえした。というのも、そんな非公式のか細いつながりでも、分かち合いの印になる可能性があったからだ。人を繋ぐ連通管の法則に従っていれば、ある地点で彼の富があふれて、私がおこぼれにあずかることになるかもしれなかった。小さな連通管の低いところで上方を見て口を開けていさえすれば。

サムエーレは私に、ルチャーノが自分の友だちではないこと、そしてルチャーノが価値のない子だということをしっかり伝えたがった。ラテン語の授業が終わるとやってきて、私が頼みもしないのに意見をつぶやく彼に、私の方は肩をすくめるだけだった。

「それが何だっていうの？」と、私は細長いピンク色のペンケースにペンを入れながらサムエーレに聞いた。

校外でルチャーノに会うことはほとんどなかったが、彼がカンゾウを噛みながら終わった試合やこれからの試合についてコメントして時間を過ごす専門学校前のバールで、何度か一緒に過ごすことができた。そこで、私はうわの空でイエスと言ったのだった。マルタの家で勉強すると言い訳したおかげで、何度か午後の自由時間を手に入れた私は、最初の午後を使ってルチャーノの家へ行った。

彼と一緒にバスに乗っていると、他の女の子たちのキラキラした興味津々の視線が服やナップザックにくっつくような気がした。私たちが付き合っていることにうすうす気づいた彼女たちは、ルチャーノのような男の子が私のようなひ弱な女の子とデートすることになった理由が納得いかなかった。私はかわいいといってもたいしたことなく、もしかするとシラミがいたり破れたストッキングをはいたりした女の子かもしれなかったからだ。

彼が住む家には月桂樹の垣根があった。それは私の人生最初の垣根だった。つまり、時間の順序における最初ではなく、私が象徴的な価値を与える最初の垣根だった。その時まで垣根がほしいなどと考えたことはなかったが、高い境界を築いて人の視線を除くことができる生け垣が、そのとき私は無性にほしかった。

ルチャーノの寝室は半地下だったが、部屋の一面が庭の低い部分に面していたから、私が知っている、古い建物の暗い一角の、空気が澱んだ半地下とは別物だった。ルチャーノ家の人がじめじめした部屋と呼ぶそこには、バスルームと中央にビリヤード台が置いてある広い居間があり、私の部屋の三倍の広さがあった。ルチャーノはラルフローレンの青いセーターを集めていて、とてもうれしそうにコレクションを見せてくれた。

私たちはさっそくキスをし始めた。彼の両親は家にいなかったし、帰って来ても口出しをしたり彼がどこにいるか探したりしなかった。まるで彼がもう大人であり一人暮らしをして、弁護士にでもなり、今にでも大西洋横断のクルーズに出たり北極を訪れたりできるかのように。

私は彼に他の女の子と会っているかどうか聞いたことはなかった。自分への評価や何番に位置するかについて質問したり、はっきりした輪郭で私を描写してほしいと言ったり、どんな音楽を聴いているのか、ミントとフルーツ味のガムはどっちが好きかについて調べたりは、決してしなかった。彼が同じセーターを何枚も持っていて、善人が悪人のように絞殺される映画が好きで、髪を整えるのが上手でウェーブを作って毛先を曲げられること以外、私は何も知らなかった。

彼が体をこすりつけたり触ったりするのが慣れていなくて不器用に感じた私は、それに反応して彼から離れて言った。「触られるのには興味がないから、触るのは私ね」と。すると彼はいいともいやとも言わなかった。

そして私は、「後ろを向いて。顔を見たくないの」と言った。

「どういうこと?」と彼に言われて、私は思い出した。「男子には気を付けること。男子が『君を信じるよ』と言ったり、わかっているように見えたりしても、わかっていないのだから」という母の言葉を。

「あなたの家の庭は私よりきれいだから、外を見てて、という意味」

ということで、私は彼の首筋を見つめ、彼は小さな黄色いバラの垣根をじっと見つめてしたのだった。

＊＊＊

豪雨がいかに家の中に入って来るのか？　他のみんなは知らなくても私は知っている。

一月のことだった。母はキッチンのテーブルに身をかがめていた。すわろうともせずにひじをテーブルクロスについて私の連絡帳をめくっていた。つまり、ゴムで何冊かのノートをまとめて縛り、そこに母が数字と日付を記したものだ。母はあるページでとまって、人食い鬼のような巨大な黒い目で見た。

「これは何なの？」と母は聞いた。ページを指してその四角い紙を何度も押し続けるので、穴を開けたがっていると思うほどだった。

何を指しているのかわからなかったので近寄って見ると、ルチャーノが連絡帳に描いた絵を母が見つけたのだとわかった。彼の家へ行ったとき、彼が私の連絡帳を奪って、きれいに描くからと笑いながら宣言して描いたものだった。

バルコニーに雨が降る音が聞こえた。水は今にも入って来て、キッチンやバスルームを、ベッドや洋服ダンスを水浸しにしようとしていた。

「誰が描いたの？」と母はさらに背中を丸めて聞いた。まるで私をプランクトンと小魚にしようと決めたクジラみたいだった。

「男の子……」

「ネオ・ファシストのケルト十字じゃない、あなたの連絡帳に描いてあるのは」。母の声が十音分高く鋭く濃密になった。母は連絡帳を両手で持ってテーブルに二回打ち付けた。ノートを紙吹雪のようにしたかったのかもしれない。私は息が詰まりそうだった。足はウールの靴下の中で冷たくなり、暖房器具が遠くに感じられた。気温は零下まで下がった。

「明日一緒に学校へ行く」と母がとても大きな声で怒鳴ると、バルコニーが、それから建物が、崩れそうだった。部屋のドアが閉まる音がしたのは、父が中に閉じこもったからだった。

「つべこべ言ったり笑ったり逃げたりしないで、ここに来なさい」。母は私のひじをつかんで再びノートを開き、ルチャーノが描いた絵に私の頭を押し付けた。まるで私が、するべきでないところにおしっこをした犬であるかのように。

翌朝、母は仕事には行かないと言って、緑色のウールの帽子と青い手袋という多色使いの格好悪い服装をした。子ども時代、私もそんな色使いの服を着ていたが、今は毛嫌いしていた。母は私について電車に乗り、学校まで来た。母の顔には嫌悪が、私の顔には一連の事を止めることができなかった悲しみが浮かんでいた。

学校の中庭にさしかかったとき、母はまだ私のひじをつかんで連れて行こうとしていた。私は、世界の終わりが来て、母がすべてを終わりにする前に私たちを消滅させてくれないかと望みながら、下を向いてアスファルトの割れ目や穴や松葉を見ていた。

軍隊のような足取りで母は私を校長室がある階へと引っ張って行き、ドアの前でじっと待って呼ばれるのを待った。今回も面会の約束はなく、ドアが開くまで帰るそぶりを見せなかった。

私たちは校長先生の前にすわった。校長は背が低く黒い短髪の女性で、丸いレンズの近視用眼鏡には眼鏡が落ちるのを避けるためのひもが付いていて、ひもには真珠がたくさん付いていた。校長は花とカルダモンの香水をかすかに匂わせながら、母が大工みたいにかく汗とはいているストッキングの伝線に、立ち向かっていた。

母は連絡帳を開いて校長に見せた。

「ある男子生徒さんが娘のノートにこんな絵を描いたのです」

校長はノートを見て、困ったように微笑んだ。指を曲げて、たいしたことではありませんと言おうとした。「男の子たちは塀に書かれた文章を見ても、意味がよくわかっていないのです。サッカー場での斉唱を聞いても、あるいはバス内の落書きを見てもそうです。単に知らないだけで、じきにわかってきます」

「先生、私は学もありませんので、娘にどう教えてほしいと言いに来たのではありません。先生方にどうしろとか何をするなとか、もう二度と言いには来ません。ですが、娘を守っていただきたいと切に願います。その男子生徒と、それから家族と面談すべきです。ケルト十字はただの絵ではありませんから」

「おっしゃるとおりです。男子生徒が理解できるように促し、この問題について話すよう教師たちに言いましょう。ただ、お嬢さんが困られるかもしれないということをご理解ください。私は生徒たちのことをよく知っておりますが、生徒同士で咎め合うのは決していいことではありません」

「それなら私が男子生徒を咎めましょう。困っているのは私ですからね。男子生徒とその家族、それから学校側からも謝罪していただきたい」

母がすわり直すと椅子が軋んだ。私はすわったまま悪夢に捉えられていた。手には汗がにじんでいた。交わることがないようにと頑なに切り離してきた二つの世界が、今、混ざり合おうとしていた。

「単なる絵だよ」と、言えるものなら私は母に言いたかった。「単なる線と丸なんだから、その方眼紙をノートから破ればいいだけのことだよ」と。しかし、私はひと言も言えず、敗北の水の中でなすすべもなく泳いでいた。

六章　夏、私は後ろ髪を引かれている

石灰が入ったバケツを両手にそれぞれ持った父が、工事現場の足場から落ちて大けがをしたのは、五月のことだった。滑車につまずいた別の労働者が父の上に倒れたものだから、父がバランスを失った。そのうえ父を守るはずの鉄製の桟がたわんで、バケツを手放したにもかかわらず父はどこにもつかまることができなかったのだ。落下したとき、父は仕事が不正労働であることを悟った。労災保険やボーナスがないどころか、給料が支払われない月すらあって、そのような時には事を荒立てず、給料を払ってもらうよう頼みに行かなければならなかった。そして、自分という人間がいることを、自分は他の労働者と同じく朝五時に起きて現場へ行くということを、主張して思い出させなければならなかった。労働組合も法的保護もなく、ましてや告訴などできないことを、父は知っていた。

あれは五月のことだった。ゴキブリのように地面に仰向けになった父が、けいれんした足を最後に動かしていたのは。それはすでに、彼の降参を物語っていた。

父の友人は、半地下の私たちの住まいのドアをノックし続けた。どこへ電話すれば私たちに繋がるかわからなかったからだ。光熱費の領収書の名前は父名義ではなかったし、電話ももうなかった。ラジオは当然、父が落下して歩けず死にそうになっていることを伝えてはいなかった。だから父の友人は、母がドアを開けるまでドアをノックし続け、ドアが開くと、「奥さん、ご主人が足場から落下したんです」と言った。

友人は仕事に戻らなければならなかったので、母は黄色いビーチサンダルと父が家で着るチュニックを着て道まで出て、私たちを父の元へ連れて行ってくれる人を探した。けれども見つからなかったので家に戻り、ズボンをはいて髪をいつものクリップで留めた。それから、私と兄に双子を一人ずつ渡して大声で言った。「しっかり抱いていてね、わかった？　しっかりよ」

ためらいと落胆でないまぜになりながら、私と兄は母の後ろをついて行った。バス停でバスが来るのを長いこと待ちながら、母はそわそわして、まるで私と兄が目に入っていないかのようだった。母の思いは渦巻き宙に浮き、風に吹かれるシーツのようだった。最初のバスがやってきたので私たちは駆けつけたが、ぜんぶで五人いるのに座席が二つしかなかった。双子は泣き出し、それから静かになったが、私たちをじっと見ると、また一緒に泣き出した。私と兄は何がどういうわけで起きたのかあえて聞かずに、双子を窒息させそうなほどしっかり抱いていた。

三番目に来たバスはうだるように暑かった。窓を開けてもらちが明かず、家を出てすでに一時間以上経過していたこともあり、母は運転手に息ができないと怒鳴った。「車内は酸欠状態よ！」と。だが運転手は取り合わず、チェックもしなかった。夏物の薄手の服を着た乗客たちが、私たちを苦々しげに指さした。

私はあの総合病院《ポリクリニック》には二度と戻りたくない。ポリクリニックと聞くだけで、今、病院ではなく天変地異の跡の噴火口があるかのように、顔をそむけたくなるのだ。救急処置室の待合室の外で待たされ、双子のマイコルの肌に密着した私の皮膚は汗をかいた。私はマイコルの顔が私や母の顔と似ていないことがうらやましかった。なぜなら、もし父が亡くなっても、マイコルはまだ父に似る可能性があったからだ。父がどうなったのか理解した兄は、壁を蹴って、抱いている双子の片割れロベルトを、そして災難を、抱きしめた。

「蹴るのをやめなさい」と母は兄に冷ややかに言って、看護師や医師と話をした。そして、救急処置室のドアの向こうへ消えた。身投げできるような絶壁の縁に、私たち四人を残したまま。

スリッパと部屋着を身に着けた人が周りを歩き、担架に乗せられてエレベーターから出てきた人もいた。「どこかから落下した重体の男性が運ばれて、左官をしていたみたいだけど、気の毒に」という誰かの声が聞こえた。私はその言葉を、「気の毒に」という言葉を、心に書きとめた。そしてその言葉を、情報を伝える器官から器官へと、舌の上の胆汁みたいに滑らせた。

私たちの元に戻った母の服には腋に汗のシミができ、眉間には深い皺が刻まれていた。以前は決してそれほどに思えなかった皺が、溝や谷のように見えた。

母は私たちを集め、決して震えることのなかった大きな手で、私たちの腕に触れた。泣きわめきもせず、嘆きもせず、神や宇宙をののしることもしなかった。母は三十歳にもなっていなかった。父は四十歳にもなっていなかった。母はただ「お父さんは歩けなくなっちゃった。だからあなたたち、私の言うことをしっかり聞くのよ。いいわね？」と言った。

母の言葉に頷いた私と兄は、窮地に立たされていた。子どもなのにおもちゃも家もなかったけれど、しっかり聞いた。

私たちはとても強くならなければいけないと、母は繰り返し言った。そして私と兄から双子を受け取って、緑色のプラスチックの椅子に腰かけた。患者と共に病院へ運ばれた親族や、自分で駆けつけた親族がいる前で、母は片方ずつ乳房を出して双子に授乳した。双子は消毒もしていない乳を、病原菌と一緒に飲んだ。

「お父さんは工事現場で働いてなどいない。いいわね。人から聞かれたら、お父さんは働いていなくて、家にいて、階段から落ちたと言うのよ」と母が言った。

私たちは黙って母の胸を、ぶかぶかのシャツを、汗と赤毛を見た。

「繰り返してみて」と、母はさらに小声で目を見つめながら、まず私に、それから兄に言った。

「お父さんは働いていない。階段から落ちた」

「お父さんは働いていない。階段から落ちた」

そう自然に唱えたのを聞いた母は満足そうに頷き、私たちを再びすわらせ、おとなしくしているように言った。

「僕のお父さんじゃないけどね」と、兄は不安を遠ざけるかのように私の耳元でささやいた。

＊＊＊

オルソが言った。「船着場から最初に飛び込んだ人が勝ち」。とは言っても、説明になっていなかった。

スクーターが突堤の小さな階段のそばに停められていた。私が初めて湖を見た広場だ。そこにまだあのときと同じ黒い水があって、あいかわらず水に濡れた羽根の匂いがした。

オルソの本当の名前は別にあったが、彼はみんなにオルソと呼ばせていた。私より二歳年上で、私の知り合いの中でただ一人、胸の中央に刺青をしていた。熊《オルソ》のような顔の口を開いて話してくれたところによると、子どものとき、熊が彼を食べようとする夢を見たのだそうだ。熊は親指をかじって、指先から食べ始めたらしい。

飛び込みが嫌いなマルタは、スクーターのハンドルにひじをついて、「ノー」と首を振った。彼女はまっすぐな髪をしていて、左側の鼻孔の上に大きなほくろがあった。ちょうど学年末で、生活態度で十点満点が取れそうだということだった。これはミイラかフレスコ画にこそふさわしいはずの、ほとんどあり得ない評点だった。

突堤の上を歩きだした私の黒いサンダルが、ペタペタ音を立てた。足は汗をかいて、サンダルの中でするりと滑った。まだ春になったばかりだというのにすでにとても暑く、湖水は温《ぬる》んでいた。

グレコはTシャツを脱いで、バミューダ風の海水パンツのままだった。ヘルメットと一緒に靴もスクーターのところに置き、小さな階段を上って言った。「もう十回は飛び込んだよ」

だけどそれは嘘だった。グレコが言うことはどれも嘘だということはもうわかっていた。グレコというあだ名も、生まれ故郷のことも父親の職業も。

白人と黒人のミックスに近いほど浅黒い肌をしたグレコが、突堤が熱くて足が焼けそうだと文句を言いながら私の横を通り過ぎて行った。

私がスクーターの方へと顔を向けると、知り合いの女の子たちが駐車スペースにいるのがわかった。マルタ、ダフネ、ラモーナ、そしてイリスだった。私と一緒に来て、何が出るかもわからない賞品を獲得しようなんて、誰一人考えもしなかった。

欄干まで来たオルソが、「何怖がってんだよ？」といつも男友だちに言う口調で、大きな声で私に言った。

「怖くないよ。あなたは？」

私はTシャツとジーンズの短パンを脱いで、黒いワンピースの水着だけになった。この水着は夏じゅう飽きもせず着るつもりの水着だったが、ストレッチ素材のライクラが水に入るたびにお腹を冷やす気がした。

私の兄の目のように充血した涙目のオルソは、背があまり高くなかった。何か月か前に髪を剃っていたのは、マルタの話によれば、頭を手術するためだったらしい。いつも頭痛がして、ある日、頭の中の何かが、映画館のポップコーンのように爆発するに違いないと思っていたそうだ。

欄干に腰かけたオルソは、私に答えず笑った。そのあと彼は湖へと飛び込む橋脚に一番乗りしようと思ったが、グレコが彼を追いかけて抜かそうとした。私はオルソが欄干に不安定な仕方でまたがるのを見て、彼は十回も飛び込んでいないと、早くも思い始めていた。「気を付けて」と大声で言いながら私たちの方へ数歩近づいてきたイリスと、私はしっかり目が合った。すると気持ちをくすぐられるべきか当惑すべきかわからなかった。「滑って落ちないようにね」と言い添えたイリスの気配りに、私は混乱したのだった。

イリスと私は知り合って間もなかった。マルタがいとこのオルソや他の友だち――そこにいたグレコ、ダフネ、ラモーナ、それにイリス――と湖で一日過ごすのに私を誘ってくれた五月一日まで、私たちはみんな知らない者同士だった。イリスは私がジェイン・オースティンの『高慢と偏見』を読んだと知って、「私も」と答えた子だ。

彼女の返事を聞いた私は、不快に感じた。そして長い間、私をからかいたくて彼女が嘘をついていると思っていた。というのも、その時までオースティンなどの本は、私にとって罰であり復讐だったからだ。それに、私は同年代の女の子たちが見るテレビの短篇映画を見ないし、彼女たちが楽しむビデオゲームもしないし、彼女たちが読む本も読まないから、彼女たちの話題からのけ者にされていたからだった。

男の子たちが大胆な行動に出る前に、私はもう欄干の上に立って身を乗り出した。湖を周遊する客船を係留する橋脚に、片足を、それからもう一方の足を載せた。そこから私の赤毛が翻ったかと思うと、顔を打った。

かかとから押し出されるように感じた。水面に浮く水藻が地図のような形を描き、大陸のように見えなくもなかった。私が勢いをつけると、男の子たちが懸命に進むのが目に入った。ラモーナが「無理しないで」と言った。それを聞いた私が水中に潜ると、冷たい水が細い腰とあごをピリピリさせた。かかとで船着き場の水底に触れると、ぬるぬるした石と、もはや角の取れたガラスがあった。目を開けるとそこは薄暗く、何もなかった。かなり長く伸びた水藻の影が水中を暗くさせていた。私は足を蹴って水面に戻った。すると私と湖の間に打ち立てられていた静寂が、別の誰かが飛び込んだことで破られた。私に少し遅れて息継ぎをしようと浮き上がってきたのは、オルソだった。

グレコは肩甲骨と顔の間に自尊心を隠して、そこにすわったままだった。競走で負けた人の顔をしていた。彼は何か月にもわたりイリスの気を引こうと彼女にやさしく接していたが、今のところ握手をしてもらい、とても仲のいい友だちだと言ってもらえただけだった。

「お前の勝ちだ」。オルソはにこっとして、水面にうつ伏せに浮いて死んだふりをした。すると、水面の模様が乱れた。髪を剃ってつやつやした彼の頭と手術の跡がきらめいていた。

それで私は何を手に入れたのか？

何も。

私は足をぎこちなく動かして、水に濡れた犬のように岸辺の方へ歩いて行った。

冷えた体で突堤を出た私は、地面に捨てられたゴミを避けて裸足を着地させながら、砂利の上を歩いた。母に教え込まれていて、実は、麻薬に使われた注射器が刺さるかもしれないと思って怖かったのだ。

「そこで何してる？」水から上がって体を拭いていたオルソが、私にもタオルを渡してから、今しがた私たちが置き去りにした場所にまだじっとしているグレコを見て言った。

「今降りるところ」と彼は言ったが、そこを動かなかった。

するとオルソはもう一度橋脚へ上がってグレコのところへ行った。そしてゆっくりグレコをまたがせて、セメントで舗装されたところまで連れてきて、グレコの肩をポンとたたいて励ました。

「次回はお前が勝つから、それでいいだろう？」

グレコはうつむいたまま頷いた。そこで私は思った。オルソはやさしくて人間味がある。でも、湖に善人と悪人を一緒に放り込んだらどうなるのかなと自問した。何かが影響を及ぼしたり薄まったり混ざったり同化したりするのだろうかと。

私は少しのあいだ黒いアスファルトの上に立っていたが、飛び込んだ地点に置きっぱなしだったビーチサンダルと服を取りに行くことにした。

「一瞬たりとも考えないで飛び込んだね」と、イリスが私の背後で言うのが聞こえた。段を付けて切られた彼女の黒い髪と、肩ひも部分にリボンが付いた黄色のギンガムチェックの短いワンピースが風に揺れていた。

「誰かがするしかないじゃない」

「何を？」

「飛び込み」

イリスは突堤の真ん中でニコニコしながら私を待っていた。

「私のウサギがどんなだか見に来ない？　ローリーっていう名前で……」

「そのウサギ、ダルシーって呼ぶべきだったね。だってローリーは、ジョーが、死んでも結婚しないって言った男性にしか過ぎないから」と、私が知識をひけらかして答えると、その知識はようやく正しいとみなされて落ち着き先を見つけたようだった。

スクーターのエンジンがかかると、私は髪で耳を塞ぎ、オルソが手渡してくれたヘルメットをかぶった。するとお椀状のヘルメットがこめかみの上で揺れた。ヘルメットには色とりどりのシールがたくさん貼ってあった。

イリスも同じようにグレコのスクーターの後ろに乗った。

「私ね、カスタードクリームを作るのがうまいのよ」と、イリスが私に大声で言った。そして、私があまり感じよく応えなかったにもかかわらず、笑った。そうこうするうちにスクーターは、改造マフラーに典型的なブルンという大きな音をさせて発車した。

私は思った。カスタードクリームとウサギはまったく何の関係もないと。

***

ルチャーノは私にとって首飾りや金塊で、物が詰まったトランクのようなボーイフレンドで、貴重な金ぴか品であり、ジャケットの左襟につけて見せる玉虫色の石のブローチのようなものだった。

母は彼の名前を聞くのをいやがり、むち打ちされたように不快感を表した。

ケルト十字の一件を解決するには問題があって、その問題とは母なのだと、私は打ち明けなければならなかった。

「あのね、ルチャーノ、うちのお母さん、誤解ばかりするの。ねじれた枝みたいに育った人で、うるさく責め立てる病気なんだ。どうでもいいことと大事なことの区別がつけられない。それに、男の人みたいな格好して、光熱費の料金を払ってる。だからかわいそうだと思ってわかってあげて。謝るだけですむから」

母が学校に怒鳴り込みをしたとき、私は、問題はルチャーノの絵ではなく母だとすることにした。ピンク色のTシャツを着て、アガタがクリスマスにくれた光沢のあるカチューシャを付け、腕を組んで塀の上にすわっていた私は、考え抜いた葛藤のきらめきに対峙する重々しい雰囲気を漂わせていた。私はルチャーノの目を見つめながら、人差し指で自分のこめかみに触れた。そして、母の強迫観念のすべてが母の頭の中にあると示そうと、オルゴールのねじを巻くように指を何度も回した。

ルチャーノが母に謝ったあと、私には彼に話しかけることが禁じられた。そこで私は、学校で友だちの携帯電話を使ったり、彼に話しかけたり手紙を渡したりするために、講堂の裏の廊下に身を潜めたりして、その禁止を整然と破った。数学の練習問題が汚い字で写してある方眼紙の裏を使った手紙には、ハートや小さな羽が左右非対称についた天使を描き、軽々しい愛の言葉を書いた。「愛してる」と繰り返すほどその言葉はすり減って、ろうそくみたいに熱で溶けて垂れて地面に落ちた。

学年度が終わり、私はすべての教科の平均点が八・五という素晴らしい成績を保持することができた。通知表を見た母は、がんばれば九だって取れると言ったので、私がしっかり九を取れたイタリア語の評点を指さしたら、母は震えるほどうれしいのをこらえて、顔を手で覆った。

通知表をもらう前の学年末の親子面談に、イタリア語の先生は私の両親が来ることを望んでいた。しかし母しか現れなかったので、先生は母に私の作文が書かれた記録用の紙を渡して言った。「お嬢さんには十点満点をつけたのですが、実は心配している事があります」と。というのも私が作文に、金魚がいる中庭の噴水盤のことを書いたからだった。黙って水をぐるぐる回していたら、建物の窓から住人に大声で恥知らず呼ばわりされ、私は子どもの指で一匹ずつ金魚を握り、つるつるした体から目を飛び出させ、尻尾を引っ張り、うろこを削り取ったと、私は書いたのだった。作文は丁寧に、他の生徒が知らないような言葉を使って書けているが、私を苦しめるような何かがあるのではないかと、先生は母に言った。

家に帰ると母はすかさず私に尋ねた。「何かに苦しめられているのなら、言いなさい」

「ううん、何もない」

ちっぽけな自分を、無防備な子ども時代を、健全なおもちゃを、自ら決定的にさらしものにした作文を取り返して、私は自分を守った。子どものとき、ピストルを撃つことを知らなかった私は、母が守ってくれるのを待ち、パンの身が詰まった私という小さな人格に被る危害を、母か兄の元に走って知らせたものだった。

しかし、私は大声を上げるべきだったかもしれない。「私を苦しめているのはお母さんじゃない。それに世界ぜんぶ。それから私にないもの。何よりもテレビ。他にも、イタリア・ウーノのテレビの短篇映画、ブロンドのメッシュ、サッカー選手のフィギュア、ゲームボーイ、プレイステーション、トゥームレイダー、お母さんが禁止した本すべて、ぴかぴか光るレッリ・ケリーの靴、毎日放課後にチュッパチャプスを舐めていても歯が抜けると言われないこと、頭が痛くなってベンチで寝るはめになることを恐れずに吸うタバコの一服、水泳とバレーボールと演劇の教室、次々鳴る、疲れを知らない携帯電話、誕生日会をするマクドナルド、靴に合わせるGUESSのバッグ、無数のナイキとアディダスのスニーカー、サンデッキの水着、クマのプーさんのTシャツ、フェスティヴァルバールのアルバム、ブリトニー・スピアーズのCD、放課後に未成年用ディスコへ行くこと、免許がなくても乗れるミニカー、足台の下にネオンのライトが付いたスクーター、教室で噛むビッグバボルのガム、手のひらで崩してタバコ状にする大麻、兄の涙目。これらすべてが私を苦しめてきた。私が人に非難されても黙ったままの金魚みたいに、すべてが私を苦しめてきた」と。

だからイタリア語で九を取ったことは、母にも私にも侮辱に思われた。娘はうまく書けたのに、憎しみについて語り、卑しいことに美しい言葉を無駄に使ってしまった。

学年度が終わり、ルチャーノはサルデーニャ島へ家族と出発した。そこには親が所有する海辺の家と船があったからだが、彼は私を招待するなんて思いもしなかった。彼と付き合って以来、私は贈り物をもらったことがなかった。彼には、贅沢な暮らしを私と分かち合いたいなどという気はなく、私を学校の塀の内側と家の周辺の外出だけにしっかり留め置いた。私が彼の部屋で裸で歩いても、彼の友だちと仲良くすることはなかった。

夏休み前にクラスのみんなが集まる夕食会で、私はメニューで一番安いピッツァ・マルゲリータだけをオーダーして炭酸水を飲んだ。頭につけていたカチューシャのせいで、私はカトリックの教理問答を受ける少女みたいだったし、パーカーはバスケットボールの選手のものみたいにぶかぶかだった。どこかのタイミングで、サムエーレがいつもの友だち二人とやって来た。お酒を飲んでいた彼はよろめきながらテーブルの方へ来て、女の先生たちの前で拍手をし始めた。そして部屋の真ん中で左右に半旋回しながらお辞儀をして、今年も先生たちが彼を落第させたことに感謝を示した。

みんなは、別れの挨拶をする場面の絵に描かれているかのように不動のまま、紙のテーブルクロスの上に手を載せて、テーブルの下で足を組んでいた。先生たちはまるで石膏でできた乏しい給料の彫像で、同僚は不遜な雰囲気を漂わせていた。

だから私が立ち上がって、テーブルの周りを歩いてサムエーレのところまで行った。そして彼の腕を取って出口まで連れて行くと、彼は何かぼそぼそ言いながら私にされるままになった。

「さあ、家に帰りなさいよ」と言って、私はレストランの外で彼を放した。彼の友だちをよく見ると、学校の屋上テラスにいた男の子たちだった。

「一年中まったく勉強しないで、今になって騒ぎに来ないでよ」と私は言った。サムエーレの顔は蒼白で、額に汗をかき、口からゴボゴボいう音がした。

「お前の中身はなんだ？　石か？」と彼は私に聞きながら、体を折り曲げ、私の前のマンホールの縁のところで吐いた。彼の胃にあった物が小川となってアスファルトの上に広がった。ファストフード店での夕食の残骸だった。

私はつま先で旋回して、その夕べを台無しにしないように店内に戻った。私は自分にふさわしい点数を取り、お金持ちのボーイフレンドがいて、夏が待ち受けていた。私くらいの年齢の子にとって、夏はミサや教会や泳いだ後にたどり着く川岸か、窓を閉めたまま旅を続けたあとに吸い込む空気のようなものだった。

私は再びアガタのそばにすわった。

「大丈夫だった？」彼女がおびえたように尋ねた。

「サムエーレ、吐いちゃった」。私はすっかり干からびたピッツァを切りながら答えた。

「心配させられたけど、ちょっと気の毒にもなっちゃって……」と小さな声でアガタは言いかけた。

「ピッツァが冷めちゃった」と、私は石灰でできたようなモッツァレッラを嚙みながら締めくくり、カチャカチャさせてナイフとフォークを皿の上に置いた。

＊＊＊

「バットマンという名前なの」

「誰が？」

「ウサギ」

「ローリーって言ったじゃない」

イリスはウサギの名前を変えていた。もっとも、ウサギはそんなことに気づきもしないけれど。

イリスの家の下に、黒みを帯びた緑色の網で囲われた小さな菜園があった。そこにはサラダ菜、トマト、キャベツ、ブロッコリが植えてあり、うわさのバットマンがいた。黒くて、犯罪と戦うからそう呼ばれるウサギは、サヴォイキャベツに襲いかかろうとするカタツムリをお腹で押しつぶした。

イリスは私がアングイッラーラで最初に知り合った子で、彼女の家は私の家から二キロメートルほど離れていた。一家は公営住宅に住んでいるわけではなかったが、キッチン、バスルーム、寝室が二つ、小さな居間がある間取りは、私たちの家に似ていた。

私たちのビーチサンダルは濡れて、泥が付いていた。イリスは、おばあちゃんがサン・マルツァーノ種のトマトを這わせるために使う竹の茂みの中で、バットマンを探していた。

「あそこに以前、トサカっていう名前のオウムがいたの」と、イリスは長細い空のケージを指して教えてくれた。

私はその鳥が結局どうなってしまったのか尋ねずに、まだ熟していない苺を取って、その酸味をお腹まで吸い込んだ。

毎日、私は湖まで行く方法をいろいろ考え出さなければならなかった。

最近私は、母が仕事をする家の息子さんが手放すことにした自転車を譲り受けて、家の前で乗る練習をしていた。すでに二回転んで、子どもみたいに膝の皮がむけていた。今はまだ自転車は交通手段として使えなかったため、湖岸まで行く集落の乗り合いバスに頼っていた。あるいは、二キロメートルほど歩いてイリスの家まで行き、親たちに見られないようにしてオルソとグレコに二人乗り禁止のスクーターで迎えに来てもらうか、マルタのおばあちゃんの黄色いパプリカ色のフィアット・プントにみんなで乗せてもらうかした。

イリスがお姉さんと共有している寝室の壁には、子ども時代の写真と、一家がひいきにするサッカーチームのラツィオの旗が掛かっていた。イリスは私にとても控えめな様子で本棚をみせてくれた。まだあまりたくさん本を持っていなかったからだ。彼女は読む本の大部分を図書館で借りたが、今まで読んで題名も記録している本を私に列挙したがった。実際、彼女は読んで気に入った本の題名をメモするノートまで作っていた。私にはまだそのノートを見せてくれていなかったが、私は本を一冊も持っていなかったし、ましてや集めるなんて考えもしなかったから、他のことで埋め合わせがほしいという欲望を掻き立てられた。私はといえば、読んだ小説の多くを忘れてしまっていたし、読みたくても手に入らない小説が山ほどあった。

私はそれらの本を死刑囚の射撃隊のように思い浮かべた。つまりそのうち、読んでいない本すべてが私に発砲するのではないかと思った。

学年末に英語で「不可」を取ったアガタが、英語の勉強に二、三か月イギリスに行って以来、イリスが私の日々の友だちになったと言えた。でも、カルロッタについては引き続き頑固にどうなったか尋ねることなく、彼女に関して何か聞かれると、「カルロッタって誰だっけ？」と大げさに、派手な手ぶりを交えて答えた。

六月以降、私とイリスの日課はいつも同じになった。十時ごろに会って湖へ行き、五時までいて、帰宅して夕飯を食べた。私の家でも彼女の家でも、一日中いなくなるのは禁止されていたからだった。金曜日から日曜日は、夕食後に再び最大十時まで外出できた。それ以降になると母は警察に電話した。冗談ではなく、本当に電話した。すると母の友だちの警官が私を探しに来て、家に連れ戻した。警官は「赤毛のアントニアの娘を見ませんでしたか？」と聞いて探し回るのだった。

分厚い耳をして鼻面の一部だけ毛が白くなったバットマンをイリスが私に手渡すと、バットマンの黒い毛が輝いて、鋭い歯が今にも私の手を食べ物と思って嚙みそうだった。

「嚙んだりしないよ」と、私の思いを察したイリスが言った。

それを聞いた私は、夜警が着る毛皮のような滑らかな毛をなでた。黄色の目はたらいに入れたレモンのようだった。

十五分ほどすると、スクーターのクラクションが聞こえた。私たちはタオルと日焼け止めクリームと読む本を入れたナップザックを持った。実は私は何週間か前から、ドストエフスキーの『白痴』にとても興味があるふりをしていた。イリスはジャック・ロンドンの『マーティン・イーデン』のページをむさぼるようにめくり、頻繁にため息をついて、とても難しい言葉の意味をいくつか私に聞いた。私は自分の辞書のことをまだ話していなかったが――私は辞書を読むのを続けていた。私が所有する唯一の印刷物だし返却する必要がなかったから、下線を引いて、

「びくびくした《パーヴィド》」とか「月の出ない《イッルーネ》」とか「神人同形同性説《アントロホモルフィスモ》」といった言葉を赤で囲むようになった――、自分が言葉や意味に詳しいことをイリスにわかってもらわなければならなかった。

六月はその日も、硬くて黒い砂浜に広げられた水浴用の敷物のあいだを進んでいった。みんなは人をかき分けるようにして湖に潜り、頭から飛び込みをして、褐色のプラスチックのチェアがある夏場の小さなバールでアルジダのジェラートを舐めた。コカコーラのマークが入ったパラソルが日陰を作った。日焼けのムラができた私は、子牛みたいだった。父のものを拝借してきたサングラスは鼻のところが大きすぎて、くしゃみをしたらずり落ちた。首に汗をかいても赤毛を結わえたりしなかった。象か猿のような耳が見えるのを避けるためだ。腕と足にはそばかすが猛烈な勢いで増えていった。オルソは時々バールのカウンターでペンを借りて、私の皮膚の上のそばかすを結んでは図を探した。すると、コウモリ、ヒトデ、そばかすとほくろでできた風車小屋が浮かび上がった。

だが私が好きな時間の過ごし方は、いつだって水中での競争だった。スーパー・テレのボールを使う〈七番目がスマッシュ〉のゲームをしないときや、倒立や跳躍をしてうまく切り抜けられないとき、私はイリスを自分の上に登らせふたりで折り重なって、集落周辺の競争相手に挑んだ。力と動きを倍増させ、戦と勝利の願望をリング上でむき出しにするのだった。

水中で息を止める競争があれば、必ず挑戦した。足を交差させて目をつむり、力いっぱい空気を外に吹き出す。するとその圧力で水底にすわることができた。そこで数を数え始める。決して屈することがないように訓練した。めまいがするまで底にい続け、浮いてこないように手を動かした。

イリスは私が沈んでいるのを見るのが嫌いで、いつも近くにいては、私の頭上の水を注意深く見守っていた。あぶくが見えなくなると水中で手を振り小さな渦を作って、自分はここで見ているよと私に知らせた。そして、雌猫が生まれたばかりの子猫たちにするように、私の髪を引っ張って水の外の世界に連れ戻すのだった。

みんなはお昼ご飯にチーズが溶けたホットドッグやツナとトマト入りパニーノを食べたが、イリスはマヨネーズを塗った白いパンを食べた。食後は日陰を見つけて本を読み、読んでいる小説の筋書きや事件について伝え合った。読書をするおかげで本のことをイリスと話すことができたし、互いに本のことを知っていると評価されて、時間——私が本を読んで過ごして永遠に失われた時間——にも意義が与えられた。価値が認められる本、読むに堪えない本、ページを破ってかまどで燃やすほうがましだと思われる本などがあった。

私はすでに何度もイリスに、『白痴』の主人公ムイシュキン公爵が耐えられないとはっきり言っていた。彼のばか正直な生き方や汚れのない鈍重さががまんならず、目の前にいたら平手打ちしてしまうかもしれないと。

「私、無邪気な人が嫌いなの」と私が声を大にして言うと、イリスは笑い出した。

ダフネは私たちに、お母さんがそういう本を読ませてくれないのだと打ち明けた。教育に役立たないし、本を所有するにはまだ分別もなく無防備だからという理由だった。だから娘には聖書の一節について勉強したり、スカウトのグループと一緒に湖の砂浜や森のゴミ拾いをしたりして一日を過ごしてほしいと思っていた。それを聞いた私は、世の中には母よりひどい親がいるのだとわかった。

ある土曜日の退屈で気だるい晩、私たちはいつものように突堤の広場にいた。その晩、オルソはグレコとスクーターに乗って姿を消した。私たち女の子は塀にすわって誰が通るか眺めて、誰に挨拶して誰にしないかを話し合い、私たちと同じく集落に住む人たちがした失敗と、その結果がどうなるかについて意見を言い合った。イリスは人真似とあだ名を付けるのがとても上手だったから、私たちは内輪で決めた身振りによる暗号を使って誇張して、他人の醜態や恋愛関係について密かに噂した。

十時近くになってもオルソとグレコは戻って来なかった。門限が近づいてきたので、私は軍団の残忍な司令官のような雰囲気を漂わせて、腕を組んで行ったり来たりしていた。

そのあと、ふたりはガソリン車を運転して広場に入ってきた。ガソリンの匂いが臭く、ライトは片方しか点いていなかった。その車をグレコの隣人から盗み、無免許でシートベルトも付けずに運転する彼らは、まだ青二才の顔をしていた。鋭角に曲がった車の車輪が軋んだかと思うと、私たちの前で停まった。そこでオルソは初めてドアを開け、周波数をその時のためにラジオ・ヴァチカンに合わせていた古いステレオの音量を上げた。局は土曜日の夜も、お祈りや自己犠牲の言葉を発信していた。

こうして広場に、騒がしい物音や笑い声に重なって、キリストの言葉が届けられた。

オルソは車のボンネットの上に立って腕を広げ、そこに居合わせた人たちを祝福した。善意と賢明さをもって「私から離れないでください」と大声で言った。

実のところ、集落の住人はラジオ・ヴァチカンをよく聴いていた。特に信者だからとか信心深いからというわけではなく、ラジオ・ヴァチカンの中継局が集落から二キロメートルほどのところにあったため、インターフォンや固定電話をほんの少し持ち上げたり、冷蔵庫を開けたりするだけで、ラジオ・ヴァチカンが聞こえてくるからだった。私たちは広場で、食べ物を照らす人工的なライトの加護を受け神の御心に満たされて、サラミやレタスと共に天国を静かに思った。

私とイリスは爆笑に駆られた。いつもはほとんど笑わない私さえ涙が出て、その場面がどれだけ笑えるかがわかると、お腹の皮がよじれそうだった。かっこ悪い車、マフラーから排出される排気ガスの匂い、守護聖人を思わせるオルソの姿、ハウス・ミュージックの代わりをする家族のためのロザリオの祈り。

グレコが言うので私たちは車で一回りした。車の窓を開けて腕を外に出し、ミア・マルティーニの『宇宙の中で少なくともあなたが』を歌い、侮辱、汚い言葉、罵詈雑言を連発した。その間、ラジオ・ヴァチカンは信者に就寝の挨拶を送った。ダフネはといえば顔を真っ赤にして、眉間に皺を寄せていた。グレコは本当は運転できなかったから、車はぎこちなく動いてエンストし続けた。

私たちは自分たちの無限の力を大いに笑った。

＊＊＊

集落から外に出ると道路は暗かった。ピッツェリアの前を通りかかるところで、私はオルソにスクーターの速度を落とすように言った。彼がカーブをがむしゃらに曲がると、湖面に映ったナイフの刃のようなライトが、家々を半分に分けた。

両側の足台に乗せた足には、黒いプラスチックの光沢のある靴を履いていた。ヒールがある初めての靴だったし、くるぶしに細いひもがついていたので、繊維が皮膚に食い込んだ。ステッカーがたくさん貼ってあるヘルメットが揺れていた。

それは社交デビューする晴れの晩で、私は集落にあるディスコへ行くために着飾っていた。マルタの家で仲のいい友だちとのパジャマ・パーティに参加するのだと言って、母を説得した。だが、まだ私の新しい交友関係についてほとんど知らなかった母は、心配だからやめるようにと時間をかけて言った。父はといえば、「マリアーノがいてくれさえすれば……」と言って、私たちを困らせるだけだった。

ヨット・クラブを越えると、私たちは速度を上げてまっすぐ走った。スクーターはエンジンが改造されているため、制限速度より速く走ることができた。前日、私たちは反対方向に走っていて、警察の車に停められた。そのとき、私はヘルメットもかぶっていなかった。オルソはニコニコしていた。乗っているのが私だとわかったいつもの警官は、「お母さんに免じて署には連れて行かない」と言った。私は警官に嚙みついてやりたかった。

オルソはウィンカーも出さずにヴィラの間を曲がった。すると道路の突き当たりに湖が見えた。

土地が突出している暗がりを過ぎると、泥臭い藻の匂いがした。微細な砂浜の向こうに、湖が見えた。

蒸し暑さが私たちを包むように押し寄せてきて、私たちは足を広げて湖沿いの道路を走った。夏用の施設は閉まっていた。新聞を売るキオスクの外には、膨らませて遊ぶ黄色い恐竜と斑点のあるカメのおもちゃが、首にひもを付けられてぶら下がったままになっていた。私はそのおもちゃを首吊り人と呼んでいた。

一方通行の道路で、オルソは数珠つなぎになった車の間をジグザグに走った。湖畔のお店は混み始め、駐車スペースはなくなる一方だったから、彼はスニーカーを履いた足を地面に置いて、うんざりしてため息をついた。私たちは赤い車と舗道の植木鉢にしばらく挟まれたままだった。ディスコの明かりが空に揺れるのが、もうそこに見えていた。私たちのスクーターのそばを歩いて通る人は、幹線道路の、曲がり角のずっと手前に車を停めていた。

「他の人たちはどこにいるのかな」と言って、私がヘルメットから出ている彼の皮膚をつまむと、オルソは大声を上げた。

道路と平行する道沿いの馬場から馬の匂いがした。砂はいつも湿っていて、アスファルトは生暖かかった。私たちが行こうとしていたディスコは、二年前、シャーベットを売るキオスクだったが、今は中央に、ラッカーが塗られてピカピカ光る日本風の巨大な塔があった。その塔を見るのはいつも日中だった私は、その塔が持つ魅惑的な特性や人を惑わす能力を思い描いていた。内部には魔法使いと仙女がいるに違いないと。

ようやく通過できた私たちは、道路わきの砂利の上にスクーターをとめた。ディスコに入る列ができていた。

「みんなワイシャツを着てるよ」と私はオルソに言った。

白いTシャツを着た彼は伸びをして、列に並んだ。ラモーナに伴われたマルタはもう来ていたが、ダフネは家に残るはめになった。素行のいい学校の友だちとの休暇中のパーティというわなに、母親がかからなかったからだ。

「ワイシャツは必要ないよ」と答えて、オルソは挨拶と握手をしながら知り合いをかき分けて進んだ。彼が感じよくするので知人も言葉を交わした。彼には、漂白のための石灰処理をしたスーツを着た、三十歳台の男性の貫録があった。

私はラモーナやマルタと一緒にオルソにくっついていた。女性の入場は無料だったから、私たちは十七歳に達しているふりをするだけでよかった。若い獲物である私たちは、胸がドキドキしていた。ディスコ入り口のカーテンが出発点で、その向こうでは驚くばかりの変化が起こり、私たちはアマゾネスにでも戦士にでも王女様にでもなる可能性があった。

中に入るとイリスがいるのがすぐにわかった。クラブなどで渡される細長いプラスチックのグラスを持っていた。首の根元に細いひもが付いたシャツを着て、足首に人工石の飾りのあるサンダルを履き、髪は母親の美容師さんに染めてもらったばかりだった。

彼女の方へ行くと、シャツのリボン結びが緩んでブラジャーが見えていたので、近づいてひもをうまく結び直してあげた。すると、アルコールでぼーっとした顔で微笑みながら「ありがとう」と言った。

手、リボン結び、微笑み、ありがとうの言葉。

人がひしめき合うなかを、私たちは身を低くしてカウンターまで行った。赤と黒のカウンターは金色の龍の絵で飾られていた。私はひどい吐き気を感じたが、飲んだこともないモヒートを頼んだ。サイダーを頼むのはさすがに気が引けたからだ。グラスの底のきび砂糖をストローでぜんぶ飲むと、ライムの敵意に満ちた香りがした。イリスが何か言ったが聞こえなかった。私たちは赤い鯉が三匹入れられた池もどきの前にいた。

私は見失わないようにみんなの背中を目で追った。オルソがグレコといろんな共通の友だちに挨拶していた。マルタとラモーナは田舎の道路に立つ電柱みたいで、私たちのとは思えない脚光を浴び、騒々しいなかでぽつんと不吉な雰囲気を漂わせ、居心地悪そうに、完全に浮いていた。

誰かが私の背中に触れたと思ったら、後ろにアンドレアがカラスかふくろうみたいに待ち受けていた。私は熱が出たり陽に当たりすぎたりしたときのように、頭が強く脈打つのを感じた。彼は目を輝かせて、いつものすっきりした人好きのする顔をしていた。ワイン色のシャツをきちんとボタンを留めて着ていた。私の近況と、私が誰となぜ来たのかを尋ねてから、「うちのお父さんの車のフロントガラスに誰かが石を投げたんだけど、誰だか知ってる?」と私に聞いた。

アンドレアはスパイスのきいた香水をつけていて、木とアーモンドの匂いがした。彼の目は私のむこうを見渡していた。他の誰かを探していて、気もそぞろという感じだった。イリスは困惑したように彼を見て、「私たちは関係ないわ。じゃ、忙しいから」ととげとげしく言って、私の手首を引っ張った。

アンドレアはそんな彼女に取り合わず、無視した。そのあと、いくつかのことがあっという間に起こった。私がイリスの方へ寄ると、彼は引き続きあたりを見回して、ドブネズミが疾走するのを見たかのように顔をひきつらせた。そのとき誰かが言った。「何見てんだよ？」と。振り向くと、耳の長い、馬用のブラシのような剛毛をこめかみで剃った、可愛い目が中央に寄った男の子がいた。硬い襟が付いた空色のワイシャツがジーンズの外に出ていた。手首に刺青があるその男の子は、雌馬かトラクターに乗るかのように股を開いて歩いた。

彼が「何見てんだよ？」と繰り返すと、アンドレアは方言を使わないで「見ていたわけじゃない」と答えた。

私はその男の子の顔をじっと見たが、名前を思い出せなかった。アンドレアをいきなり押した彼は、無表情だった。私とイリスはクリスタルのように透明になった。今起きようとしていることの光が、私たちをよぎった。

アンドレアが「フロントガラスに石を投げたのは君か？」と言った。

彼は違うと答えて、笑い出した。

「じゃあ何で笑う？」アンドレアが彼に近づくと、彼はアンドレアをまた押した。

イリスが「いい加減にして」と文句を言ったが、聞き入れられなかった。みんなが私たちを見た。魚祭りでのような花火が上がるショーが始まろうとしていた。そこで私は彼に近づいてひじに触って言った。「やめなさいよ」と。

彼は私をじっと見て答えた。「お前が何者か知ってるぞ」と。

その直後、私たちはディスコの外に出ていた。イリスは中に残って、オルソとグレコを呼ぶと言った。アンドレアと手首に刺青がある男の子が戦いを宣言した。鞘から剣を抜いて戦うときは、日時を決めて別の場所でしなければならなかった。もし彼らが手袋をしていたら、きっと抜け目のない尊大さで手袋を放り投げ、決闘を申し込んだはずだった。

私はアンドレアたちに付いて行くしかなかった。彼らが激しいののしり合いをして困ったことになると予感したし、興味もあった。私の社交デビューの晩は早くも終わろうとしていた。そもそも脚本が乏しすぎた。ストロボスコープのライトが背景に現れ、モヒートで気持ち悪くなった。

アンドレアと刺青の男の子は互いに脅し合っていた。男の子の方言はますます理解不可能になり、私は彼がぶつける侮辱の言葉の意味がわからなかった。男の子とアンドレアはもみ合って、アンドレアは三度押されて砂浜の方まで追いやられ、さらに湖まで追いやられそうになっていた。

「やめなさい」と私は叫んだ。

アンドレアが宇宙飛行士みたいな目で私を見た。湖水が水際に打ち寄せる音がして、そよ風が吹き、水面がわずかに揺れた。日中、日焼け止めクリームが水に溶けて薄い膜を作るため、魚は岸辺では泳がなかった。

「クリスティアーノ、君だったのか」アンドレアはなおも男の子を責めた。

クリスティアーノという名の男の子の頬は紅潮して、ワイシャツのボタンが胸の中ほどまで外れていた。お酒を飲んでいたふうで、朦朧としていた。彼が「散歩でもして来い」と、すかさず前に飛び出したアンドレアに命じたので、私は間に入った。

「ばかね。あなたのお父さんのフロントガラスなんて、誰も興味ないわよ」と私は言って、アンドレアを追い払った。

クリスティアーノが微笑んだ。まるで何かの始まりのように、眺望に向かって開かれた窓のように。

＊＊＊

カルロッタは、子どもの頃から使っているシーツがかかったベッドを見つめた。それから、透明で、少なくとも一キロある丸パンを包めそうな袋を手に取った。

彼女の部屋は、家具が組み合わせ自在のタイプの部屋で、一人半用のベッド、引き出して使える家具、石鹼みたいなピンク色をした、整然と配置された机があった。机の上には教科書とセロテープとはさみがあった。はさみは、考えが変わったときのために置いてあった。

カルロッタは洋服ダンスを開けて服を見た。たくさんある中から一着だけ選ばなければならなかった。最初、季節に合わない緑色のビロードの服に、それから、用途には派手すぎる多色の花柄の服に手を触れた。その奥には、聖体拝領式のときに着た、ひだ飾りがついた子どもの花嫁用の服があって、それにも指先で触れた。

でも結局、そのままでいることにした。腰が目立つ黒のレギンスパンツと、スーパーマンのS

の字が付いたゆったりしたTシャツだ。靴下を脱ぐと爪には赤のマニキュアが塗られていて、そのあと起ころうとしていることに調和するかのように、彼女には思われた。

カルロッタはベッドにすわり、部屋の隅に脱ぎ捨てた靴下を眺めた。そして、携帯電話を取って、最後に受け取ったメッセージを読み返した。どのメッセージも同じ人から送られてきていて、メッセージはどれも同じだった。同じ言葉が頻繁に繰り返されたが、送って来る人はしばらくすると変わった。誰がメッセージを書いているのか、電話番号のリストを見てもわからなかった。

カルロッタの目は見開かれてまぶたが腫れていた。まるで二重に物が見えるかのように。机が二つ、棚が二つ、セロテープが二つあって、カルロッタも二人いた。二人のうち一人はベッドにすわり、もう一人は窓辺に立って、ベッドにすわるカルロッタをじっと見ていた。二人目のカルロッタは、一人目のカルロッタの髪と胸と性器と肌がとてもいやだった。

カルロッタの頭は、急な変化と裂け目と紛糾と混乱で満ちていたが、母親からこっそり盗んだコカインの効果が出始め、軽くなり抑制されて、自分がいるかいないかわからないほどになった。焦点が定まらない物の輪郭を見て、身を乗り出して手を広げてセロテープをつかんだ。すると時間が遡ったが、記憶がなくなり、自分が誰なのかもはやわからなかった。

彼女は袋に穴が開いているのではないかと心配になり、何度もひっくり返してチェックして、風船みたいに息を吹き込んで振った。そして、爪で袋の縁を執拗にたどった。

漏れる裂け目はなかったので、取りかかった。

二〇〇二年、七月のことだった。ラジオが、イタリア共和国の上院が移民についてのボッシ－

フィーニ法に認可を与え、国外追放されていたサヴォイア家の末裔がイタリアに戻ってくると伝えた。このとき、カルロッタは自分の部屋にいた。十五歳にもなっていなかった。袋を顔の上に置いて、セロテープを使って首の周りで袋を締め付けた。そしてどんな裂け目も塞ぐくらいテープをぐるぐる巻きにした。吹き込まれた息で袋は大きく膨れた。はさみは机の上に置いたままだったった。目は開けていた。白い天井と扇風機の羽根が回るのがわずかに見えた。過去は間違いだったから、日曜日の聖餐で食べるチキンのようにフォークとナイフで切り分けなければならないと、彼女は思ったのだった。

つまり、少なくともこんなふうに私は、「夏、私は後ろ髪を引かれている」という題で、カルロッタの話を作文に書いたかもしれない。

七章　この家は災難だ

瞳にディスプレイの薄青色の光が映っていて、カルロッタの目はうっとりしているように見えた。彼女がマウスにかけた手で、〈愛〉というタイトルがついたフォルダーの上に矢印を置いて二度クリックすると、ファイルが開いた。

私はすぐそばにすわっていて、部屋は暑かった。窓がわずかに開いていて、カルロッタの犬が庭で鉄片か何かを引きずるのが聞こえた。時折それを投げるのだろう、音がカチャカチャ聞こえた。

私はトースターや洗濯機や無線周波といった、技術の旧石器時代に属していたから、コンピューターはSF映画のようなものだった。他の人にとっての標準は、私の暮らしの中においては未来を意味していた。

だから私がデスクトップを宝島の地図のように興味深く見ていると、フォルダーが開いてデジタルの写真が現れた。裸の男性たちの写真で、各々の写真は名前と出身地付きで保存されていた。

バーリのアルベルト、ピーサのフランチェスコ、モンテフィアスコーネのジュゼッペというように。たくさんいて、数えてはいないが五十人はいただろう。

私の家では、あまり写真にこだわらなかった。兄と私が小さい頃父がキヤノンで撮った写真はいくらかとってあったが、その多くがピンボケや手振れで、何枚かは父の親指が写っていた。母の口が大きく開いたり、目をつむったりした写真もあった。明るい日中にフラッシュを使って撮ったものもたくさんあって、目が赤や真っ白の光に満たされていて、たいてい私たちはエイリアンかコウモリみたいに見えた。写真は黒い表紙のアルバム数冊にぜんぶ詰め込まれていた。そのアルバムは、私の知らない父方のおじいちゃんから受け継いだものだった。写真は父の事故のあとで終わっていた。だから他に思い出はなかった。父はキヤノンのカメラを、自分たちの記憶を葬るのではなく、構築していく必要がある家族にあげたのかもしれなかった。

アガタが聞いた。「で、あなたどうするの？　あなたの写真を送るの？」

するとカルロッタは「もちろん」と答えた。

彼女はMSNを開き、私たちに連絡先を見せた。その大部分は男性だった。彼らと夜遅くまでチャットをして写真を添付し合い、互いが何に属しているのかを言い合って、見せ合い共有し合う体に、快楽とプライドを同時に感じ合った。

カルロッタが男性の一人ひとりについて特徴を挙げていくのを聞いていると、私はめまいがして、嫌悪感でこめかみが脈打った。それがパニックか不安か困惑した結果の思考の乱れによるものかはわからなかった。とにかく私は立ち上がって、上からその裸を見るしかなかった。挑戦的に感じられたその裸が、私の腕の皮膚にはりついた。

カルロッタの部屋の、パソコンのそばの、今も小さなクマやウサギのぬいぐるみがきれいに並べてとってある本棚の横で、私は再び気づいた。彼女と私の間には差があることを。彼女は前のめりに走って、私はどうにかこうにか進みながら一歩ごとに転びそうだった。

誰かが私の裸の写真をとっておくかもしれないと考えると、私は気持ちが動転した。そう考えて仮定するだけで扁桃腺が締め付けられ、首から足まで冷たい鳥肌が立った。実際、女友だちか家族でない人の前で、裸になって自分をさらけ出したことはなかった。そんなことが起こるなんてありえなかった。例えば、ある日カルタニセッタからやってきたセルジョに、「これが私の写真よ。気に入ってくれた？　胸は小さいけど、痩せすぎじゃない。骨なんて見えない。太ってもいない。ちょうどいい鳩胸でしょ」と言って、自分を差し出すなんて。

私がこんなことを考えているうちに、二つか三つチャットが届いてディスプレイが光った。カルロッタは私とアガタを夜の会話の隘路へと導いた。そして、キスと笑顔とハートをたくさん送って、ちょっと色っぽいせりふを発して、男性たちが何をしていてどこにすわって笑っているのか尋ねた。

カルロッタが他の人たちと一緒に過ごす術を身につけていることと、他の人にも影響を与える確固とした自由の感覚と思われるものを持っていることが、私はうらやましかった。彼女がバスルームの鏡の前やベッドにすわってポーズを取った写真の体は、美徳と能力の象徴であるように思えた。

アガタも感化されたように、あれこれ男の子を指さしては詳しい情報を聞いた。そうして、チャットに加わって自分で返事をしたがった。夢遊病者のようなリズムで、つまり夜起きて、声に従って通りに出て歩き出す人のリズムで、文字を打った。

だが私は、どうやって参加するのか、どんな経験をみんなと共有すればよいのかわからなかった。自分が何もできないという思いや、みんなには話していないものの、とてつもなく大きく明らかな羞恥心で、自分が傷ついているように思えた。

その羞恥心を自分にわかるように思い描くことと、人に自分をさらけ出せないことの性質を明らかにすることが、私はまだできないでいた。それに、私のこのような性質がどこに発するのか、私が両親の体に属していた頃に課せられた幽玄な隔たりへの反応なのか、過渡的な、あるいは最終的な、終点の状態なのか、自問することはなかった。自分自身から私を解放できたことがあっただろうか、評価や他人の目や意見の幻影を、自分に取り込むことで同化したことがあっただろうかと、自問することはなかった。私はただ、自分がその場面にいながら、カルロッタのパソコンや、男性に自分の存在を知らしめることや、三人で過ごす暑くて耐え難い夜に、関わっていないことだけはわかっていた。

「写真送って」と夢遊病者の一人が書いてきた。カルロッタは彼の要望に応えず、「明日送る」と言った。髪の毛が薄い醜い手をした四十歳の彼は、彼女の好みではなかったのだ。

私は立ったままで、カルロッタとアガタはパソコンにくぎ付けだった。誰も私が疲れていることに気づいていなかった。私は独りぼっちだったが、自分の無力に注意を払われていないのを見て救われていた。

私が部屋の中央にあるベッドへ行くと、すぐにカルロッタとアガタも来て、私と一緒に横になった。私たちはシーツさえ掛けなかった。点けっぱなしのパソコンが、私たちの顔に円錐形の光を映していた。パジャマの短パンをはいた、下手にカットされた髪の自分を、見られているような気がした。自分の耳の影を見ながら、私は耳が天空を旅して、他のすべての大陸に達するのを想像した。

「秘密を言い合わない？」とベッドの真ん中にいるカルロッタが提案した。アガタと私は忠実な侍女のように彼女を挟んで、彼女のベッドを飾っていた。

「私から始めるね」とアガタが答えた。「私ね、お父さんも豚も乳牛もお父さんの畜産の会社も大嫌い。掲示板の私の苗字の下に、トマトソース販売中って書いてあるの、すごくいや」

カルロッタはアガタの発言にコメントして、ふたりは意見を交わした。そのあいだ私は、めったにないことだがお店に服を買いに行ったとして、試着室にいる誰か男性が、私がパンツだけでいる姿を写真に撮ったとしたら、彼らはその写真をどこに保存するのだろうと自問した。大事なパソコンのどのフォルダーに入れるのか？　私の写真にはタイトルや番号が付くのか？　決まった時間にデスクトップ上で開けられて品定めされるのか？

「で、あなたの秘密は何？」自分の秘密を話し終えたばかりのカルロッタが私に聞いた。私は彼女の秘密を聞きそびれてしまった。

自分からしゃべるタイプではなかった私は、なおも黙っていた。普段、私は人が話すのを黙って聞くか、人が激しくやり合っているときには、その背後でいわゆる端役に徹していた。だがこのときは、ふたりに何か言えたはずだった。父の事故、私たちがどんな地区から引っ越して来たのか、政治についての兄の早熟な信念、母がドアも閉めずにビデの上でどんなふうに足の脱毛をするかなど、私には銀のお皿に盛るべき話題がたくさんあったのだから。しかし実際には、彼女らが知りたいのはそういうことではなかった。彼女たちが期待していたのは、家族を苦しめる些事の報告ではなく、私にまつわる、暗い恥部のような告白だった。

カルロッタの目を見ると、私が思い切ってすごいことを打ち明けるのを期待しているのがわかった。彼女たちに従って、友情の印を示すことを。一方で私は、今、三つ数えるうちに彼女たちが消えるのを見たとしても、おそらくまったく寂しくないだろうというのが自分の秘密だとわかっていた。

彼女たちがいなくなれば、子どもの頃から私の道連れだった孤独へと戻ることに、私は気落ちしたかもしれない。役目を失い、自分がいい友だちだとみんなに示すことがもはやできないと感じ、放課後何をすればよいのか、どこへ行けばよいのか、他の人に対してどんな人であればよいのか、わからなくなったりするかもしれなかった。

しかし私は、「私、吊り橋が怖くて、子どものときでさえ公園の吊り橋の上を歩いたことがないの」と言った。

アガタとカルロッタはいくらか満足そうだった。そしてどちらかが私を慰めるように微笑んだ。

「大したことじゃない、大丈夫だよ。そもそも集落には突堤しかないし、誰も飛び込めなんて言わないから」と言うかのように。

「秘密を教えてくれてありがとう」と、カルロッタは目をつむって言った。パソコンのディスプレイを見ると、上部に小さな丸い物が鎮座しているのに気づいた。黒い大きな目に似たそれは、鉄砲みたいにこちらを向いた写真のレンズに似ていた。

「あれ、何？」カルロッタの言葉を無視して私は聞いた。

「ウェブカメラだよ」と、アガタは私の愚かな質問に答えて微笑んだ。「離れたところで動画を写せるから、家から動かなくても相手を見ることができるの」

私は頷いて、シーツの端を引っ張って自分に掛けた。

カルロッタの犬はあいかわらず捕まえた物を放さず、農作物の干し場と田舎道で、執拗にカチャカチャ音をさせていた。

＊＊＊

誰かを家に招くことは、私の血縁者が誰なのかを知らしめることであり、逃げ道がなかった。朝から晩まで、みんなの学校や仕事が始まる時間でも父が家にいたから、家に誰もいなくなるという希望を抱けなかった。

母は父のことを、足のない見張りだと言った。確かに父は泥棒をやっつけることはできなかったが、盗みの現場を冷徹に見る証言者にはなれただろう。

実のところ、家の中には盗む物などなかった。引き出しの中かベッドの下にお金があったかどうかは知らないが、間違いなく母はちゃんと、パンツとか胸のあいだとかにお金を隠していたはずだ。盗まれるくらいなら、母はお金を飲み込んだだろう。

母が引き出しの中でソックスとTシャツを分けるのに使う靴箱や、母の部屋の棚に置いてある、小さな装飾品や安物の指輪やオスティアで見つけた貝で作ったネックレスや梱包用の紐を詰めた、空色や銀色や深紅色に塗られた卵の箱のことを、泥棒は何と思っただろう。赤ワインと発泡酒から出るコルク栓で作った鍋敷きを、父はとても気に入っていたが、私はそれを見るとこめかみが痛くなった。

私たちの招かれざる客、つまり泥棒は、私たちがとても創造力に富んだ暮らしをしていると考えただろう。というのも、みんなでキッチンのテーブルの周りにすわって、絵筆やフエルトペンで日曜大工やデコパージュの奇妙な作品作りに精を出すからだったが――デコパージュは日曜日に家でする母の大好きな活動の一つだった。ナプキンから花の模様を切り取り、強力接着剤でそのへんにある木の家具（ミニテーブル、引き出し式の整理箱、ほうきの柄）の表面に張り付けた――、正確にいうとそれは違っていた。家も家の装飾品も良識的な切り盛りも家の気品も、すべて母の発案によるもので、母から派生したものだった。

徹底的な再利用と浪費をしないことが、母を通して進んでいく暮らしの中で私たちに課せられていた。硬くなったパンや、前の晩の残りのエンドウ豆が添えられた肉団子や、アランチーニを料理するのは母で、小さな鉢の中ですべての残り物をフォークでつぶして、その上に卵を割り入れてオーブンで料理した。スパイスや風味を配合することには無頓着だった我が家の料理は、味覚にうるさい人のためのものではなく、生き延びるためのものだった。母は自分の母親や祖母から、コーヒーの一滴も無駄にしないことを、ジャガイモやリンゴや桃の皮を揚げることを、野菜やボイルした肉、箱の底に残ったパスタやバルコニーで乾燥させた薬草を具にするスープの下準備を学んだ。

泥棒が我が家の食卓に同席者として招かれたとして、私たちが一週間の献立に固執するのを見たら、どんなふうに反応しただろう。月曜日は肉で、各自にハンバーガー、木曜日は私と母が作る、しばしばジャガイモ一つに匹敵する巨大なニョッキ、金曜日は魚——たいてい魚肉フライのスティックか、フライパンで料理する鱈のフライ——で、家族の絆の象徴だった。

父は、いつも同じ人が同じ仕方で調理した同じものを食べて長年過ごしているにもかかわらず、出される食事に関して何がしかのコメントをする人だった。塩、玉ねぎ、パルメザンチーズ、細く切りすぎた肉というような料理の細部に腹を立てる彼はまるで、頑固に繰り返される同じ食事から免れようと、試みているかのようだった。

友だちの家へ昼食に行くと、友だちがパスタのゆで加減や鶏肉が硬いことに文句を言ったり、食卓で出される食べ物についての好みを言ったりして、料理を皿に残すのを目にすることがよくあった。片や私には、食べ物についてそんな権限はなかった。ないどころか、どんなときも献立をよしとして、双子が食事中に立ち上がらないようにして、父が食べ物について不服を言わないようにさせなければならなかった。そのために私が最もよく試したのは、父が話しているあいだに咳をする方法だった。

兄が家を出て行くまで、朝食も昼食も夕食も常に戦場だった。グリルで焼いた野菜にこだわり、ワインの色やサラダにかけすぎたお酢について、兄が態度を硬化させるからだった。けれども今は、父がおずおずと文句を言おうとしても、なだめられて早々に眠らされた。

食事以外でも、我が家を訪れた人は、巨大なピンク色のクマが住むかなり広い私の寝室と、もう八歳になる双子の小さな部屋のあいだの不公平な差に、必ず気づくはずだった。今のところ部屋を交換しようと提案する人はいなかったし、私の世界に入って来る人もいなかったが、一年ごとに双子が私を超えるくらいに大きくなり、自分の意見を持ち、私が甘やかされているのを知る時が近づいてくるのを、私は感じていた。

私と双子のマイコルとロベルトの間には、日々の生活以外に接点はなかった。私にとって、互いの年の差は絶望的なものに思えた。ふたりは別の地質時代に属して別の言語を話して、私はその言語の音素の区別をつけられなかった。大きくなるにつれてふたりがどんなふうに似なくなってきたか、ふたりを見ていると直感的にわかる好みの違い、片方は巻き毛でもう片方は髪が多いこと、ふたりがマンマと言うときの言い方、母への礼儀正しい従い方に、私は興味がなかった。

私や兄と違って、双子は母と完全な従属関係にあり、激情を示すことがなく、大体いつも母と一緒に機嫌よく過ごしていた。そばにくっついて、今でも母の胸をはだけさせて母からお乳や愛情を吸いたいと願っているかのようだった。

母が父のつなぎのズボンを脱がしてベッドに一緒にすわり、手製のクリームで足をマッサージして腿を上げ下げして膝蓋骨上で回し、腰と、短くなっていくように思える骨に触っていると、双子もベッドにすわって観察しながらその儀式に参加した。父の介護という、将来任されるはずのやっかいな遺産を意識しているかのように、世話の仕方を学習した。お父さんはもう歩くことはないのだから、母でないとすれば、マッサージ用の腐りにくいクリームを作るのは自分たちだと。

そんな親密でシュールな瞬間、私は、目出し帽をかぶった件の有名な泥棒がするように、距離を取って、人知れず蚊帳の外から眺めた。

粘りつくような、濃密で汗ばんだこの感情のごた混ぜを、兄と共有できなくなって一年以上が過ぎた。兄がいないと私は一人娘で、自分の家にいるのに自分が邪魔者のように感じられた。

イリスが私の部屋を見に来てもいいかと聞いた日、私はだめだと言った。部屋は小さくて汚れているし、見るべき素敵な物がないからと。本もぜんぶ借りたり返したりしているだけだからと。だが彼女は、部屋に何があるかはどうでもよくて、どこで寝ているのか知りたいのだと言い張った。私はといえば、確かに彼女の寝室を見たことがあった。

互いに同じことをし合うという、イリスとの関係が、私はちょっと怖かった。私が人に言えないと思われることに彼女が注目するので、私は困ってくしゃみが出た。

けれども、結局イリスは私が住む建物の下まで来て、家に上がった。玄関を入って、消されたラジオのそばの椅子にすわる父の姿を見て、「こんにちは」と父に言った。すると父も「こんにちは」と不愛想で素っ気なく応えたが、彼女はそれには気づかず、何も聞かなかった。彼女が私たちの生活の常軌を逸した細部に注目することはなかった。私について部屋に来ると、巨大なクマにもたれて床にすわって過ごした。そして私の家のことを、「とても素敵で色が生き生きしているから、私気に入った」と、文字通りそう言ったのだった。彼女は自分の母親の、いつも塵一つ落ちていない床とリビングルームに対する思い込みが耐えられなかった。「あなたのも私のも同じくらいの大きさの家だけど、あなたの家には活力がみなぎっている」と言った。

「これどこで見つけたの？」イリスがクマの頭にもたれながら聞いた。

「射撃場で当てたの」と、ベッドにすわった私は正直に話して、部屋の中の物で、何を引っ込めるべきか、何が場違いで目立っているかを、見て探した。

「あなたらしいわね」

「えっ？」

「あなたが撃って当てたこと」

「どうして？」

「だって、あなたはそういう人。何だってする勇気がある」

私は彼女の言葉にどう答えればよいかわからなかった。自分のことを有能とか意欲的とか思ったことは一度もなかったからだ。私はいつも、そして単に、はじかれたように発作的に、復讐と恥の感情で動くだけだった。

多くの語彙の説明のうち、〈勇気〉の説明を読んだときのことが詳しく思い出された。［勇気＝男性名詞。フランス語の古語 coratge の、プロヴァンス語 corage から派生。ラテン語では

coraticum となり、これは心を意味する cor の派生語」。

〈勇気〉は心《クオーレ》と関係がある。どれだけの心を入れるか、どれだけ遠くに心を放つか、吸い上げられた血液、動脈、静脈、鼓動、流れ、精神の運動、圧力、意欲の弾みと関係がある。私はハートがあまり好きではなかった。ハートを描くのも、指でハートの形を真似するのも、ハートの縁を色付けするのも、ヴァレンタイン・デーがある二月に文房具店でハートを見るのも、布やスリッパにピンクや赤のハートがプリントされているのを見るのも、好きではなかった。私は好きなふりをしなければならないときだけハートを使った。

「そんなことないよ、イリス」私はそう言って彼女を見た。

括弧と省略文字、そしてそこからイタリア語の〈心〉が派生したという、死に絶えたラテン語を、今しがた確認したイリスと私は、つかの間じっとしていた。

そして、「クマに名前を付けよう。物に名前がないままなの、嫌いなの」とイリスが最後に言った。

＊＊＊

ミレッラさんがトリエステ通りの建物の管理人に電話してきたとき以来、母はミレッラさんが私たちの家に住んでいるのではなく、貸していると疑い始めた。

その家は私たちが管理する家で、私たちは合法的にそこに住んでいることになっていた。だが、母は常に管理権が取り消されるのではないかと恐れていて、その恐れは、ヒステリックな発作になりかねなかった。誰かが関係書類を見つけて社会福祉課の担当者をチェックに寄越すのではないかと。しかし、担当者は今回も私たちのことを忘れていた。何年にもわたって私たちは、贈り物として包装をされたぬいぐるみのように、もはや着手済みで片付いた事例と考えられていた。

　母は私に説明しようとしたが、それには製図が必要だったかもしれない。図表、直線、手の親指を繋いで作った屋根が。自分たちがどこに属しているのか理解することが、私たちにはなぜそんなに難しくなければならないのか。書類にはどの住所を書けばよいのか、私たちの住居はどこなのか。それに、住んでいないとすれば、なぜここにいるのか？

　母は人参とエンドウ豆を温めているオーブンのそばにすわって、宙に身振りで描いた。石灰の塊を強固にするか小麦粉と卵を捏ねようとしているかのように、テーブルの上に身を乗り出して、私たちの住まいの想像上のパスタ生地を伸ばした。

　母は、私たちがどのようにしてそこにたどり着いたのかを語りだした。引っ越しを手伝ってくれた母の友だちのヴィンチェンツォの、友だちの友だちのおかげで、知り合いを通じて二、三枚の書類に署名すれば、何年にもわたる有効な合意が得られる。そうすれば転居して現在の住まいから抜け出せると、ヴィンチェンツォから母は教えられ、家の交換を企てたのだった。

　母はトリエステ通りの家の暮らしを居心地よく感じていなかったし、私たちは幸せではなかった。お金のある人たちから自分の行動について意見を言われ、要求を突きつけられることから身を守るために、日々新たに闘わなければならなかったからだ。今まで長年にわたって母は受給のために闘ってきて、疲れ果てて擦り切れていた。静かな場所にある平和な家がほしかった。ヴィンチェンツォは、マンチーニ氏の未亡人ミレッラ・ボレッティを知る友だちの友だちから、この未亡人にローマ市所有の公営住宅が支給された話を聞いた。ただ、その家はローマ市外の、アングイッラーラ・サバツィアの集落にあった。市は首都郊外に住居を所有していて、これらの住居に応募者を斡旋することがあったからだ。

ところが、ミレッラ夫人は湖が嫌いで、何であれ岸辺には住みたがらなかった。都会から追いやられることも彼女と娘たちに重くのしかかった。だから、限定的な期間で、管理あるいは受給を変更することなく家を交換できる人を探していた。だが、契約の取り決めは両者のサインだけで行われた。ミレッラ夫人がローマの家の光熱費を払い、私たちがアングイッラーラの家の分を払う。彼女がトリエステ通りに住み、私たちが湖畔の集落に住む。ミレッラ夫人と母は追加の責務について取り決めるために連絡を取り合った。今問題になっているミレッラ夫人の知り合いの内輪で、必要に応じて目をつむってくれる人がいたから、チェックをする人も気にする人もいなかった。

だから、常に自分の義務に忠実な母は、虚偽や最終的な方法を採らないように努めつつ、合法と非合法の間で平衡を保ち、内輪の証書に署名して、トリエステ通りの家をマンチーニ未亡人ミレッラに託したのだった。

「ところが、彼女は私たちの家を貸したの」と、話の重要な流れをできるだけうまく要約して母は言った。「価値のある家を貸して、儲けたの」

母は指を痛くなるほどぎゅっと締め付けた。すると指の先が白くなった。そうして、テーブルを平手で打った。自分が間違えたとわかっていたからだ。他のみんなに間違いは赦されても、私たちには赦されないと母は思っていた。恥ずべき間違いの場合は、二倍の罰を受けなければならなかった。保護のネットワークも知り合いも無罪放免のために払うお金もないというのに。

母がミレッラ夫人に電話すると、彼女は数週間にわたって居留守を使った。あるいは姉妹とか娘とかと言って、別人のふりをした。そしてついに母と話すはめになると、言葉少なにあいまいに話し、トリエステ通りに住んでいるとか、娘たちを住まわせていて賃貸料などもらっていないとか、そんなばかなことはないとか言った。母から「お嬢さんが住んでいるとしたら、あなたはどこに住んでいるのですか?」と言われると、それは誤解だと言って、「トリエステ通りに娘と一緒に住んでいます。もちろんですとも。一緒にね」と言った。

一か月のうちに、ミレッラ夫人はトリエステ通りの中庭に姿を見せに戻ってきて、管理人の女性は母を安心させたが、それは単に根拠のない予感だった。「ミレッラさんは仕事で家を空けていた、あるいは病気がちの姉妹のところへ行っていたのかもしれません。彼女は遠くに住む姉妹が何人かいますから。おたくを心配させて申し訳ないとおっしゃっていました」

母は納得し、間もなくトリエステ通りの家はバックグラウンド・ミュージックへと、心配の種とはいえ、よそでかすかに聞こえるだけの音へと戻り、私もそのことを忘れた。

＊＊＊

母を驚かせ、今年は常識的なクリスマスのお祝いをすると説き伏せるために、私は十二月一日から家を飾ってせっせと働いた。ケーキとローストチキンを出してトランプのセブン・アンド・ハーフをするだけでなく、贈り物も用意する。兄と祖母をお客さんとして呼び、聖人や裏切り者のようにみんなでテーブルに着くことにした。

公園の木々はどれも葉を落としていたが、私はオルソの助けを借りて、クリスマスの飾りに使うにはかなり大きな、枯れたような枝を取るのに成功した。彼は家から持参したのこぎりを持ち、私は盗みに気づかれないように見張った。

他人の生け垣から伸びたバラの花を摘むという子どもの頃に抱いた考えが、平手打ちのように蘇った。だがそのあと、私はもう片方の頬を差し出した。母が恥知らずだと言うであろう行為をすることがうれしかった。

オルソが枝を家に持って帰るのを手伝おうかと聞いてくれたが、私はひとりでするからいいと答えた。

木の枝は玄関近くに置かれて、家にあったあらゆる赤い物で飾られた。靴下、リボン、髪用のゴム、布切れ、蝶結び。それに、白いカートン紙から切り取った人形や星。

夕方帰宅した母はそれをまじまじと見て、大声で笑いだした。そして、今まで見たなかで最も無様なものだと言った。

イリスはおじいさんの地下室で、もう使わないクリスマスのライトをいくつか見つけてくれた。

彼女だけにはクリスマスを取り戻す計画を話していたから、聖なるパーティの企画の片棒を担いでくれたのだった。

私たちが再利用したライトがぜんぶ点いたわけではなく、コンセントにつなぐと明かりがどうにか点く程度のものもあったが、雰囲気を出すにはじゅうぶんだった。だからイリスが家に来たとき、私たちはライトを目立つように、木の枝の周りや、当初緋色だったのに、母が執拗に洗ったため色落ちしてサーモンピンクになったソファの端に置いた。

私たちは満足しつつも、目的に達するにはあと一息だと気づいた。贈り物が必要だったからだ。私はすぐにルチャーノからもらった物をみんなの物として差し出した。実際、深緑色のセーターは私には倍くらい大きすぎたから、うまく再利用できた。そもそも、そのセーターは彼が選んだものですらなかった。パリオーリの行きつけのお店で買ったそのセーターは、私の肩幅も腰や胴回りのサイズも考えずに、彼のお母さんが持たせたものだった。これは母にちょうど合いそうだった。

母以外の人の贈り物はそれほど簡単ではなかった。贈り物をすることに慣れていなかったから、家族に何が喜ばれ何が喜ばれないのか自問したことも、家族を喜ばせたり、すでに持っている物は避けたり、みんなを驚かすためのお金を取っておいたりということを、考えたこともなかった。結局、私たちはイリスのおばあちゃんが作る編み物を選んだ。兄と双子と父にはそれぞれマフラーにした。父には、父が絶対着ない確信があるVネックのオレンジ色のチョッキか何かを贈るという、悪ふざけを避けるためだった。

キッチンの屑籠にあった新聞紙の、レタスで汚れていないのを選んでイリスが贈り物を包んでくれると、私たちは目的が果たせた。

学校では年内の最終日になり、私たちはクリスマス休暇の計画を立てて、集まってトランプやビンゴをしたり、突堤へ行ったり、メリーゴーラウンドに乗ったり、元旦に発泡酒を出したりしようと考えた。八月末にした眼差しのゲーム、口裏合わせ、体の匂いの嗅ぎ合いといったばかげたことをして、電気を帯びたような状態をまた作りたいと、しきりに思った。

この数か月間、私たちはあまり頻繁に会えずにいた。夏が終わって学校が始まると、湖で過ごす昼間や日向での読書は一掃され、生活のバランスが変わってしまったのだ。夏の間中ずっとみんなで一緒に過ごすことなど、もう二度とないのではないかと、私は胸騒ぎがした。

このために、去ったばかりの過去の記憶を携えて、私はイリスと冬休みの準備を悲痛なほど心を込めて行った。冬休みは完璧できらきら輝くべきだった。だから私たちは何時間もかけて、年末に着飾る服を選んだ。私の数少ないジャケットやセーターを試してクローゼットの前に立つイリスを見ても、私はいやだと思わなかった。

「これ、元旦の夜にちょうどいいね」と、イリスは微笑みながらスーパーマンの赤いSがプリントされたTシャツを私に見せた。そしてシャツをひっくり返して皺を伸ばした。確かにシャツはワードローブの奥に丸まっていたから皺が寄っていた。

私は笑わず、彼女の手からTシャツを取って、彼女が見つけたところに投げ入れた。

それはカルロッタからの贈り物だった。カルロッタは同じシャツを三枚買って、一枚を私に、もう一枚を自分に、残りの一枚をアガタに配って、私たちはスーパーヒーローだと言って楽しんだ。飛べて、目で惹きつけて、木を金に変える力があるのだと言った。

「このシャツ大嫌いなの」と私はきっぱり言って、ワードローブの扉をひどく乱暴に閉めた。

＊＊＊

私は兄の鼻を特に気にしていなかった。それはもはや兄を特定する大事な点ではなく、ほくろとかそばかすといったありふれた存在で、みんなにもよくある細部でしかなかった。あの悪名高い兄の体の中で、鼻は以前より小さくなったように見えた。私は、テーブルとか椅子とか建物とか、子どもの目から見れば巨大に見えたのに、今はおとなしい蛾やタマコロガシにしか見えない物を前にした大人のようだった。

兄が私の洋服ダンスの扉をじっと見た。そこに私は父の新聞から切り抜いた文字を貼り付けていた。形と色を変えて自分の名前を組み立て、「私、私、私、私」と四回繰り返した。自分の気に入り、名前が自分にふさわしいと思うためだったかもしれない。母が選んで私につけた、まったくもって不似合いな名前ではないと考えるためだったかもしれない。

兄の人生は目的の表面から引き下がり、目的はもはや遠くにあった。兄の日々のシーツは別のところに広げられ、ここには兄の灰色の影と、兄が行くにしたがって希薄になるタバコの煙だけが残った。

兄はかつて寝ていたベッドにすわったかと思うと、すぐ立ち上がった。汚れてしまったかのように、あるいは何かに汚されたかのように、ズボンを払った。私たち兄妹の関係が、邪魔でしつこいとでもいうように。

「なんでまだベッドをどけてない？」兄は私に聞いた。

「お兄ちゃんのだから」

「もうここに住んでいないのに」

私は愛想笑いをした。すると、兄のもっともな言い分が、私を再び真実へ導こうとする兄の透明な願望が、追いやられた。私にとって、ベッドはそこでいつも兄の帰りを今か今かと待っていた。あの夜に戻って、兄が考えを変え、もう一度、部屋をカーテンで仕切って私と半分ずつ使うのを、窓の外を見たり靴下を隅に投げたりするのを、待っていた。

「お前の友だちのこと、知ってたよ」と兄が言った。耳に穴を開けて、左耳に銀の丸い小さなピアスが垂れているのに私は気づいた。顔が何歳も年老いたように、経験を重ねた人の顔のように見えた。

「どの友だち？」と聞いて、私はベッドの横のミニテーブルからブラシを取って、執拗に念入りに髪をとかして、まるで自分の聖体拝領みたいにクリスマスの聖餐に備えた。

「自殺した彼女」

私はブラシを使うのをやめず、頑固に髪をとかした。くしゃくしゃになった髪のもつれに何度もブラシを当てて、もつれを解こうと、ブラシの剛毛と指を髪に通そうとした。

「もう友だちじゃなかったから」と言って、私は会話を終わらせようとした。会話がどこか別のところへ流れ出て、排水管へと流れていくように。

　葬式は行われたが、私は行かなかった。カルロッタが通っていた高校では彼女を偲んだ行事が企画されたが、それにも行かなかった。アガタはカルロッタの家へ行って両親と話そうと私を誘ったが、それにも行かなかった。私にとって彼女の死は存在しなかった。彼女のことは消化できていなかったから、自分を彼女から避けさせた。彼女が私に残した不当な罪の意識が、彼女の芝居がかった身振りが、他の人が彼女について話すときの気取りが、一度たりとも愛したことがないのに死んだからといって再び連帯感を見出す人の偽善が、すべてに説明を求めようと、若い死者の私的で最低な詳細――マニキュアの色、着ていたTシャツ、彼女がそれで窒息した袋がどんなに大きかったか――について詮索しようとする集落が、私はいやでたまらなかった。

　集落の人々は、何か月にもわたって噂をして人を感化し、お伽話や悪魔をでっち上げた。事件のすべての行程を行きつ戻りつして、私のように彼女に背を向けた友だちから学校のイタリア語の点数まで、卑猥で暴力的なメッセージを彼女にいつも書いていた男性たちから彼女のパソコンに見つかった裸の写真まで、死んだときの彼女の顔から寝る前に何度オナニーをしたかまで、たどりなおした。人々は吸血鬼のように死を扱い、最後に残っていた品格まで吸った。人々は「行った」と言うために葬式に押し寄せ、彼女に無関心だった男性が涙を流した。十人、二十人、三十人の人が、私に理由を聞きにやって来た。いったいどうしてと聞くために、ところであなたはどう感じているのと聞くために。それに対して私は、大丈夫と答えた。私は大丈夫。私は何も知らないと。

カルロッタは今、吊り下げられた刀か、首切り人の斧のように、私の頭にのしかかっていた。夜、夢に現れた彼女は、自分の秘密を私に話したがった。そして彼女の声が消えて、彼女は黒い怪物に、女の顔と鳥の体を持つハルピュイアに、深い井戸に、なった。カルロッタは秘密を、嘘の秘密も本当の秘密も誰にも聞いてもらえなかった秘密も、飲み込んでしまった。

「でも、以前はよく彼女と会ってただろう？　お前にとってひどい事件だったと思うけど……。どうして電話で話してくれなかった？　俺に話してくれるべきだった」

「話すことはあまりなかった。彼女は自殺して死んだ。私は何の関係もない」

「お前が関係ないのはわかっている。でも」

「あっちへ行こう」と、私は急にブラシを置いて言った。「お母さんがロースト・チキンまで用意したよ。何週間も前からこのクリスマスを計画したんだから、ねえ、お願い。死んでしまった人のことを繰り返し話すのはたくさん」

自分の声がやや厳しくなったのがわかった。手は躍起になってすでにまっすぐになっている髪の房を伸ばそうとした。それから私は、大切な機会につけるカチューシャをつけて、くるっと回って兄を見た。

兄は聞き上手だった。私の話の飛躍や、話す可能性があったが実際には話さなかったことを、いつもわかってくれた。しかし、しばらく離れていたあと、兄は私のことがわからなくなっていた。だから私を注意深く観察して、私のあごを触った。ほとんどつま先立ちした兄の目には、喉から卵巣に至るまで私を開いてみたい、私の中に何があるのか見たいという願望があった。

私は兄にこう言えたかもしれなかった。私のお腹の中には石しかないと見抜いていた人がいたと。

「わからない《Non ti capisco》」。兄は三つの単語で私に何が起こったのか、私の何が変わらないのか、私が何を外に駆逐したのかを聞きたがった。なぜなら私は、無駄で無意味なことから解放されていなかったし、私の内部かどこかで何かが爆発していたとはいえ、私は泣きもわめきも悲しみもしなかったからだ。

私が兄を通り越してドアを開けると、母がキッチンでせわしげに動き回る音が聞こえた。テーブルの用意ができて、電飾も点いていた。荘厳とは言えないものの、私のクリスマスの枝もあった。存在感があって、その日がクリスマスの祝日であることをみんなに思い出させていた。各自がクリスマスらしく関わる必要があった。

祖母は小柄でとても痩せていたが、何かにつけてうるさく活動的だった。料理をこしらえるのに母を完全に見習って、オーブン皿を選ぶのから塩を加えるのまで、スパイスを使うかどうかから料理の配膳の仕方まで、母の動きをチェックした。この数年髪を染めなくなったのは、お金の無駄に思えたからだと祖母は言った。確かに若いおばあちゃんだった。私たちは外から見れば、母から双子まで、祖母から兄まで、みんな若く見えた。だが、波乱万丈な人生を送ってきたから、自分たちが老いているように感じていた。祖母が髪を白髪のままにすることに決めたのは、兄が祖母と住むようになってからだった。祖母は兄の母に間違えられたくなかったのだと、私は思う。

「お父さん！」と私は大きな声で呼んだ。そしてマイコルの手からネズミの形のぬいぐるみを取り上げてすわるように命じ、みんなにもすわるように言った。それから、紙マッチを擦ってテーブルの中央の赤い蠟燭に火を点けて、みんなを見た。私たちはこんなふうにすわることに慣れていなかったから、テーブルが狭くなり、椅子が軋んだ。

父は口ごもって、今にも泣きだしそうな顔をしていた。兄が現れたことで隙を突かれ、ひどい心配の思いに締め付けられた。つまり、兄が再び行ってしまう時のことを恐れていた。甘くて不安すら催させる、父でも息子でもないふたりの眼差しの戯れは、互いに愛情を伝える言葉を見つけることができない人と人の愛情を、必然的に伴っていた。

「さあ、食べましょう。いろんなものがあるわよ」と祖母は私たちを促して、母と一緒にラザーニャをみんなに取り分け、食べすぎないように注意した。なぜなら、ロースト・チキンにポテト、それからデザートとチーズもあったからだ。聖餐にふさわしく、たっぷり作ってあった。

私たちのクリスマスは三十分続いて、始まりと同じように終わった。

＊＊＊

「投票したくないってどういうこと？」と母が聞いた。

ロースト・チキンを一切れ食べ終えたところだった。小さな一切れを頼んだのは、お腹の中に石のような苛立ちの塊が感じられたからだった。

「単に投票したくないということ。投票したって何の役にも立たないから」と兄は答えた。

食卓での話題が、学校での私の輝かしい成績から容赦なく遠ざかって行った。祖母のトランプのサークルからも、双子の学校の電気設備の問題からも、父の、結婚式につけた緑と赤の縞柄のネクタイまで、古いネクタイをぜんぶ捨てたいという話からも、遠ざかって行った。

「投票することは特権なのよ」と言う母は、すでに意固地になっていて、口の中に何もないのにあごが反芻していた。

「ポテト、多いから残してもいい？」とマイコルが聞いた。

「お母さんにとってはすべてが特権だね。聞き飽きたよ。投票したってもはや無駄さ。それに、誰に投票すべきだっていうの？」兄が口を開けたまま噛むものだから、唇がへこんだ口の片側から肉汁が垂れた。

母が「左翼の人たちよ」とぼそぼそ言って左手を挙げると、私のひじにボンと当たりそうになった。「あなた、ひとりで食べてるんじゃないんだから、きちんとしなさい」と私に言った。

私はひじを引いて、パンドーロの箱を見つめた。立ち上がって、パンドーロを箱から出して袋に入った粉砂糖をかけることで、母の注意をそらすのがよいのではないかと考えた私は、立ち上がって自分の皿を流しに運んだ。

「どこへ行くの？　まだお肉が終わっていないわよ」。母は再度秩序を打ち立ててほしそうに父を見たが、父は十五分前から食べるのをやめて固まっていた。

するとマイコルが言った。「ポテト残していい？」

「で、一番左にいるのは誰なの？」兄が再び言い出した。

「それは、ちゃんといるから、投票所へ行って、共産党再建派というのがあるのをチェックしてごらん。ガイア、あなたすわりなさいよ」。母は兄と私のあいだを言葉で行き来した。私は母の気を散らすためにパンドーロを開けにかかった。バレエ曲を即興で作るか詩を朗読するかして母たちの気を散らして、私たちが再び互いを受け入れ意見を合わせられたらよかったのだが。

「左派はもう誰もいないよ、お母さん。テレビ局や新聞社を所有するやつが国を治めてる。売春をするそいつは、まるで笑いの種さ」。兄は苦々しそうに馬鹿にして笑った。そして、もはや味もなくなった、段ボール紙に似た肉片を噛み続けた。

私はパンドーロの箱をバリバリ破いて包みを開けた。

「ガイア、まだお肉を食べてるのよ。投票しなかったら、誰が国を治めるわけ？　投票しないで、誰について文句を言うの？」母が私を再びすわらせるため腕に触れようとすると、祖母が私に止めるように合図した。

そうして、マイコルが言った「お母さん、ポテト残してもいい？」

「僕は無政府主義者のグループに入ったから投票しない。政治をするには別のやり方もあるんだ」。兄は肉を飲み込んで、赤ワインを飲んだ。テーブルに身を乗り出して父の前にあった瓶からワインを注いだものだから、皿に残っていた肉汁がTシャツの裾に付いた。飲みながらそれに気づいた兄は、ナプキンで拭いた。

私は粉砂糖の袋を開けた。我が家では、みんな砂糖漬けのお菓子もチョコレートも好きではなかったが、粉砂糖は大好きだった。

　母は皿にフォークを乱暴に置いたが、ナイフはしっかり握りしめていた。そのナイフをオーケストラの指揮者の指揮棒みたいに使って、自分の不機嫌を、怒りのシンフォニーを、指揮した。

「それはよかった。デモのあと、おばあちゃんの家に警察が来たのよ。今度は直接人を扇動することにしたのね。前回誰に尻ぬぐいしてもらって助かったか、忘れてないでしょうね。この私よ」

　母はナイフの刃で空気をかき分けて進んだ。額には皺が寄り、顔は蒼白で、こめかみに汗をかいていた。私は祖母の家があるオスティアで何が起きているのかについて何も知らなかった。ただ、兄が、冬のあいだ閉まっている施設や、トルヴァイアーニカの砂丘や、水が抜かれたプールの上にそびえるクールサールの飛び込み台や、雨風のせいで根こそぎになった木の更衣室が好きだということは、知っていた。

「たわごとばかり言うわね。無政府主義が何かも知らないくせに。左派が何かさえわかってない。何もわかってない。おめでたい無知でもって支配して、すべてについてものが言えると思って思い上がっているんだから」。兄はナプキンで何度も執拗にTシャツを拭い続けた。魔法で茶色い肉汁が白いTシャツからいきなり取れると信じて疑わないかのように。

　警察の件はたいしたことではなかったと祖母が言って、マイコルがポテトを残していいかまた聞いた。私はパンドーロの袋に粉砂糖を入れて袋を振り始めた。何も考えないで振った。パンドーロの表面がすべて均一で完璧に砂糖で覆われるようにと思いながら。

「私たちは、物事を穏やかに捉えてくれるお母さんがいないことだけが寂しい」と母は祖母に言った。それから兄に「私はあなたの母親だから、あなたがすべきこととすべきでないことに口出しする。勉強も仕事もせず、投票もしない、何でも知ってると思っているこの顔が、私は耐えられない」

父はワインが半分残った瓶を見て、私を見た。そしてまたワインを見た。可能なら、他の時はともかく今だけは、逃げ出してしまいたいと思っていた。

マイコルが言った。「お母さん、ポテト残していい？」

祖母がまた私にやめるように合図をして目を大きく開いたが、私はやめなかった。

「僕は自分で本を読むから、学校は必要ない。そしていつも行っている社会支援センターのバールで働く」。兄は、母もすわるそのテーブルにひとりですわっているふりを続けた。私がパンドーロの袋を振っても、兄の気をそらすことも同情するように心を動かすこともできなかった。

バン、バン。私はすかさず、自分のリズム感覚に導かれた想像上の音楽を突発させた。讃美歌でもクリスマス・ソングでも何でもいいから、何か歌いたかった。

「そんなの仕事じゃなくて不法労働だよ。すぐにだめになるような場所だし。私が物事を知らないとでも思ってるの？　お前より先にこの世にいて、その場所もそこにいる人も知ってる」。母がフォークを見ると、フォークの先に刺さったポテトは干からびて硬くなっていた。

ロベルトはマイコルに肩をすくめた。ポテトは残してもいいと思うよ、と言うかのようだった。危険かもしれないけど、大丈夫。お母さんははっきり許可していないけどねと。

祖母は「とにかくマリアーノが本をよく読むのは本当だよ」と言った。

「僕が本当のところ何がいやかわかる？　地区の政治集会に出かけて、家のためにストライキをして、住宅建築公社と闘って、闇で働いて金持ちの家の掃除をするようなお母さんが、僕に不法が何かを言うことだ。合法なものすべてが正しいわけじゃないの、知ってるよね？」

母は祖母を侵入者であるかのように、戦争で負けた敵の幽霊であるかのように見た。

そのあいだ自分がどんな歌を知っているか検討していた私は、実は自分が歌をあまり知らないことに気づいた。楽しいパーティ向けのレパートリーも、コーラスにふさわしい美声も、私にはなかった。あったのは歌い慣れていない、かすれがちな声帯だった。

「お前は非合法であるということがどういうことかわかっていない。なぜかというと私がお前を育てて救ってきたから。金持ちの家を掃除して、私はそんな世界から遠いところにお前を連れてきた。無政府主義っていうのは……。お前は郵便局の小包を爆発させるのがおちだよ。私はそんなことはしたことがない。一度もね。だけど闘ってきて、より良い家を、より良い場所を手に入れたの、わかってる？」母は立ち上がって、ナイフで宙に〈極悪人〉と〈蔑み〉と描きなぐった。

バタンバタンと振り続けたせいでもはや粉砂糖で窒息してしまったパンドーロを見たら、紫色の唇をして目を大きく見開いた、棺桶に閉じ込められたカルロッタの顔が頭に浮かんだ。

ロベルトは、ポテトを残してもいいよと伝えるためであるかのように、マイコルからフォークを取り上げた。ロベルトがすることに文句を言う人は誰もいなかった。いつも一緒で離れることのない双子が、私はうらやましかった。

「覚えているかどうか知らないけど、僕らはお母さんに付いてあの悲惨な暮らしからここへ来た。お母さんは何を期待してるの？　僕たちがブルジョワ風のきれいな服を着て、いい家の子が行く学校へ行って、きちんとした時間に起きて、先生になること？　僕はお母さんが闘った場所で、同じことのために闘ってる。そのことを受け入れられないんじゃないか」。兄も椅子から立ち上がった。Tシャツにはしみが付いて、唇には肉の油が付いていた。鼻は鷲鼻だった。

父は落ち着けと言いたげな身振りをし、祖母は手で口を覆った。

マイコルは「ポテト残してもいい？　食事、終わったんでしょう？」と言った。

「私があなたたちのために犠牲を払ってきたこと、わかってる？　まだすごく若かったのに、四人の子ども連れで家もなかった。あなたたちのために必死でやってきたの」。大きく澄んだ母の声から、言葉が濡れて出てきた。

「誰も犠牲なんて頼んでないよ。誰もね」。兄は声の調子をさらに上げた。顔は緊張で歪み、首には静脈が浮き出ていた。

私は急いで粉砂糖をパンドーロにかけなければならなかった。他のことを考えるのはやめて、最後まできちんとして、クリスマスと私たち全員を救わなければならなかった。さらに一生懸命バンバンと袋をゆすると、パンドーロは今にも崩れそうになり、袋は開きそうだった。

「あなたたちはあそこで大きくなりたかった？　あの場所は監獄のようなもので、抜け出すのは難しい。あなたはどれだけ難しいか理解できないし、実際どうだったかも知らないくせに。妹みたいに勉強して、本物の仕事を見つけるべきね。私の仕事やお父さんがしていた仕事のようなのではなく、契約して年金を払ってもらえる本物の仕事を……」

　母の感情があふれ出したが、泣きじゃくりもせず顔を拭いもしなかった。ただ、涙が一粒ずつ落ちて、頬と唇の上を伝って流れた。

　父はうなじを椅子の端にもたせ掛け、祖母は顔を手で覆って、その手を放さなかった。

　マイコルが言った「お母さん、どうしたの？」

「僕らがあそこから引っ越したとき以来、うちの一家は終わった。何もかも終わった」と、兄は最後に言って、私たちの気持ちを沈ませた。

　パンドーロの袋が破裂して散り散りになり、粉砂糖の雲がキッチン中に立ち込めた。グラスの上に、食べ残した肉の上に、野菜のなかに。クリスマスの飾りを覆い、ろうそくを消して、双子にくしゃみをさせた。

　パンドーロは床に落ちた。プレゼントを開ける者は誰もいなかった。

八章　湖の水はどんな味？

私は集落を、区域や人との出会いや時期によって把握していた。小さい広場、プール、地下道、幅の狭い川にかかる橋、アスファルトの停車場、旧市街に束ねたように建つ家々、突堤広場、湖岸、聖堂参事会の教会、信号機のない交差点、図書館、野外の映画上映所。私が見つけたこれらの場所はいずれも、私のそれぞれの時代に属している。

自転車を持つようになり道路で走れるようになった私は、午後よく、内陸部から湖へと続く幹線道路を渡って、住宅地の小さな道に入り込んだ。自転車をこいで廃屋の近くに立ち寄り、プールがあるホテル前のミニ・サッカー場で降りた。そのあと田舎道の方へと右に曲がって再び登り、黄色い家々とクリーニング店が並ぶ丘の壁面沿いに走った。すると墓地が現れた。墓地を越えると二つの選択肢があった。旧市街に入るか、図書館で停まり自転車に鍵をかけ、図書館に入って司書のティツィアーナさんに私へのお勧めがあるかどうかを聞くかのどちらかだった。私は図書館が書店での販売開始に合わせて買う新刊を待ったりはしなかった。今では半地下にある湿った書棚に慣れ親しんでいた。その暗がりでいろんな本が私を待っていた。

冬の寒さが最も厳しい二、三か月のうちには、陽が照る明るい日もあった。そんな日には手袋を二枚と靴下を三足重ねて、自転車でとにかく外に出た。湖への幹線道路を逸れることなくずっと走った。湖まで来ると速度を緩め、湖岸に面した家々や漆喰がツタに覆われたヴィラやレストランを見ながらペダルをこいだ。日曜日にはレストランは、カワカマスのフライを食べにローマから来て、わずかな陽射しを受けて日光浴をする人たちで混んだ。砂浜には小船が係留されて、石や鳥の羽根、排水管がころがっていた。水浴場はいつも閉まっていた。湖岸の手すりには子どもたちがすわり、散策路にはたいていネックレスや素焼きの壺を売る行商人がたくさんいた。私はそこから引き返して、下って来た坂を上った。コーヒー休憩のために停まることもなく、カジノとガソリンスタンドの前を通って、息を切らし汗をかきながらまっすぐ自転車をこいだ。倒れそうなほどに。

一日のうちの、退屈で弛緩した数時間にのみ、私はこれらの場所を、自分が土地に昔から根付いた神話や伝説や地質学に遅れてやってきた新参者だと感じることなく、少し居心地よく感じることができた。

集落の人たちは、どれだけ異質であるかのレベルによって人を判断した。

健康保険組合に属する医師以外では、農畜産業に携わる家庭に生まれた人が最も好まれ尊敬された。何世代かにわたって集落に住み、土地と農業関係の会社や馬場を所有し、肉や油や野菜の小売りを手掛ける、三、四軒の家族だ。

彼らのあとに続くのは、近隣の集落に住んでいたものの、ある時点でアングイッラーラを好んで移ってきた人たちだった。まだ二世代にしかならない彼らは、一番古い歴史の後見人とは言えないし、名前を付けたのは彼らではないとしても、土地の名をしっかり覚えて、その名の由来を心得ていた。建設業に携わる人が多く、集落の経済がブームを迎えた際に投資をした経験があった。そのおかげで村は集落に、スーパーやガソリンスタンドがある町になったのだった。

それから、ローマの喧騒をもはや好まなくなって移ってきた人たちがいた。往々にして小金持ちで、会社や公的企業の社員である彼らは、首都との間を群れになって通勤し、子どもをまだローマの学校へ送り続けていた。一年を通して集落を休暇先のようにして住んでいるため、この地に友だちはおらず、湖の散策もたまにしかしなかった。それなのに、庭にプールを作り、柱廊や蔓棚のあるテラスでパーティやバーベキューをした。

彼らの近くに、物価が高いローマから逃げてきた人たちがいて、私たちはこの人たちに属していた。私たちは湖から遠い、三部屋とキッチン、それに小ぶりだが状態の良い居間がある集合住宅に住み、運が良ければ一家に一台の車を所有して、たいてい集落内で仕事をした。商店、パン屋、スーパー、それに他の人の家での仕事を見つけて働いた。美容院や文房具屋を開く人もいた。

私たちに続いて、お金持ちの外国人がいた。ドイツ人、オランダ人、イギリス人らが、旧市街から山側へずっと上がった場所にある古びた家屋を買って改築して住んでいた。そこでB&Bを経営したり、通年の住みかとして住んだりした。年金暮らしの人、手工芸品の小さな工房を営む人、カザッチャ研究センターで生物学者として働く人などがいて、教会のフレスコ画、湖の夜明け、岩から湖への飛び込み、雪が積もった小道といった、集落のすばらしさを楽しんでいた。そうしながら、彼らはあまりありがたがられない侵入者のカテゴリーに属していった。集落の人々は、彼らが音楽教室、演劇、広場での朗読といった文化イベントを率先して行うのを、ばかにして笑った。

最後は最も嫌われる人たちで、単純労働を求めてやって来たり、作った物を舗道沿いで売ったりする外国人だった。彼らには疑いの眼差しや厳しいコメントが向けられた。何年も前から、都会だけでなく地方の町に外国人が家族で住むようになった。ポーランド人、ルーマニア人、アルバニア人など、私の家族と同じで一日中しっかり働いて、この地に部屋を借りることができた人たちだった。彼らは左官、庭師、家事手伝い、ウェイター、料理人として働いた。彼らについてはいろんな噂話や誹謗中傷がささやかれた。

長きにわたってアガタは、〈そんな外国人〉がしたという、集落で起こった好ましくないあらゆる行いを私に知らせてきた。干し草小屋の屋根が陥没したとき、道路が汚されたとき、畑での仕事がはかどらなかったとき、ジャーマン・シェパードがいなくなったとき、夜出歩くのが危なくなったとき、湖にビール瓶が浮いているのが見えたとき、責任は彼らに押し付けられた。最高の噂話のひとつは、毎年話題になる、亡くなったルーマニア人の男性の話だった。酔っぱらったまま、空気を入れて膨らませたマットレスに乗って湖岸を離れて溺れた彼のことを、人々は湖が復讐をしたと言った。

アガタの妄想は一年ほど続いた。あるとき、アルバニア人だったと思うが、男性が数人、中学校と高校の正門の外で待ち伏せし、女の子たちを誘拐して大型バスに乗せ、売春させるためにどこかへ連れて行くと聞いた彼女は、下校時になると首を伸ばしてあらゆる方向を見た。停まっているトラックや知らない顔をチェックして、私に「あれは誰?」と聞くのだった。

このことを母に話して、それが本当なのか、そんな危険があるのかと尋ねると、母はばかげた話だと答えた。私たちはみんな小心者になってしまい、存在してもいないものが現れるのを常に待って、本物の危険や危機には対応できなくなってしまったと言った。

私たち少女のあいだでは常に、恐怖は全国ニュースになった事件によって掻き立てられ、いっそう大きくなったのだろう。誘拐事件と悲嘆にくれる両親の呼びかけ。工業地帯で死体となって発見された少女たち。田舎の道路沿いを車で通る男性の客引きをさせられる若い女性たちの痩せて青白い太もも。町の周辺で見かける大型トレーラーは、私たちの想像の中で大きな危険や犯罪の巣窟となった。

私は必要とあれば他のみんなの恐怖に従った。みんながささいなことに神経をすり減らし、どっと笑ったり間違いだらけのイタリア語で意見したりするたびに鳥肌を立てるのを、私はそれまで見てきたし、その頃も見ていた。私は道で誰かの視線を感じると、みんなを真似て、見返すことはせず、誰がよそ者で誰がよそ者でないか、誰に注意を払うべきで誰に払うべきでないかを決めた。

集落に来てから何年かたち、今やみんなは私たちがこの地の住人であり何者かということも知っていて、私たちは道で挨拶されるようになった。顔も体も一新した私たちには、自分たちを汚すような跡はほとんど残っていなかった。兄のけんかとカルロッタが窒息して亡くなったことと射撃で獲得したクマのこと以外、誰も私たちのことを噂しなかった。

小さなステップとはいえ、この新たな位置で、私は自分の状況が改善された気がした。高みから距離を測り、以前との差が公に認められるのをモニターで監視するのがうれしかった。

他の人が沈もうと実際にありもしない罪を負わされようと、かまわなかった。大事なことは、自分が持ちこたえて水面に現れ、浮かんでいることだった。

＊＊＊

冬でも、バールが一軒だけ夜も開いていた。突堤広場の片側にあったそのバールは、二、三年前に持ち主が替わり、そこを買った家族が改築を行った。プラスチックの古いミニテーブルを取り払いモダンで角ばった家具に変え、ティールームにテレビのモニターを設置し、窓枠の木を塗り直し、ジェラート製造機を導入した。初めは、集落では斬新ということもあり、人々は距離を置いて見ていた。だが、長いあいだ日中も人気《ひとけ》がなかったお店は、持ち主がお店をモダンにしたことが功を奏して、いつも混むようになった。特に週末は混んだ。ある意味、彼らは改築という面倒を敢えて行い、さらに人々の必要性に助けられて、人気を勝ち取ったと言えるかもしれない。

ある土曜日の夜だった。私はバールの店内にすわっていたが、ジャンパーを着たままだった。スクーターで来たせいで手がかじかんでいたからだ。顔に黒いアイシャドーをたっぷり付けるのを忘れてマスカラしか付けていなかった私は、まるで素顔で、みんなにからかわれそうだった。

イリスは母親と言い合って外出できなくなり、そこにいたのは私とダフネ、ラモーナ、オルソ、グレコだった。みんなは瓶入りのビールを、私はサイダーを飲んだ。そこへ、オルソの知り合いの男の子が数人入ってきて、日曜日に行われたサバツィアのサッカーチームの試合について話し始めた。この地には実はチームが二つあった。一つ目は優秀なチームで、アマチュアの上位が出る選手権試合に出場した。もう一つはオルソがプレイしている勝てる見込みのないチームで、選手は相手チームにすぐ言いがかりをつけて、ボールは曲がったり急に横にそれたりした。日曜日に試合があって負けたこのチームは、試合後に更衣室で、主将がゴールキーパーの手を罰としてロッカーの中に入れ、一人にキーパーを押さえさせ、別の一人に指が折れるほど扉を開け閉めさせたという。

他の人の災難同様、オルソたちの話に私はすぐにうんざりした。自分自身の災難だけでも苦労していたからだ。だから立ち上がり、一回りすると言って、ラモーナとダフネには付き合わなかった。手をポケットに入れて、ジャンパーのフードをかぶった私を、湖から上がってくる湿った冷気が通り抜けた。ふと視線を上げると、村の上方にある聖堂参事会の教会に光が当たっていた。自転車では行けないため、私が教会まで登ることはあまりなかった。登りが急で、多くの場合形が不揃いの敷石が、滑って転びやすいからでもあった。

旧市街に入り、洗濯場広場から頂上にある役場の建物の前や旧図書館まで続く、長い石段を上がった。役場の建物は電気が消えていて、水がゆっくり流れる音がする噴水にはウナギが二匹いた。私は息を切らした。周りには誰もおらず、バールもタバコ屋も閉まっていたので、教会の正面を満たす光を追って、また歩き出した。

登りながら、それが花嫁がたどるコースであることに思い当たった。結婚する若い女性たちはみんな、集落のてっぺんにある古い教会で式を挙げてもらいたがった。だが、そうするためには、ピンヒールで狭い道路や路地を歩かなければならなかった。転んで足首を脱臼した花嫁や、真上から照り付ける陽を浴びて、上がってくる途中で気分が悪くなった親戚の年寄りの話には事欠かなかった。

白子症の猫が狭い横道から出てくるのが見えた。よく見ると、噛まれた跡があるピンク色の耳の上にわずかな毛が生えていて、赤い目には街灯の明かりが映っていた。毛は幽霊みたいに真っ白だった。私はその猫を追って歩いた。猫と一緒に道をそれて登りに入り込んだり、再び家々のあいだを降りたりした。多くの窓の明かりがすでに消えていた。午後、雷が鳴ったから、干していた洗濯物は取り入れられていた。猫は走ったり止まったりを繰り返した。暗闇の中で私をじっと見ているようだった。

私は辛抱強く猫と移動し続けた。見失わないように急いで歩いて、ツタに覆われた階段の前を通ると、建物の壁に聖母マリアの絵がはめ込まれていた。門扉の横にある壺に足を引っ掛けたり、年寄りが玄関の外に出してすわる椅子につまずいたりしないようにして、集落の内部を、暗い旧市街のお腹の中を、探検して動き回った。閉まった窓の向こうで、声やささやき声が重なり合った。塀の穴から地下室の匂いがした。

猫は飛んだり跳ねたりしながら、その絵葉書みたいな舞台裏を音も立てずに動いて、静脈のように旧市街を通るさらに狭い通路へと私を導いた。私の足音が響いてこだました。

オルソから、彼の祖父母が旧市街に家を持っていると聞いたことがあった。祖父母は階段を登り降りするのが難儀だったから、そこからもはや外出することはなかった。お祝い事に祖父母を招待するのも、日曜日に祖父母の家へ行くのも大変だったが、祖父母は孤立した生活にも不便にも慣れていた。彼らの寝室の、花も飾っていない小さな傾きかけたバルコニーからは、湖と月が見渡せた。

「お前、どこを走ってるんだ?」私を呼ぶ声がしたので止まると、パブの外壁にもたれかかった若い男性がいた。みんなはその店を〈小さな洞窟〉と呼んでいた。洞窟だったのを白いペンキで塗り直した店内では、褐色のビールとホットドッグを出していた。私たちがそこへ行くことはなかった。息苦しいような心もとないような雰囲気があったし、壁が閉じて息ができなくなるように思えたからだった。

あたりを見回すと、猫はいなくなっていた。

「突堤に戻るところだった」。誰に話しかけられたかわかった私は、そう答えて彼に近づいた。

「なんでひとりでうろつく?」と、クリスティアーノはまず私を、それから持っていた瓶の底を見て尋ねた。

「だめかな?」と言って、私も塀にもたれた。電灯に映し出された彼の影を見て、彼の全体像を見ると、ひどく痩せて腕が長く、耳が際立っていた。彼には悪いところも良いところもなく、まあまあといったところだった。

旧市街に頭のおかしい男がいて、いつもバルコニーから物を投げた。アイロンを投げたこともあった。その男の家の下で、物音が聞こえた。クリスティアーノはにこっと笑って、すでに空になっていた瓶を地面に置いた。

そうして、彼とお兄さんが他の友だちと、町の古い大扉を閉めることができる鍵を、役場から盗んだときのことを話し始めた。大扉からは車で旧市街のある地点まで入ることができた。彼らは何百年かのうちで初めて、その扉に鍵をかけた。そして、身を潜めて、そこまで来たのに通れなくなった人たちの顔を眺めた。あるいは、集落に雪が降ったときのこと、家々の平らな屋根にひょいと登って家から家へと渡ったり、道路標識を引き抜いて、突堤まで滑って降りるためのそりとして使ったりしたことについて話した。クリスティアーノはこんな話もした。湖沿いの散策路の終点は、高いネットと危険を示す看板で道が遮られているのだが、昔そこに画家が住んでいた。どの家庭も結婚に際して彼の絵をほしがったが、絵は恵まれた人の給料三か月分もしたと。

一方、湖から上がって行ったてっぺんのとても大きなテラス付きの家には、女性作家が別の女性と住んでいて、みんなはふたりがレズビアンだと知っていた。ふたりは道を通るとき、お辞儀に近いほど頭を下げたという。それから、いつも広場をうろついている、私たちより五歳年上の男の子がいた。バールに出入りしてぶつぶつ言いながら話す彼には、ひどい強迫観念があった。それは、稲妻への恐怖、職人が手仕事で作ったグラッパへの愛、カモに与える干からびたパンだった。筋肉質で抑制が利かなかったから、雄牛と呼ばれていたこともあった彼は、友だちと休暇に出かけて、コカインを摂りすぎてへなへなになり、この世の物とは思えなくなって帰ったという。

「それにしても、お前の友だちはくだらないことを言うな」

「誰のこと?」

「グレコだよ。親父がルーマニア人で、マンツィアーナで金物屋をやってるって、みんな知ってるよ」

「だから?」

「だからくだらないことを言う」

私は首を縮めた。そんなのどうでもいいことだった。私はグレコを友だちとはみなしていなかった。単に彼がイリスを好きだったから、時々一緒に出かけたが、彼に家族のことを聞いたことも、世間についてどう思うか聞いたこともなかった。彼が怖がっていることや、何について笑うか、なぜ嘘をつくかについて、問いただしたことはなかった。

私は言いたかった。うちの家族はみんな自分たちについて嘘をついていると。うちはとても危うい嘘の巣窟で、私たちは自分の身元を隠し、話をでっち上げ、不公平な仕打ちを防ぎ、人々の偏見を一身に受け、怒鳴り声や叫び声や一家の秘密の後ろにバリケードを張って身を守っていると。でも、私は別のことを言った。私はクリスティアーノを見て、可愛くないことを言った。

「他の話をしたら」と。

彼は頷き、私たちは桟橋の方へ歩いて行った。桟橋から飛び込んだことがあるかと尋ねると、彼はあると答えて、「湖の水のこと考えたことあるか? 甘くておいしいって言うけど、嘘だ。この水はガソリンの匂いがして、ライターを近づけると火が点く」と言った。

冬になって、クリスティアーノはいっそう顔色が悪くなり、背が高く見えた。伸びた髪はまっすぐで、ジェルで鋭くまとめられていた。柑橘類の果汁のような、甘ったるくてつんとする強い香水をつけていた。冬の冷気にぶつかるような香りだった。彼はいつも指先だけをジーンズのポケットに入れて、上下に揺れて歩いた。むき出しの長い首がジャンパーから出ていた。私たちはみんなマフラーや手袋や帽子を身に着けるのが嫌いだった。二月でも腰の肌を見せて、大雨が降っていてもかかとはむき出しだった。

「あそこにプレゼピオがある。これくらいの、背の高い彫像が五体、数年前に設置された」

私たちは桟橋の先端まで来ていた。私はそこから飛び込んだので、係留のための橋脚の向こうの水中にあるその地点を知っていた。そこには藻と暗がりがあった。

プレゼピオの話は知っているが、飛び込みをしたときに近くを泳いで、昼日中だったにもかかわらず何も見えなかったと、私はクリスティアーノに言った。すると彼は、いや、あるんだと反論して、私がよく見なかっただけで、彫像はずっとそこにあって、集落を年がら年中見守っているると言った。彫像はぬるぬるしていて、水に侵食されて黄色っぽくなっている。水の流れも魚も彫像を動かせないんだと言った。

私たちが欄干から離れかけたところで、オルソがこっちへ来るのが見えた。

「家に帰るところだから送るよ」と、少なくとも顔を知っているはずのクリスティアーノに挨拶もせず、私に言った。

私の背後からクリスティアーノが「俺が送る」と言ったので、私は頷いて、彼に送ってもらうからとオルソに言った。

オルソはためらっていた。その同じ栈橋を、グレコの背中をさすって彼を欄干の向こうへ戻そうと走ったときと同じように見えた。人を守り、介入すべきタイミングをわかっていて、問題や欲求不満やルート変更を嗅ぎつける人の顔をしていた。

クリスティアーノは少しして私を家に送ってくれた。優先権がある車にも、進行方向にも、一時停止や交差点にも注意を払わず、世間と闘っているかのようにスクーターを走らせた。道路は凍結していて、車輪がパチパチ音を立てた。彼は平衡と周囲の状況を測りつつハンドルを操って、「よくヘッドライトを消して、ただひたすら夜のうちに耳を澄まして走るんだ」と言った。「次回、トレヴィニャーノかブラッチャーノへ行く道路で、ライトを消して走ってみよう。カーブはぜんぶ頭に入っているから、道路がライトに照らされている必要はないんだ」と言う彼に、私は「いいよ」と答えた。

私の家の下に着くと、エンジンがかかったままのスクーターから暖かい空気が上がってくるのが感じられた。スクーターには青いライトが点いて、カブトムシのような色の光沢のある塗料が塗られていた。クリスティアーノが私の家はどれかと聞くので、私はバルコニーを指さした。

「お前がアンドレアの親父の車のフロントガラスに石を投げたのか？」と、クリスティアーノはポケットに指を突っ込んで家の鍵をチリチリ鳴らしながら、私を見て聞いた。

「ううん、カルロッタ・スペラーティがやった」と、私はブレーキにかけた彼の締まった指の関節を見ながら答えた。

「なんでわかったんだ？」

「みんな知ってるよ。見たから。石を投げて、それから家へ帰って自殺した」

クリスティアーノが帰ると、私は家へ上がった。母は起きていて、ラジオを小さい音にして編み物をしていた。少し前からかぎ針でレース編みを習い始めた母は、編み違いだらけの花瓶敷きや、くたっとして色のさえない中折れ帽を作っていた。

母には何も言わず、帰ったことをそれとなく合図で知らせた。それから電話機のところへ行って受話器を取り、よく使う電話番号をすべて記したノートを手に取って電話をかけた。二回鳴らして、切った。

それはイリスへの合図で、私が無事で、今から寝るという意味だった。

＊＊＊

イリスは、とても母親思いのルチャーノを、〈ママのお坊ちゃま〉と呼んでいた。彼女が言うには、何不自由ない暮らしをしている、母に可愛がられる彼が、ぷくぷくして人形みたいで、天使に似た顔をしているからだった。そして、ルチャーノがいつも同じこと――「君はわかってないね」、「ひとまずXにしておこう」、「おっ、すげー！」――を口癖のように繰り返すときや、誰彼となくおじさん、おばさんと呼ぶときや、シャツに皺が寄ったからといって、森羅万象の無秩序をわめき散らすときにむかつくと私が言うと、イリスは笑った。

物語は、筋立てや登場人物、つまり語るべき人やことをあらかじめ想定する。けれども、私は自分とルチャーノについてあまり話すことがなかった。彼の無意味さ、去年のクリスマスの贈り物のように価値がなく適当に選んだ贈り物、サッカーチーム・ローマの選手について話して無駄にする時間、聖遺物のようにいつもたたんでナップザックに入れるマフラー、紙やすりで削ったような、ぎざぎざの、とっても白いのに不透明な前歯に釣り合って、私の不快感が増すことを別にすれば。

私たちはある期間、例えば数か月にもわたって、話さないことさえあった。そして、家にかかってくる電話も減り、学校で会うのもまれになった。だが、互いから意識的に身を隠すようになっても、最後通告を、共通項のないふたりの関係を公に終わらせることはなかった。夜になると、目には見えなくても、彼はダニのように私に貼り付いた。凝りもせずまた私たちは挨拶を交わして、どうでもよいことを広範にわたって話し始めた。学校の成績、尽きることのない欲望、嫉妬もどきについて。嫉妬もどきについてなら、彼は私を愚弄するチャンピオンだった。腹を立てる理由を考え出して、私が話しかけたこともない人のことを言い募り、起こったこともない出来事や、私が受けてもいない眼差しで盛り上げた。そして、頑固でひどく傷ついているふりをした。

私は姿を現わしたり消したりして、気にしてほしいという彼の気持ちから逃げ続けた。そうして、あったかもしれない裏切りあるいは嘘についての言い合いには取り合わなかった。彼が理想とするカップルというものに、私は完全に無関心だった。

自分たちはまるで影のように一緒にいると、私は思い始めた。

セックスをするという意味の〈愛を行う〉という言い方は、こっけいであり、芝居がかっていて欺瞞に満ちている。裸で感じる人間としての私と彼が分け合うものは、いつも平凡だった。セックスをし始めた頃すでに、私は一緒にいることを、湿り気のある感覚へと変えることができなかった。彼に押さえつけられながら、私の体は静まり返り、思いは別のところにあった。ミニテーブルの電気の光が私たちの顔を照らし、わずかに開いた窓から空気が入ってきた。足はとても冷えてひりひりした。息は消化されたカンゾウの匂いがした。庭の音と、近所の犬が吠えたり生け垣を嚙んだりする音がした。カサコソと音を立てる生き物の気配が、私たちのではない生き物の気配が、私の気を散らした。

苦痛を感じていたわけではないけれど、自ら進んでしていたわけでもなかった。しっかり意識はしていたものの、自分が生彩を欠きやる気がないように感じられた。どうしてセックスという儀式が何世紀にもわたって継承され、なくてはならないものとみなされてきたのかが、私にはわからなかった。

たいていいつもルチャーノがしようと言い出して、私はバスタブに浸かるときのようにセックスを始める準備に取りかかった。服を脱ぎ、丁寧に服を置いて、湯加減をチェックして、バスフォームを湯に撒き、お湯に入って耳までお湯につかった。

こんなセックスについて、イリスに意見を求めたことはなかった。それが正しいのだと当然のように考えて、自分と友だちの肉体関係を比較することはなかった。だから、不成功に終わっても、私たちしか知らなかった。ルチャーノがした他の経験についても、何点かとか順位はとか、私は聞かなかった。毅然と彼に会って、終わるとさっさと立ち去った。手練れの〈ママのお坊ちゃま〉ことルチャーノは、味のある人間に見せて私の欲望を掻き立て、恋人であり官能性を育むことができると示すために、いろんなことを試みた。一方で、私は必要な分だけ彼に応じてみて、そのあとは自分の思いに、洋服ダンスの扉の向こうに隠されているかもしれない骸骨や、洗濯機の中でバタバタ音をさせるジーンズのボタンや、大きな音でつけられた上階のテレビへと戻っていった。彼のお母さんが、ピストルで撃ち合って、最後は狼男だけが生き残る映画を見ていたからだ。

春のある午後、ルチャーノは放課後私を駅まで連れて行き、停車する電車が来ない地点まで、プラットフォームをずっと端まで歩いた。けんかを売って文句を言う場所に、そこを選んだのだった。彼はナップザックから一枚の紙を取り出した。それは、私たちより年上の、最終学年の女の子からの手紙だった。彼と仲良しになりたいその女の子は、筆圧の低い字でマニキュアとルビーに興味があると書いていた。私はその紙を取って読み、それから顔の表情をいっさい変えずに彼に返した。電車がもうすぐ来るから乗り遅れる可能性があると、私は考えていた。

私が何も言わないことが彼は気に入らなかったらしく、もう一度私に手紙を渡して、もっと読むように言った。私は手紙を再び開いて、閉じて、「読んだし何が書いてあるかわかった。それで?」と言った。

私からの気持ちが得られなかったことで、彼はののしり始め、私が行う仕打ちについて長々と言い募った。彼によれば、私は、手紙の女の子に腹を立て、私たちの深い絆や恋人としての日々を脅かすことに対してわめき、地団太を踏み、大粒の涙と汗を流すべきだったからだ。私がそのようにしないということは、他の男に気があるからで、その男は誰なのか、どこに住んでいるのか、集落か家の近所なのか、私が出かける友だちの中の誰かなのか、オルソとかいう男なのか、いやそうではなく、トルコ出身の――あるいはギリシャだったか覚えていないが――男か、スクーターに乗せてくれる男なのか、日曜日に乗馬をする農家のつまらない男なのかと、聞いた。

電車が機械的な汽笛を響かせて入ってくるのが見えた。前部がエメラルド・グリーンで、車輛に白い線が引かれて、国営鉄道の印がＦＳとあった。ライトは丸かった。運転手は帽子をかぶって紺色の制服を着ていた。

私の腕を取って息を切らすルチャーノの必死さを無視して、私は「行かなきゃ」と言った。彼は私の腕をひどくではなかったが握り、次の電車に乗ればいいと言った。ふたりで話し合い、私を理解しなければならないと言った。そのうちに電車がブレーキをかけて車輪がヒューっと鳴った。私は彼から離れようと飛び出したが、〈ママのお坊ちゃま〉はハムを吊るす鉤のように私の腕にしがみつき、お願いだからと繰り返した。

アガタが私を大声で呼んで、早く電車に乗るよう合図した。プラットフォームにいる彼女のブロンドのポニーテールが揺れるのが見えた。ルチャーノは解放してくれず、「お願いだから」と繰り返した。止まって彼をじっと見る私の頬はほてり、前髪はくしゃくしゃになり、イライラして足が震えていた。

「何を言うっていうの？　捨てられたいの？」私は彼の顔に向かって怒鳴った。

彼はなおも、五分でいい、わかり合わなければと繰り返した。付き合い始めて長い時間が過ぎたけど、どうもうまくいかなくて、私が考えていることがわからないと言った。会いたいと言い募ったのは私で、ふたりは双子みたいに通じ合っていると――みんなもそう言っているけど、そんなこと誰にも重要なことじゃない――言ったと。私のことを気にしてほしいのに、彼が気にしてくれないと言って彼をなじったと。午後じゅう彼の家にいて、彼と寝て裸になったと。だから私はこう言った。「中身も個性もないこんな恋愛に、私は重きを置かないの」と。

電車の自動扉が閉まるときの警報が聞こえて、私はこぶしを握った。電光掲示板の時刻表の隣の小さな丸が点滅していた。同じように私も、怒りで点いたり消えたりしていた。

電車は出発して、私たちの横を通った。風が私の髪を吹き上げ、ルチャーノのシャツを膨らませた。私は、電車の窓から私を見ている友だちのことを考えた。彼女たちは、人を見るより窓外を眺めるほうが好きな私がいつもすわる場所にすわっていた。私は車輛から、下水管のあいだに見え隠れするトタンの家や、私立学校の小さなサッカー場や丘の間に見える建築現場を見たり、雨のしずくを数えたりしたことがあった。電車が動いているときに窓に反射した瞳をじっと見ると、瞳が右へ左へ、左へ右へと踊った。

これまでルチャーノは誰に対してもするべきことをせず、顔色が悪く無言で消滅寸前だった。私に栄誉を与えることもほとんどなく、私のステータスを引き上げることもなく、自分の豊かさを共有させることもなかった。彼といた期間、私は一ミリメートルすら前進も後退もせず、ずっと変わらなかった。それにもかかわらず、自分はあれほど凡庸でありながら、彼をひどい目にあわせることもなくそばにいた私に、文句を言ってのけた。

この一連の騒ぎは、外から見れば平凡極まりなく、自殺や車のフロントガラスに石を投げることやディスコでのけんかや、ラテン語と歴史と地理と体育の授業と変わらなかった。すべて捨ててしまうべきものだった。私たちは無用な動物で、ウイルス以下の価値しかなく、クジラ目や牡蠣や厚皮動物を前にしたら、何ものでもなかった。

「あなたが何の役に立つかって聞いたよね？」と、ルチャーノの体が揺れてへなへなとくずおれそうになるのを見て私は尋ねた。

すると、彼は怒って、何の役にも立たないのは私だと言い放った。私は要塞で守られた世界か羊毛の糸玉の中で生きていて、言葉を聞くことも、自分以外の人を見ることもなく生きていると。一方で彼は人に好かれている――確かに好かれているのだろう――。私は自分が彼の唯一の彼女だと思っているけれども実際にはそうでないと。彼は何人もの女の子と会っていて、彼女たちはほとんど全員私よりきれいで――ほとんどと言った――、ポルト・チェルヴォへ休暇に行って、係留された船上でサンドレスを着るのだと。

「それでまったくかまわないよ」と私は軽蔑を込めて言った。

私たちから早くも後ずさりして消えようとしている恥部のために、うかつであったことや愚行のために、ルチャーノと一緒に何かを掘り出すことができると信じたために、私は太ももから恥が上がってくるのを感じた。世間が私に何も差し出してくれないことなど明らかだったのに。

ルチャーノの私以外のガールフレンドや、私より日焼けした体や、私より貫禄のあるお尻や、よりしなやかに着こなしたビキニの一覧表において、私とカルロッタの間にほとんど差がなかったことが初めてわかった。大事に思われ、失望させることなく、他の女の子より目立つという欲望は、光が差さない冷たい岩間に似ていた。それはカルロッタと私の共通項であり、私たちのクリスタルの洞窟だった。

カルロッタに似ていることが、死んでもはや存在することのない人に、考えること、思い出、悪癖、夢において似ているということが、私は耐えられなかった。彼女は死んでしまって、私とは何の共通点もないと叫びたかった。

私の手が勝手に動いて伸びて、ルチャーノの髪をつかみ、彼が限りなく注意を払うその完璧なヘアスタイルの髪のひと房を引っ張った。

「あなたのことなんてどうでもいいの。わかる？　私を裏切る人なんていない。ましてやあなたはね」と、彼の左耳に大声で言った。

彼の体が片方に曲がった。私に髪を引っ張られるなんて思ってもみなかったから、数秒間されるに任せていた。なぜそんなことが起こっているのか、私がなぜ彼を痛い目にあわせたがっているのかが理解できないでいた彼は、私を気違い呼ばわりして、痛いと大声で言い、私を押した。そして、すべて嘘だったと、私が彼の言うことに反応して心を痛めるのを見たかったのだと告白した。だが、私は反応することも心を痛めることもなかった代わりに、檻に入れて鎖につないでおかなければならない獣のようにふるまった。

私が手を開くと、彼の髪が指から落ちた。髪は私の初恋とともに風に飛ばされた。

***

私たちが住む土地には、実は二つの湖があった。昔の噴火口は、もはや愛情の絆がなくなった兄弟のような関係で、両方の湖に流れ込む支流も山裾も小川もなかった。それぞれが自分の湖水だけに関わっていた。

二つ目の湖は小さく、一つの湖岸から別の湖岸まで足漕ぎボートで行けた。しかし、一帯がいつしか自然保護公園になった関係で、平原を越した先は、徒歩でしかたどり着けなかった。車輛は湖の上方の、藁の束と薪が積み重ねられたところに乗り捨てなければならなかった。そこから、整地された坂道が湖岸まで下っていた。下るときには滑る危険が、上るときには息が切れる危険があった。

小さいほうの湖はマルティニャーノといって、復活祭の月曜日や解放記念日、労働者の日に、土地の若者たちが集う場所になっていた。若者はグループでナップザックを背負っていくのだが、ビールをケースごと、あるいはカラフルな敷布だけ持って行く人、サンドイッチ、水、タバコなど飲み食いする物を持って行く人などいろいろだった。怖いもの知らずの人は夜まで留まった。テントを持って湖まで下り、最も孤立した地点で野営をするのだった。

砂浜の砂には、草が生えて黒い粘土質の石が混ざっていた。水底はすぐに深くなり、湖の中心では水の流れが急で、底へと渦に引き込まれてしまいそうだった。

湖岸で私が一番好きなのは、しだれ柳がある地点だった。柳の下は、風が時おり吹くときだけ木漏れ陽が射した。そこで目をつむると、人々の話し声ごしに、放牧中の乳牛の、移動中に典型的な長い鳴き声を聞くことができた。

クリスティアーノが私を見て誰だかわかったと言ったのは、その場所だった。あれは去年の五月一日で、その日、私はイリスと知り合った。

友だちになるはずの私たちは、紫外線からの保護機能のないプラスチックのサングラスをかけて、日光浴をしていた。あの時初めて私たちは、冬のあいだの青白さや、紫色の目の隈や、足の甲のところどころに見える青い静脈のうちに、体をさらけ出した。

私たちのおしゃべりはぎこちなく、とぎれとぎれだった。お互いのことを知らなかったから、交互に質問をしていった。こうして私たちは、学校、集落、過ぎたばかりの復活祭の休暇、夏休みの計画といった共通の話題について、どうでもいいようなことをそれぞれが詳細にわたって話した。

私たちのそばに、女の子がほとんどいない男の子のグループが現れた。みんな集落の住人で、何人かは同年代で、あとは年上だった。二、三時間たつうちに、ビールを何ケースか空けて酔っぱらった彼らは、砂浜でボールを蹴って遊んだ。人にボールを当てては笑い、悪態をついた。砂地に体を投げ出し、水の方へ転がったりした。叫び声をあげ、強い方言を使って、内輪で、あるいは私たちに向かって話をした。

彼らの気分は早々に変わった。学生のバカ騒ぎだったのが攻撃的になり、侮辱の言葉を怒鳴り合い、空の缶を投げ合った。なかには木の切り株に吐く者もいて、子ども連れの人は、ひと家族またひと家族と、立ち上がって場所を移るか家に帰るかした。男の子のうちの、いつも一緒にいる幼馴染のふたりが、けんかになった。誰も理由はわからなかったが、下品な馬鹿笑いが叱責を生み、叱責が殺人者のような目つきをもたらした。そのあとふたりは、猛犬のように飛び掛かって取っ組み合いのけんかになった。

ほろ酔い加減の友だちたちは、よろけながらふたりの肩をつかんで落ち着かせ、止めさせようとした。彼らのけんかをふざけているだけだと思った人もいて、ふたりの周りに円になり、相手をひどい目にあわせるようけしかけた。そうこうするうちに人垣ができて、私も見に行った。ふたりは驚くほどの激しさで殴り合い、体にはすでに互いに受けた殴打の痕があった。

血が出ると、私は人垣の輪をかき分けて進み、血が付いたふたりの顔を見た。一人の鼻は殴られて、もう一人の唇は裂けていた。

ふたりを心配する叫び声が上がった。ふたりのガールフレンドたちは介入せず離れたままだったが、爆発した怒りに怖気づき、友だちに寄りかかって泣いていた。もはやどう止めればよいのか誰もわからなかった。大人はいなくなっていて、私たちだけが悲劇の舞台に残っていた。ふたりの体が打撃を受ければ受けるほど、私は近くへ行った。そして、両者がけんかとアルコールで消耗して地面に倒れるまで、そこにい続けた。ふたりとも目を閉じて髪は汗と血にまみれ、顔の見分けがつかなかった。

けんかが終わると、彼らの友だちたちが助けに駆け付け、ふたりの腕と足を持ち上げた。そのとき私は初めて、周りに女性は自分しかいないことに気づいた。私の友だちはみんな遠くへ行っていた。敷布とナップザックを集めて、オルソとグレコと一緒に、けんかするふたりから距離を取り、柳の向こうへ避難していた。

友だちを探して周りを見ると、知らない人の興味本位の目が向けられているのを感じた。私だとわかった人もいたかもしれない。赤毛のアントニアの娘で、射撃が上手な、残虐な事件や飛び散った血や傷が好きな女の子だと。

そこへオルソが後ろからやってきて、私の手首をつかんで連れて行こうとした。「まったく馬鹿なやつらだ」と、裸に近い私の背中に手のひらを添えて言った。

「あの日、俺もいた」とクリスティアーノが後に打ち明けた。けんかしていた一人が彼のお兄さんだった。「毛細血管が破裂して、頭をちょっと打ったけどたいしたことはなくて、もう大丈夫だ」と言って、短い爪でスクーターのハンドルのグリップの汚れを削り取ろうとした。

「お前が何のために残っていたのかって、ずっと考えてた」と、私を見ながら言った。

「みんなと同じで、見るためよ」と私は答えて、前方のタイヤに片足を載せ、彼に平衡を失わせようとするかのように、タイヤを押した。

「みんなと同じじゃない」とクリスティアーノが正確を期して言うと、私たちは一瞬黙った。その背景で男の子たちがボールで遊ぶ声が聞こえていた。駅の近くの、教会の裏まで来ていた。

「私たち、ここまで何しに来たの？」と私は聞いて、ステップから足を下ろした。

「お前に聞きたいことがあって」

「それなら聞いて」

最近知ったのだが、それは葬式をする教会で、結婚式をするのは集落のてっぺんの教会だと。一番低くて湖から最も離れたところで別れを告げると。スタッコ細工やフレスコ画、古い木の祭壇や石の神聖な匂いに囲まれ、着飾って香水の匂いをさせて幸福に浸る。一方、ひし形のモダンなステンドグラスの前で、すり減った結婚指輪の咳き込みそうな空気の中で、人々は死に涙する。ベンチが半円に並べられ、神父は会議場において会議を取り仕切るのと同じ情熱を持って式を執り行う。人が死ぬのはいつも、いやになるような、みじめで雑然として色あせたような場所だ。しかもそこでは、神父が名前を間違え、キリストの顔さえもはや同じではないと思われてくる。「教えてほしいことがある」。クリスティアーノはまじめな顔をして、スクーターから降りて私に近づき、より小さな声で話した。

私が金持ちの学校へ通っているというのは本当かと聞くので、私は頷いた。それから、カッシーナが終わるあたりの静かな住宅地に住む友だちがいるかと聞くので、友だちはいないと言うと、知り合いがいるかとか、その人たちの家を見たことがあるかと聞くので、あるかもと言うと、どの家かと聞くので、家を教えた。さらに、そういう家には何があるのかと聞いた。「プラズマのテレビ？　宝石？　ブランドのバッグ？」。私はそうねと答えて、「テレビが二つあって、一つは一階に、最新のプレイステーション付きのもう一つが半地下の部屋にある。バッグが置いてあるタンスは二階の左側の寝室で、金庫もあるけど開け方は知らない」と言うと、アラームが設置されて番犬がいると思うかと聞くので、「アラームはないと思うし、小型犬しかいない。だけど、隣の犬がいつも吠えてる」と言うと、彼はポケットから紙とペンを取り出して、そこに住所と、私が知っている住人の生活の時間帯を書いてほしいと頼んだ。私は紙を取って指で回しながら、どんな時間帯を知っているか考えた。そして、朝家を出るおおよその時間を書いた。両親の勤務先がどこか、何時に戻って来るかも書いた。フィリピン人の掃除の女性が通っていて、朝十時に来て昼食後に帰るから、七時から十時まで誰もいない時間が三時間あると書いて、そこに下線を引いた。そうして紙を渡す前に、これらのことを教えることで、私は何の儲けがあるか、どんな危険があるかと聞いた。

クリスティアーノは、危険なんてないし、ほしい物が手に入ると答えて、何がほしいか聞いた。私は初めて人から「何がほしい？」と聞かれた。今まで私の願いをぜんぶかなえようと言ってくれる人は誰もいなかった。みんなは、私が現状に満足していて、私には要求することもなく、私の暮らしに追加する物などないと、当然のように考えていた。私は一分間考えてから、ほしいものが一つあると言った。どんなのでもいいから携帯電話がほしい。それに、お母さんには通信料を払ってと言えないから、誰かに払ってもらう必要があると言った。

クリスティアーノは、「携帯電話は手に入るよ。本当にそれだけでいいの？」と言った。

私は、ぜんぶほしいと、その家や隣の家にある物ぜんぶほしいと言うこともできた。道に駐車した車、ガレージのスクーター、テレビのアンテナ、ジューサーミキサー、電気オーブン、ショルダーバッグ、電動泡立て器、ソファのクッション、バスルームの絨毯、食器棚の扉、裏庭のゼラニウムの鉢、屋根瓦がすべてほしいと。けれども、私は携帯電話だけほしいと答えて紙を渡し、他の家は知らないから、これ以上聞きに来ないでと言い添えた。

彼は大丈夫だと答えた。「いつもそういうことをするわけじゃなくて、今はお金がないんだ。やつらが誰かも、なぜお金に困っているのかも俺は知らなくて、当然俺とは関係ないことと思っている」と言った。

私は「半地下の洋服ダンスにラルフローレンの青いセーターが少なくとも二十枚あるから、あなたの気に入るかもしれないし、売ることもできる」と付け加えて、ヘルメットをかぶった。

「じゃあ、家まで送って。明日ラテン語のテストがあるの」

彼は頷くとスクーターのサドルに腰かけ、体重をかけてスタンドを上げ、私を乗せた。

二週間後、彼らがルチャーノの家に入って何から何まで持ち去ったというニュースが、学校で広まった。まるで冒瀆のように何から何まで、とみんなは繰り返した。目撃者は誰もいなかった。その時間に家に誰もいないことを彼らがどうして知っていたのかは、わからなかった。門扉の外で待ち伏せして観察したのか、バンの中に隠れて何か月も見張っていたのか。そして、掃除の女性は疑われてすぐに解雇された。きちんとして優秀で、働く意欲もあるように見えるけれど、他の国の人と同じで、フィリピン人は信用できないからだった。

アガタはよく眠れないと言った。そのニュースを知って以来、誰かが彼女の家にも入って来るのではないかと怖がっていた。彼女は二、三度、赤い車が道に停まっているのを見たという。車のプレートはイタリアのものではなく、ブルガリアかモルドバかロシアといった国のものだった。

私は彼女に言った。「そのとおりね。彼らの一味かもしれないから、気を付けた方がいいね」と。

九章　未成年には禁止

私がこの数年間してきたことは、連絡先に番号を記し、ニックネームを選んでキーを押して文字入力し、真夜中にメッセージを書き、たくさんいる機械仕掛けのサメの一匹がよりによって私を食べようとする悪夢から目を覚ますことだった。目を覚ますのは、枕の下の携帯電話が振動するからだった。貝を開くように携帯を開くと、無色で、インターネットも使えず、写真も鮮明に撮れない、すっかり流行遅れになった私のモトローラが光り輝いた。私はこのモトローラを母に見つからないように太もものあいだに隠していたが、見つかってしまった。母は私を非難して、私が携帯をどのようにしてなぜ持つようになったのか、私の年齢で何に必要なのかを知りたがった。私は借りたとか贈り物だとか言うはめになり、そのあとは、もっとうまく隠そうと靴箱に入れて蓋をした。

私がこの数年間してきたことは、ヴィテルボ方面とローマ・オスティエンセ方面行きの電車に乗り、電車に乗り遅れないように走り、電車内の灰皿を開け閉めし、シートの布を引っ掻き、扉が閉まりそうになると体で妨害し、私の近くに来すぎた人を突き飛ばし、暑さのためにトイレで気を失った女性を冷ややかに見て、私がいるところから二つ目のコンパートメントで気分が悪くなった人をののしり――その人のせいで電車はオルジャータとラ・ストルタ間で停車し、私たちは救急車を待った――会社が閉鎖されたためにバルドゥィーナ駅で自殺した会社員を悪く思うことだった。

私がこの数年間してきたことは、予習、復習、下線を引くこと、メモを取ること、製図すること、書き写すこと、考えを発表すること、口頭試問を受けること、点数を受け取ること、叱られること、ほめられること、重い辞書を持ち運ぶこと、ギリシャ語とラテン語と英語と古いイタリア語からの翻訳、言葉の言い換え、論理的な分析、詩と動詞の活用と代名詞を暗記すること、概念別の図とメモと矢印と疑問符でノートを埋めること、翌日のために宿題をきちんとすること、勉強のために家の中が静かでなければならないとわめくことだった。

私がこの数年間してきたことは、図書館へ行くこと、本を借りて返却すること、遅刻とシミとノートに書かれた耳を、何も考えないで隠すこと、人を嫌うこと、共生すること、登場人物と状況と舞台道具を見つけること、自分を学習するように強いること、わからないページを飛ばすこと、読みにくくていやな読書をうだうだ続けること、忘れないように読んだ本の一覧表を取っておくこと、すべて、まさにすべて読み終わって、私には読み終わったご褒美も名誉も機敏さもふさわしくないとみんなが言いに来られなくなる日を、夢想することだった。

私がこの数年間してきたことは、嘘をつくこと、議論、言い合い、話さないで自分を表現すること、わがままを言うこと、償うふりをすること、片意地を張ること、笑いものにされたと感じること、中傷する人、恥知らずな言行、注意の欠如のすべてと戦うこと、繋がりを見つけ、そして失うこと、失った繋がりを取り戻してまた失うこと、自分の間違いを忘れること、苦しみを味わい始終侮辱を受けている私を、みんなが敬い受け入れて許さなければならないと、自分自身に繰り返すことだった。

私がこの数年間してきたことは、自分の体を覆い、裸でいるのを避けること、露出を拒絶すること、他の人の体を遠ざけることだった。これは、私が賢いからではなかった。私は勇敢ではなかったし、貞節でも敬虔でも無垢でもなかった。そうではなくて、裸の人が、裸の人を満足させることが、裸の人に近づけないことが、裸の人の匂いが、私の匂いが、裸の人がゆっくりと口を開いて唇を濡らすのが、風を送るように言う言葉が、私を不安にさせるからだった。

私がこの数年間してきたことは、夜、いつも同じ人たちがうろついていて笑みを交わし、代わり映えのしない面子が軽蔑し合う、代わり映えのしない場所へ通い詰めたこと、知り合ったばかりの人の車に乗って、ヴィテルボ方向の田舎のディスコへ行きついたこと、鉛色の薄板に人を映し出す紫色っぽい光を嫌ったこと、中途半端に舗装された道路をアウディで通り、速度を出しすぎて道路を外れ、納屋に入り込んで倒してしまったこと、頭から、背中から、体をまっすぐにして足から、片足をもう片方の足の膝に組んで、誰かの肩から、桟橋の橋脚から、足漕ぎボートの足載せ台から湖へ飛び込んだこと、砂浜に残された瓶の割れたガラスで指を引っ掻いたこと、どこのか知らない排水溝か運河に誰かが捨てた洗剤のせいで、ふくらはぎまで泡で覆われたことだった。

私がこの数年間してきたことは、自転車でヘアピン・カーブや上り坂や下り坂をこいで、スーパー、郵便局、母の職場、双子の学校、タバコ屋、ケーキ屋、青果店、駅、図書館、交差点、湖へ行くことだった。

私がこの数年間してきたことは、夏のバールで人がスロット・マシーンのもうけを盗むあいだ見張ること、誰かの車の車体に鍵の先で傷をつけること、科学のテストで九ではなく七をつけたというだけで、ボンベ入りのスプレーを使って先生の名前とそのそばに極悪非道人と書いたこと、無理やり私にビールを一緒に飲ませようとした馬鹿なやつの顔を、スクーターのヘルメットで殴り、鼻血を出させたことだった。

私がこの数年間してきたことは、服を着ることと脱ぐこと、自分の肌をいやだと思うこと、髪を気に掛けること、骨盤を大切にすること、自分の耳と長すぎる脚を人前で笑いものにすること、胸が大きくなるようにと乳首を持ち上げること、食べすぎたら罰を与えること、まったく食べなかったら恥ずかしく思うこと、朝食を抜くこと、お湯をかけて耳をきれいに洗うこと、マニキュアを塗ること、マスカラを使いつくすこと、ファンデーションを流しに落とすこと、何でもトイレットペーパーできれいにすること、そばかすがひとつも見えないかどうか確認すること、夏の朝の太陽で日焼けして胸に紅斑を作ること、Tシャツを着てお風呂に入ることだった。

私がこの数年間してきたことは、誘拐、殺人、連続殺人、陰謀、雪崩、地震、くじで莫大な金額を獲得した話、サッカー選手権での優勝、マフィアの裁判、内閣の瓦解、ナイフで刺された子ども、極端な暑さと寒さ、学外でレイプされた女子学生、戦地に向かう兵士たち、パトカーの一団、ハッカーに盗まれた銀行情報、報道統制、歌のフェスティバルについて、ラジオで聞くことだった。

私がこの数年間してきたことは、女子生徒をじろじろ見る学校の用務員、必ず一緒に歩き、アルバニア人のボーイフレンドを共有する、不細工で口ひげを生やした双子の女性、売るガソリンが少なくてすむように、ガソリンを薄めるガソリンスタンドの経営者、外国で国際法を勉強したけれど人に不運をもたらす、既婚男性と不倫している女の子、複数の少女を妊娠させたうえ、彼女らを捨てて、生まれた子どもたちの名前すら知らない若い男、拒食症になって頬骨が見えるバールのウェイトレス、雨の日にヘルメットをかぶらずにスクーターに乗って亡くなった二人の青年について聞き、かつて集落で一番の美人だった女性が、結婚したのにうまくいかなくなり、お尻のそれぞれに十キロずつ肉が付いて、どれだけ太ったかと、窒息して亡くなった私の友だちについて、「窒息した、あなたの友だち、窒息して死んだあなたの友だち。次はあなたにならなければよいけれど」と言われるのを聞くことだった。

私がこの数年間してきたことは、革命、雪崩、究極の効果として私の上昇と無限の可能性の出現をもたらす連鎖反応を待つことだった。

私がこの数年間してきたことは、自分がいる場所も時間割も役割も顔もそのまま、予言どおりに十八歳になり、嵐がきて壁が崩れるのを待つことだった。

＊＊＊

藁でできた、デニムのシャツを着てファスチアンのズボンをはいた男の人形が燃やされることになっていた。

その人形の、一人が頭をもう一人が足を持って、バンから引きずり出した。ゴム長靴の中には藁が詰められていた。幸運をもたらすと人々は言った。過ぎ行く年を焼いて終わりにするのだと。

私はスパンコールがたくさんついた服を着ていた。アガタの服だったから私には短すぎて、広場を歩くとパンツのあたりまで上がってきた。私は裾を下に引っ張ったが、また上がってきた。私が裾を下げると裾は上がった。ジャンパーの前を開けていたから、冷気が頭へ上ってきた。男の子たちがガソリンを手に持った。

その晩のことは私に責任があった。二週間前、アガタが元旦は何をするのと聞いてきたとき、私がそう望んだことだった。「何も考えてないけど、イリスがいるから」と私が言うと、アガタは空きになっているお店で元旦を迎えようと、イリスと私を招待した。彼女のボーイフレンドのお父さん所有のお店で、近々家族経営のお店に替えることになっていたが、今のところは空いているから元旦のお祝いに使えるということだった。

イリスは最初迷っていた。「私は知り合いがいないから」と彼女は言った。「オルソに電話して、どうする予定か聞いてみよう」とも言った。それで私は、「オルソとは何か月も会ってないね。夏の間の、あの何でも言い合える本当の友情は、本物であるものだけが終わることができるように終わったの。そうして距離ができちゃった。いろんな理由で、言い合ったわけでも友情が破綻したわけでもないけど、距離ができちゃった」と返した。こうして、イリスと私だけになり、この私たちの空間でだけ私は暮らすことができた。私たちの周りは陣地壕で対核兵器の避難所で、その外では戦争や占領が行われ、ガンマ線や洪水が押し寄せていた。

招待してもらうために、まず何人にも電話してお願いすると考えるだけで吐き気がしたから、知り合いがいないイリスにそのまま行くことを納得させた。

クリスティアーノはもう出発していた。兄弟と友だちと一緒にトスカーナにある農家を借りて、お酒の備蓄と大量のパスタと出来合いのソースと真夜中過ぎて食べるレンズ豆と豚のソーセージを三本持って、みんなで行った。

私たちは招かれなかった。

パーティの三時間前、私とイリスはアガタの家の、辛子色の壁で一人半サイズのベッドがあるアガタの屋根裏部屋に集合した。作り付けの洋服ダンスには服がぎっしり詰まっていて、整理ダンスのそばには全身が映る鏡があった。アガタとイリスは何度か会ったことがあったが、それはまれだった。このふたりの友情のプラットフォームが真に触れ合うことは決してなく、ずっと平行線のまま私の暮らしを横切ってきた。その晩までは。

私は、着る服――Tシャツ、肩ひもがないタンクトップ、短パン、スカートをふたりが選び、カラフルなケースから取り出した化粧品を貸し合い、ヘアアイロンで髪を整え、服の下に着けるTバックの赤い下着をはしゃぎながら見せ、まぶたの上にラメを付け、リップグロスをたっぷり付け、アガタのステレオの音量を上げてちょっと踊る真似をして、ずっと前から共有し合う話題がたくさんあったかのようにおしゃべりするのを見ていた。

　イリスは馬が好きで、週に三回、集落の外にある馬場に通っていた。自分の馬は持てなかったし、先生のレッスンを受けるのは高すぎたから、馬に乗って練習を続けるために、気性の荒い馬の調教を手伝い、馬にブラシをかけ、餌がじゅうぶんあるか、馬小屋が清潔かをチェックして、子どもにレッスンをして、金持ちのアメリカ人女性や馬でマルティニャーノ方面の森を散策する人のための遠足を企画したりした。

　アガタは農家の出身で、そのことを考えないようにしていた。何が何でも農家の習慣から離れようと試みたが、農家の習慣は彼女にずっとまとわりついた。みんながお父さんのことを知っていて、彼女が将来どうなるか知っていたからだった。家の会社の会計を引き継ぎ、金持ちのブルジョワを気取るのをやめ、自分のルーツへと戻ることを。しかし、その晩アガタは、そんな家族の遺産を自慢する機会を得た。普段、アガタと家族は週末に田舎で馬に乗ること、どんな鞍を付けるか、イリス同様、馬場での馬術や障害物を越えるのは嫌いなこと、それよりカウボーイ風の乗り方や、豚やガチョウやロバが交じる大牧場の暮らしが好きなことを。

　私は早々にふたりの会話やキラキラした服や爪に塗ったマニキュアから遠ざかった。こともあろうに、否定できない仲間と見えていたものによって、自分が価値のない微小なものに思えたからだ。私はこうして一晩中、その妙な感覚を、肋間の痛みを、脾臓の穴を、密かに抱き続けた。すべてを最初からやり直したい、元旦についての誘いから再び出発して、その誘いを変え、私の家でふたりだけで過ごそうと、イリスに猛烈に言いたかった。一年に一度酔っぱらってお祝いをする父と、赤いセーターを着てキッチンで双子と踊る母が、楽しそうで何の心配もなさそうに生き生きとしていることが、耐えられないとしても。

手綱、帽子、ブーツの種類、馬場にいる馬の数、ジャンプできる高さ、どのくらい頻繁に馬に乗るか、鞍を付けずに馬に乗ったことがあるか、一緒に乗りに行こう、例えば来週の土曜日にでも。

ふたりがしゃべっている間、私は目にアイラインを引いていたが、そのたびに失敗した。鏡でよく見ると、目立とうと大騒ぎをする脇役みたいだった。もはや私の顔だとはわからなくなり、口紅を重ね塗りしたせいで唇は膨れ、髪は細菌に侵された歯茎のように節くれだって妖精のようだった。まるで私の顔の上で隕石が破裂したようだった。

「遅くなるよ。もう二時間もここにいるのに、まだ準備できてないじゃない」と、私は自分の地味な服をかき集めて兄のお下がりのナップザックに放り込みながら、イライラした敵意を抱かせるような声で言った。私は動物について、猫も犬もガチョウもアオサギもフラミンゴもキリンも馬も知らなかったから、本に出てくるだけでも悩ましく感じた。

「あの写真、ほんとにいやね」と、私は棚の上の額を指して言い添えた。

私とアガタとカルロッタが駅のベンチにすわるその写真は、使い捨てカメラで撮ったもので、私たちも使い捨てみたいに見えた。摩擦されてすり減って、再利用に回されようとしていた。

その写真の中には少なくとも二人の死人がいた。私はその一人が自分だと思った。当時十二歳だった私の分身は、自分の耳を忌み嫌い、プールで泳ぐのが嫌いで、巻き毛の男の子に意地悪されていた。そしてその後も、ラケットのガットを切られて邪悪になっていく運命だった。その分身に私は心が痛むと同時に、身震いがした。今の私とその分身の間には、星の間を巡るほどの、ここから土星までさまようほどの距離があった。

「私は気に入ってる。うまく撮れているから」とアガタは言ってみて、話題を変えた。みんなの前で四、五種類の香水を振って、各自が一種類選ぼうよと言った。ティクトクと音を立てた香水の小瓶を、私は殺虫剤が入っているかのように眺めた。

こうして生クリームとキャラメルの匂いの香水をつけた私は、藁人形が燃えるあいだ、そこにいた。藁人形と共に二〇〇五年も燃えて、今まさに訪れようとしている年は、幸いな年になるでしょうと、星占い師が言った。星によると、二〇〇六年は愛情と健康に恵まれた、大きな反響をもたらす忘れられない年になるらしかった。

私たちは急ごしらえのテーブルで、ピッツァとフライドポテトの夕食をとり、ペローニのビールと家の貯蔵庫からくすねてきたワインをごっちゃに飲んだ。私が紙パックの安いタヴェルネッロ・ワインを差し入れにしたら、みんなはぎょっとした。

アガタは花屋の息子と付き合っていた。顎骨が張って、顔が大きく、一年中日焼けしている彼は、花のアレンジメントに、茎を正確に切る方法や、ラッピングにどのチュールを選ぶか、どうやってお客さんにより高価なバラを買ってもらうかといったことを学んでいた。

こうして私はアガタたち以外に、顔を見たことがあるだけで、何の関係も持ちたくないと思う人物にずっと分類してきた少なくとも十人と、食事をするはめになった。そのうちの三人は、その晩ずっと私をじろじろ見ていた。

「お前、クリスティアーノの彼女なの？」

私は違うと答えた。私とクリスティアーノは付き合っていないし、友だちでも何でもなかったからだ。彼はそのときトスカーナにいた。春の花やギャロップで走る馬や、真夜中を過ぎたらバスルームでどれだけのコカインを吸うかについてみんなが話をする、とっても素敵なパーティに私を置き去りにして行ってしまった。

藁人形は薪の山の上にのせられてどうにか立っていたが、少しずつ片側にずれていっていた。人々はちょうどいい位置を見つけるのに三十分かけ、それから灰色の缶の灯油を沁み込ませた。そのあと、みんなは離れているように言い渡されて、カウントダウンが始まった。

イリスが微笑みながら私のそばに来て、寒さのために手をわきの下に入れて身を縮めた。誰よりも先に私におめでとうと言いたかったのだった。私はすべてが終わるのが楽しみだと答えた。今年という年も、私たちも。案山子《かかし》と悪者のパレードも。

そしてイリスは私から遠ざかり、私に悪意を持つようになった。イリスの眼差しが私を突き、彼女の愛想笑いが私は急に煙たくなった。私が最初に後ずさりして、彼女との間に敵意を置いた。それと同時に私たちの友情は危機に瀕し、私より魅力的な友だちが彼女の心を捉えた。私は自分を人に気に入られるようにできず、聖人のような守護者のふりをすることもできず、炎を吐いて防壁を高くしたのだった。

草地と湖で花火に火がつけられ、炸裂音が聞こえた。火がつけられた藁人形とシャツ、ズボン、ゴム長靴が燃えて、やがて火が消えるのを、私たちは見つめた。再生を祈る異教の儀式のように、その周りを回って踊る人もいた。マリファナやコカインでとっくにできあがった彼らは、飛び上がり、煙で黒くなった空に手を振って、発泡酒の瓶の栓を振りながら開けて液体をあたりにまき散らした。女の子たちはお酒で濡れないように走って逃げて、ハムスターのような声を出した。

その場にとどまって火を夢中で見ていた私の髪は、左側が濡れた。広場には私たちしかいなかった。男の子の一人は地面に寝そべって、お酒をひと瓶飲み干しながら小型のカメラで自撮りをしていた。イリスはもう私のそばにいなかった。アガタと他の女の子たちと乾杯をしに行ったのだった。彼女たちは音を立ててキスと乾杯をしながら見つめ合っていた。

ジャンパーのポケットから携帯を出すと、クリスティアーノが新年の挨拶を送って来ていた。メッセージを読んだが、返信しなかった。死ねばいい、本当に死んでいなくなればいいと思った。

そのあと携帯がまた振動して、「おめでとう。君のことを思っている」という別のメッセージが届いた。

送り主の番号になじみがなかったので、冗談だと思い「誰？」と書いた。

携帯はしばらく音沙汰がなかったが、そのあとメッセージが届いた。「アンドレア」

その名前が現れるのを見て、私はそこから離れたくなった。藁人形から、笑っているイリスとアガタから、さっきみんなで食事したテーブルにすでに戻り、コカインを紙に完璧に巻いている男の子たちから。一服すれば、極楽と成功と富が手に入った。

私は書いた。「郵便局前の駐車場にいる。今晩は最悪。迎えに来てくれる？」

すると彼から「いいよ、十分で着く」と返信があった。黒髪で先のとがったブーツを履いてプラスチックのグラスを持ったイリスを見ると、彼女が濃い霧の中のシルエットのように遠く感じられた。

＊＊＊

母は自分の領域を、未成年の私から成人の私へと拡大したがった。何週間かにわたって私はいやだと繰り返していた。私はこの子どもから大人への移行を、まったく祝う気になれなかった。復活のために着飾り、大人になった自分の写真を撮ってもらったりしたくなかった。兄が十八歳になったときには家族でお祝いができなかったから、母は自分の気持ちを救い出し、私の意志に逆らい人格を傷つけてまでお祭り騒ぎを催すことで、賢母が集うオリンポス山で自分の名誉を回復しようと考えた。

母の計画を実行に移すことに、父はいらだちを募らせて過ごした。いつもは不快感を与える父も参加して、しかるべくいい服を着せてもらい髪をとかしてもらって、咳払いと、機会さえあればたんを吐くのをやめて、私たちが父の傷と床ずれの手当をするのに使う酸化亜鉛の小さな管をミニテーブルに置き、スリッパではなく靴を履き、家長として振る舞い、無理をしてでもエレベーターに乗り、世界の光が父を照らす道路へと連れられて行くという計画を。

お祝いの前の数日間、父は家の中をゆっくりではあるが動いた。車椅子の車輪をわざと軋ませ、先祖譲りなのか気だるそうにドアを開け、洗面台や灰皿までとてもたどり着けないと言わんばかりに、幽霊のように体を引きずって移動した。

母親が運営して、それに参加しなければいけないと父親が感じるようなお祝い事は最悪だと、私はとにかくあらゆる手を尽くして繰り返し言ったが、母はいたずらっぽい目をして不可解な情熱をもって、私の不平を抑圧した。

母は洋服ダンスから物のいい古いスーツを引っ張り出したが、腰回りがきつすぎるとわかってがっかりした。そこで、二軍選手ながら、母と私のためのお祝い用の服探しの競走が始まった。私は自分が不活発で、布地やボタンホールや色や寸法や腰のスリットについて何か言える立場にないと宣言して、青春の守り神である私のピンク色のクマに守られて部屋で身を潜め、母が私を巻き込もうとするたびに送り返した。

だが、それも無駄だった。私のベッドに短い赤のドレスが置かれた。デパートで売っている、可燃性の軽い素材でできていて、肩ひもはないが、もう少し明るい赤の濃淡で洗練さに欠けて目立つベルトが付いていた。

それは母からのプレゼントだった。未成年に禁止されていたことすべてに別れを告げるため、少女時代の最後の日に着る豪華な服だった。

「すごく素敵じゃない？」母はドアにもたれて聞いた。私はノーと答えた。「赤毛の子は赤い服は着られないよ。松明《たいまつ》か消防士みたいになっちゃう」

しかし、母は原初的な母親としての癒しがたい喜びを手放すことなく、私の体に服を合わせてうれしそうな声を上げ、私の仮装の証人として双子を呼んだ。

マイコルとロベルトはとてもいい子で素朴だから、服が私によく似合うと言った。いつも助け合う二人は、一人がいいと言えばもう一人がとてもいいと言い、一人が私を見てにっこりすれば、もう一人が頷いて手をたたくのだった。赤こそが私の色だというように。

私は双子が意志を同じくするのが耐えられなかった。どんなものでも必要とあれば母の提案を支持して、顔の吹き出物も二人一緒に出て、共に春の日のような行儀の良さで平静でいられるなど、どうしたら可能なのか。

「お父さんは無理に来なくていいよ」と、寝室に鏡がないので私は壁を見ながら言ったから、双子の目だけが唯一の判断材料になった。

ところが、母は「もちろん来るわよ」と言って、私に箱に入っている靴を試しなさいと言った。靴は、母親が娘に買う以外は誰も買わないと思われる中くらいの高さのヒールで、その丸いヒールはチャールストンを踊るのにふさわしかった。私はその靴を暗い顔で見て、靴箱を足でよけた。私は幸せになりたい、とてもなりたい。みんなで私を恐ろしく幸せにしてよ。私はこう叫ぶ自分の声が聞こえたが、実際には叫ぶことはできなかった。みんなに部屋から出て行ってもらって、赤いドレスと靴を身に着けると、靴は右足の先がきつすぎた。隠れる場所も、私の不幸を覆ってくれるものもなかった。

母は再び部屋に入ってくると、私が映画スターみたいだとうれしそうに言った。私は映画に出ることなど絶対ないと何度も言い張った。私の実態と、私が映画に出ている人たちとは違うことを母は知らないのだと思った。

お祝いのパーティは、家の近くのスポーツジムのホールで行われた。母は時々そこで働く女性の掃除当番を引き受けていたため、オーナーと友だちだった。それに、翌日掃除をするのは母だったから、所有者は母に無料でそのホールを使わせてくれた。ホールは汗とタオル地の靴下の匂いがした。ホールの隅には色付きの電灯が吊り下げられていた。壁にくっつけてテーブルがあり、緑色のプラスチックのグラス、小皿、フォーク、サンドイッチ、ワインが数本とファンタがたくさん、それにパイナップルのジュースが載っていた。髪を刈りこんだ男性が、その晩のDJをした。彼は近所に住む私の友だちのお父さんで、ラテン・アメリカのダンス曲でパーティを開始することにした。

もし自分が祝われる人間だとわかっていなければ、私はどうにかして逃げ出しただろう。障がい者が使うバリアフリーの道筋がなかったため、三人がかりで父の車椅子を持ってジムの中まで降ろしてこなければならなかった。父は二度パニックになった。一度はエレベーターで、二度は人間世界が存在し、家のドアの外にも暮らしがあり、人々が歩いて息をしていると知ったときだった。

母がどのようにして招待したのかわからなかったが、私が知っている同年代の女の子と男の子がみんな来ていた。

みんなは私に「チャオ、おめでとう!」と言って頬にキスをして、私のドレスとお化粧をほめた。成人になった私の耳元で息をつくみんなは、私が成人になったことで上機嫌だった。

ビュッフェのテーブルの近くには女性が四人いた。はるか昔の一九八六年から美容師をしているパーマをかけた女性は、飲み物を注いでいた。母のお気に入りの食料品店のレジ係は、小皿を配っていた。魚屋のお母さんは招待客に赤いソースがかかったエビをついでいた。マニキュアをたっぷり塗った駅のバールの女性オーナーは、テーブルナプキンを折り紙のように折って小さなアオサギをこしらえながら、客と楽しそうに話していた。

ハグを交わす母は人目を引いていた。お化粧をして胸のふくよかさがわかる黒い服を着た母は、改めてきれいに見えたし、きれいな足首をしていた。母は生まれ変わり、私は色あせていた。

父は人目につかない隅っこで、居心地悪そうにして言葉少なに話してみんなをもてなしていた。みんなは父に挨拶をしなければと思って、父の方へと身をかがめたり傍にひざまずいたりした。父は尿瓶のことを誰も気づかないようにと願っていた。そこに用を足して、その晩が終わるまで尿瓶をそばに置いておかなければならなかったからだ。

九時で、夏の宵は始まったばかりだった。

イリスはその晩初めて見る黄色い服を着て、アガタのように髪を高い位置でポニーテールにしていた。ふたりは一緒に私の方へとやって来た。もはや過去と現在の区別がつかなくなった私は、平手打ちを食らったような身体的な痛みを感じた。ブロンドと褐色の髪のふたりは、互いに釣り合っていて魅惑的だった。ふたりとも、体に合った色づかいで、私のより高いヒールの靴で歩き、桃色の同じ口紅を付けていた。

それからほどなくして、母を手伝って知人を招待し、みんなが来ることができるように尽力してくれたのは、アガタとイリスだったとわかった。ふたりでメニューを決め、選曲にオーケーを出し、その資格は誰もが認めるところだったが、着る服と靴を吟味し、私が好きなカスタード・クリームのケーキをふたりで作り、私が知らない間に何時間もかけてポスターまで作った。みんなが部屋に入って来ると、ポスターを開いた。ポスターはオレンジ色で、写真が貼ってあった。多くが私とイリス、あるいは私とアガタの、これまでの様々な時期の写真だった。私だけのもあって、大きい目の、ソースで顔が汚れて、兄のセーターを着た、最初の家の広場のセメントの上に立った、小さな私がいた。

アガタとイリスは、彼女たちが前もって選んだ写真と、私のために記してくれた文章を指さした。それは、友情についての詩、有名な詩句や引用、他の人の言葉で、インターネットで探して切り貼りして作り上げてあった。私のことを好きな理由を列挙しながら、イリスは涙ぐんでいた。ポスターの右下に彼女が書いた一覧表には、私のことを頭が良くて信用できて忠実で勇気があると書いてあった。

他でもない最後の言葉が、額に吐かれたつばのように私の心を射抜いた。それは私たちの絆を無効にして、私は何も言えなくなった。私は彼女が書いたような人になりたくなかった。そんな形容詞はほしくなかった。涙もお祝いのパーティもポスターもほしくなかった。なぜなら、私を表す括弧の中は空っぽで、古国ラティウム人や古代インド・アーリア人やフランス人のルーツどころか、接頭辞も接尾辞もなく、私を定義することはできなかったからだ。

みんなが拍手をするなか、私は何と言ってよいかわからずイリスとアガタを見た。みんなは彼女たちがしたことを、愛情がこもったやさしい行為だと言った。私はありがとうと言って、ふたりをしっかり抱きしめた。お腹に鋼のようなものがあるのを、関節がとても硬いのを感じた私は、歩いて街を横断するときに感じる疲労感を抱いて微笑んだ。

できることなら、私はそのポスターを燃やしてなくなるのを見るか、家へ帰ってハサミで切って飲み込めるくらいの紙片にしたかった。

他の人たちもこちらへ来て、贈り物やカードを渡してくれた。私は兄を探して周りを見た。兄が来れば、音楽を消し、みんなの耳を引っ張り、みんなは私がいやがることをしているとわからせてくれる確信があった。だが、兄が来ることはなく、別の人たちが私の腕のなかに贈り物を積み重ねていった。

「お母さん、お兄ちゃんはどこ?」狩人に追われる獲物の目をして私が母に聞くと、母は「招待しなかった」と言った。

音楽が大きな音でかかっていた。友だちが私に「贈り物をどこかに置いて踊りにおいでよ」と言った。ラモーナとマルタとダフネもいた。イリスの乗馬仲間、バトンガールのチーム全員、母が仕事をする家の子どもたち、半袖の麻のシャツを着た私のクラスの友だちが数人、そして、カルロッタのお姉さんがいた。お姉さんは私のところへ来て、「これはカルロッタから」と言いながら私の片頬にキスをした。「カルロッタも来たかったはずよ」と言って、泣き出した。

「いいえ、彼女は来たくなかったはず。そして実際ここにはいない。周りを見て。彼女がここにいると思う?」。私はそう叫びたかった。けれども、そこにいる人で、何をするのが適切で何が適切でないか、わざわざ他人のために理解しようとする人など誰もいないことを知っていた私は、圧倒されていた。私が本当に望んでいることに考えを巡らす人などいなかった。各自が、幸先良い決意に満ちた成人を祝うパーティの台本に従って、自分の役を演じた。若さに別れを告げ、誓いの言葉を新たにして。

そのホールで起こっていることの何一つ、私には正当でもっともだとは思えなかった。友だちたちが私の背後にいる誰かを指さして小さな叫び声をあげた。私は息をするのがやっとで、床に体を投げ出して目をつぶりたかった。みんなの目つきと満面の笑みと歓喜で広がった口に駆り立てられて振り返ると、アンドレアがホールに入ってきた。エレガントなズボンをはいてシャツを着て、バラの花束を持っていた。

彼は髭を剃って髪をきれいに整えていたが、彼の格好の良さが私をさらに居心地悪くさせているると思った。彼は堂々とした歩き方と身振りで、みずみずしいバラの花を持って、気後れも感じずに私のところへ来て、キスをした。私は感情に引き裂かれた自分の口に、過去に彼としたキスの湿った唇を感じた。さらに拍手をする人がいて、幸せのため息をつく母がいた。こんな立派でやさしく娘にぴったりのボーイフレンドがいるなんて。

そこで私はわかった。なぜクリスティアーノがここにいないのかを。誰も彼に来るように言わなかったどころか、おそらく彼は姿を見せないようにはっきり頼まれたのだろう。なぜなら、彼は母や私の友だちに歓迎されないからであり、成人としての私の、以前より厳かな新たな人生にふさわしくないとみなされたからだった。

私に届けられたメッセージは、だから当然と思われた。いろんなことに軽率にも手を出して、暴力的なことや人目を引く出来事をやらかした以前の女の子は、過去のこととして保存され、新たな私が誕生しなければならなかった。すべては私の幼い年齢にこそ許されたことで、今日から自分に磨きをかけ、最上の微笑みをまとわなければならなかった。

バラの花を受け取って胸にそっと置き、アンドレアの顔を見ると、私がどんな人間かを知る人がここには誰もいないことに気づいた。

私以外にあの夜のことを、ディスコへ行く前に彼のお父さんの車に私が石を投げたことを、知る人はいなかった。あれは、私が何一つ忘れてはいないし、代償を彼が払い続けるのだと言うためだった。

カルロッタを殺したのはあなただと、私は言わなければならなかっただろう。アンドレアに。そして、アンドレア同様に葬式に行くことで罪の意識を洗い流した人たちに。脱衣所や狭い通路や舞台のそでにいた彼らは、「触って。でも、顔を見たくないから後ろから」と言った彼らは、もしカルロッタが外でジェラートを買って来てなどと頼んだら、集団でいることを恥ずかしく思ったはずだ。

アンドレアは私の腰を抱き、花はちょっと置いておいてと言った。大人だけに許される、ダンスの時間が訪れたのだった。

＊＊＊

イタリア語の先生が私を見上げた。先生が着るヒョウ柄のコートは、かかとくらいにまで達していて、短めのボブはくしゃみをしても動かなかった。先生は私に、将来何をするのかと聞いた。「働くんでしょう?」私が目の前にいないかのように、私の名前を二度呼んで、同じ質問をした。「職業訓練コースを受けることができるのよ。グラフィックアートや情報はどうかしら?　軍隊に入るのは?　三年間勉強して看護師になるのはどう?　病院に勤めればすぐにお給料がもらえるわ。あるいは、エステ専門の美容師や弁護士事務所の秘書にもなれるわよ。あなたは陸上競技や水泳は得意じゃなさそうだけど、才能はあるでしょう?」

それから、先生はポケットからアニス味のキャンディを取り出して、美味しそうに音を立てて吸い、歯にくっついたキャンディを爪を使ってはがした。

私が「わかりません。もう少し考えないと」と言うと、先生はほっぺたを思い切り窪ませ顔を縮ませた。

高校の卒業資格試験まであと一か月だった。他のみんなが眠っているあいだも勉強していた私は、日中、消えてなくなりそうになりながらも充血した目を大きく開いて黒板を見て、紙が破れそうになるまで本に下線を引いた。

母でさえ私がやりすぎていると思って、私がバスタブの中にすわって本を開いたまま眠っていると、鍵がかかったバスルームのドアをノックして「消防士を呼ぶわよ」と私に告げた。

だが、私を刺激しようとしたのは母も同じで、医学や化学、そして宇宙物理学について話し始めた。私のような脳があれば、鉱物に携わる宇宙飛行士になれると言った。

私はカレンダーを作り、一日ずつ、一年生から最終学年まで勉強した内容、つまり、古代バビロニア人からヒトラーまで、モリーゼ州庁所在地からDNAの法則性まで、ギリシャ語の不定過去からカルドゥッチまでというように、復習すべき内容を記した。漏れたり抜けたりするものがあってはならなかった。口頭試問で聞かれることに、とにかく答えを見つけなければならなかった。

日暮れ時になると、私はフクロウになった。ギリシャ語の詩句を何時間も繰り返して暗記して、六つの短長格の詩、長短短格の六脚詩、短短長格の詩の韻律の練習をした。自分の豊かとはいえない、入ってきた内容が出て行ってしまう記憶を鍛えようとした。私は自分の記憶が鋼かアルミニウムでできて、歴史上の日付を、王や女王を、韻や旋律を、戦争を、疫病を、代数や幾何学の公式を、柱頭を、絵画を、記憶に留めてほしいと思った。

イリスは時々電話してきて、私が怒っているのか、何か心配事でもあるのかと尋ねた。

私は、そんなことないけど、猛勉強しなければならないのと答えた。

彼女はさらに、「私に何かできることある?」とか「もしよかったら、アガタと三人で会って、小論文のことを話したり一緒に復習したりできるよ」と言ったが、私は申し出を頑として辞退した。そして、過去へ戻ることなく、私たちの別離の塹壕を掘り続けた。

アンドレアは、卒業資格試験は誰にとってもそれほど重要じゃないと言った。だから、私は意味のないことに体力を消耗していると。もう経済学部の二年生で、少なくとも試験を六つ受けていた彼には、私の泣き言はお腹を空かせた子猫のぐずり声も同然だった。

アンドレアがパソコンを使わせてくれたので、私は彼の家へ行って小論文を書いた。ただ、テーマは秘密にしておいた。私は小論文を書いているときに、彼が部屋でうろうろしたり携帯でゲームをしたり、本を読んだり、ヘッドフォンをつけて音楽を聴いたりするのがとてもいやだった。彼が息をするだけでも、私は気が散って邪魔になった。だから、彼を部屋から閉め出して居間に追いやり、部屋の鍵を厳重にかけた。

部屋に戻って来た彼がドアをノックすると、私は鍵を開けた。パンとハムと、洋ナシのジュースをひと瓶、持ってきてくれた。そして、私と一緒にベッドにすわり、「落ち着け」と繰り返して、私の髪を自分の指に巻き付けた。私は「今まで勉強したことの四分の三をもう忘れちゃって、思い出せないよ。ヘーゲルが最後にどうなったかも、わからなくなった」と言った。

彼は、白い服を着た私がきれいだと言った。

私は赤くなって、自分が着ている服を見た。細い肩ひもが付いてスカートが広がったその服は、私があまり好きではない服の一つだったが、洋服ダンスに掛かった数少ない服の一つでもあった。私は勉強しすぎて汗をよくかき、着替えてばかりだから、母はいやがった。

「今、そんなこと関係ないでしょ」と、私はスカートを太ももの間に隠しながら言った。

「僕らも踊りに行かなくっちゃ。髪は結わえたほうがいい」彼はそう提案して、髪の房を両手で上に引っ張り、このほうが顔がよく見えると言いながら、高い位置のポニーテールに髪をゆっくり束ねた。

すると、頬と、今やむき出しになり世界にさらされた巨大で異形の耳に、アンドレアの手の温もりを感じた私は、すかさず耳を手で覆って、止めてと言った。

「どうして？」と彼が聞いた。「とっても似合っていて、僕は好きだな」

私は固まったままだった。彼の手がポニーテールをなでると、私の手は耳をふさいだ。彼は私を見て微笑んでいた。完全な円に見とれるかのように。

私は、ある場所に、部屋に、または物置部屋に入ったように感じた。そこで私に、ゴーカートをした午後が再び見えた。あのときアンドレアは私を見ていなかった。私の足は、緊張して冷えていた。すべてが彼を重心にしてぐるぐる回っていた。それから、私がピストルを上げて撃ち、的に当て続けて勝ったとき、彼が背後にいるのを感じた。その前もその後もなく、その場所だけが存在した。廊下には、バルコニーには、地下道には、私たちしかいなかった。

「もしそうしたければ、踊りに行ってもいいよ」と私は最後に言って、自分の耳から手を離した。彼は私の髪でシニョンを作って、チューリップの花束みたいに両手で持ったままだった。

アンドレアは痩せていた。ベッドのシーツに入り込んでふたりきりになると、私は方角の区別もつかなくなった。とてもうんざりする考えからも、繰り返す不機嫌からも、人には話さないけれど私が闘うドラゴンからも、私は離れていられた。アンドレアの歯、膝、へそ。彼の中には、物事に属していて、私の注意を求める何かがあった。だから、私は廊下を通る人の気配や窓に当たる枝の音も感じなかったし、道を通る車の音も聞こえなかった。ふたりだけでいると、彼はとても小さな声で話した。何を言っているのか聞こえたためしがなかったが、私は彼の言うことがわかっていて、その単調なつぶやきが私の頭に再び戻ってきているかのように感じられた。

卒業資格試験の筆記試験は月曜日に始まることになっていたが、まだ土曜日の晩だったので、踊りに行くことにした。アンドレアは、私に彼がとても気に入ったあの服を着てほしいと言った。私はノートを閉じてパソコンを消し、小論文をしまって、髪をくしで頭のてっぺんでまとめた。すると彼は満足そうだった。まるで私の人格はなかった。

夕飯には、車の中にすわって持ち帰りのピッツァを食べた。彼はラジオをつけて局を選び続けていた。曲が切れ切れに聞こえてきた。私は顔に付いたピッツァのソースを手の甲で拭った。

私たちが踊りに行った場所はモヴィーダといった。オデスカルキ城の下方にあるディスコで、湖畔の他の多くのお店と同じく、夏だけオープンした。整備された砂浜と、ビーチ・バレーのコート、踊ることのできるセメントの地面や鉄製の小さな船着き場が設えられていた。

店に着いたとき、すでに人がいたが、それほど多くなかった。その晩のテーマはハワイで、造花のレイを店の人がくれた。私はそれを白い服の上に、胸の高さにできたトマトソースのしみを隠すようにかけた。

踊るスペースを取り巻くミニテーブルに着いたアンドレアの友だちのあいだを、私はアンドレアについて行った。音楽は大音響で耳障りだった。八十年代と九十年代の代表的な曲が乱暴にリミックスされ、DJが不愉快になるような声でマイクに向かって客を駆り立てた。彼らDJには想像力も能力もなく、お店が変わっても曲はいつも同じだった。何か月にも何年にも何世紀にもわたって、彼らがかける曲は私たちを特徴づける、私たちの地方のサウンド・トラックだった。

私は知人に挨拶して、アンドレアがカクテルを持ってきてくれるのを待った。私には苺味のカイピロスカを、自分にはブルー・エンジェルを。私たちの周りには湖畔のあらゆる集落から来た面子が入り交じっていたが、選択肢がないため毎晩同じ面子に会った。三つあるお店同士が競争することはなく、それぞれが木曜日、金曜日、土曜日に店を開けた。お客の私たちのほうが衛星のように回って、お店は動かなかった。これが私たちの宇宙であり、惑星だった。

私を見つけたイリスがこっちへ来た。びっくりした顔で私にハグして、なんだかんだ言って私がどうして出てきたのかと、なぜ来ると言ってくれなかったのかと尋ねた。一緒に出かける用意ができたのにと。私は釣り針に掛かった赤魚のような顔をして、ビーチサンダルを履き、額にはサイン、コサイン、タンジェントと、三角比が刻まれていた。マスカラがしっかり塗られたイリスのまつ毛はとても長かった。赤い口紅もたっぷり塗られていた。彼女が着ているいつもより短い服は、アガタのだった。というのも、そのすぐ後、アガタが現れたのだが、ふたりはほとんど同じような格好と化粧をしていた。色の濃淡やアクセサリーが一つか二つ違うだけだった。ふたりは、同じ型で象《かたど》られたかのようだった。大量生産され、字が浮き彫りになった派手な箱に入って、市場で売られている製品のようだった。

私が、ぎりぎりになって来ることにしたし、アンドレアが私に一晩くらい勉強をやめてほしかったからだと答えると、ふたりは、アンドレアがそんなふうに言ったのは素敵で、結わえた髪が私に似合っていると言った。特にイリスは私の髪にこだわって、五分ほども私の周りを回って、私の首が長いとかうなじがきれいだとか言ってほめた。文字どおり「うなじがきれいね」と言った。「金曜日に小論文を提出したの?」と、ヘアアイロンを使ってまっすぐにした、黄金のような輝く髪の先を指でいじりながらアガタが聞いた。

「うん。あなたは？」

「まだなの。先生がいいって言ったから、月曜日に直接持って行くことにした」

「何について書いたの？」と、私の勉強について話したことのなかったイリスが聞いた。

「愛と精神、神話、彫像、それから他のことも」。私は詳細を省いて突き放すように言った。けれども、彼女は質問し続けた。どの本や句を引用したのか、ブレインストーミングのための図をどのように作成したのか、論考をどう発展させたのか、知りたかったからだ。まるで、今もなお、読書とバットマンと桟橋からの飛び込みに興じた夏であるかのように。だが、そうではなかった。今や、新たな夏になり、イリスは光沢のあるヒールの靴をつま先立ちして履いていた。一方で私は、ショーペンハウアーやアプレイウスやカノーヴァについて、イタリア語の先生のキャンディの噛み方について、その先生がそろそろ履歴書をスーパーマーケットに送ることを考えているかと私に尋ねたときのことについて考えた挙句に、頭が痛くなった。先生の言い分はもっともだった。私は成績がとてもよかったけれど、我が家の現実を見据えれば、働き始めることを考えるのはまさに現実的なことだった。そう、働き始めることは。

アンドレアが戻ってきてふたりに挨拶をした。私は飲み物を二、三口で飲みほし、にこりともしなかった。人が増えてきた。イリスとアガタはふたりで軽く触れあいながら踊りだし、周りの男性をちらちら見た。アガタが花屋の息子と別れて以来、ふたりは一緒に出かけて男性にアピールしたがるようになった。だが、服や愛想を振りまくことで媚びても、接近されすぎるのは嫌った。ホールの中央でくっつきあってふたりだけで踊って、金魚みたいに男性の眼差しを釣っておきながら、手に入れたいという彼らの欲望を満たさずにおくのだった。

アガタたちがすることが、私にはできなかった。男性を誘って心を奪うこともなかったし、自分から持ち掛けることもできなかった。決してできなかった。私はただ彼女たちが踊って笑い合い、お酒を飲むのを見るだけだった。ふたりは何度も私に加わるように言った。「みんなはあなたも私たちの仲間だということにしてくれるし、第一、あなたはふさわしいし好かれているのだから」。けれども、私はそのような眼差しに嘘を見て取った。そこに自分にふさわしい場所があるとは、思えなかった。

アンドレアも私に、楽しみに来たのだから、楽しまなくちゃと言った。そして、私の手首を引っ張って、リズム感などおかまいなく足を前に動かして踊り、そんな自分を笑い、僕も踊ろうとしているのだから、君もがんばって踊らなくちゃと大声で言った。

そうしているうちに、私は身動きを取れなくされているように感じた。ディスコの庭の開けた空間、湖から上がってくる冷たく湿った空気、岸辺を洗うさざ波の音が、私に閉所恐怖をもたらした。私は、息をする穴もない、工事現場の圧縮機械につぶされたブリキの箱の中にいた。

周りのみんなは手首と足首を回し、肩でぶつかり合っていた。氷がいっぱい入ったプラスチックのコップが行き交って黒いストローが地面に落ちた。互いを見ていやそうにしたり、手を取り合って離れて行ったり、慎みのない大っぴらな恋を宣言するために他の人がいるところでキスしたりする人もいた。

私は「来るべきじゃなかった」とアンドレアに言ったが、聞こえなかった彼はニコニコし続けていた。

アガタとイリスは、大音量の音楽に負けまいとして大声で歌い、ふたりの間に電流が流れたかのように見つめ合った。私は、高校の最後を祝い、将来についての心配もせず、いろんな選択肢があると思い、賃貸であろうとなかろうと家があって、ネクタイをしていようがいまいが父親がいて、タルトを焼いてテレビでクイズ番組を見る母親がいて、刑務所に入れられる危険がなく誕生日会に招かれる兄弟がいる、そんな彼女たちの周波数にどうしても合わせられなかった。

時間が過ぎるにつれ、人がどんどん増えて、みんながひとつの太った体になったかのようだった。皮膚は汗にまみれ、髪はジェルの匂いがして、靴は草でよごれていた。タバコが行き交い、タバコの灰と空箱が地面に捨てられ、捨てられたあらゆるゴミが水面で揺られていた。それらの浮きかすは、やがて水中に沈んで消えるとでもいうかのように、産み出された。

アンドレアが私に「君が好きだ」と言ったことがあった。砂浜にすわっていた私たちは、流れ星の夜でもないのに、どちらが流れ星をより多く数えられるか競争しようと言った。案の定、流れ星はひとつも見えなかった。当時、ふたりともやる気がなく、かなえたい希望もなかった。アンドレアは赤ワインをひと瓶飲み終えて、そう言ったのだった。食事の味付けが気に入らない父が文句を言うときのように、私は咳払いをして、声をかすれさせた。方程式の計算を間違えるといった、残念に思われることを包み隠そうとするために。

私が帰りたいと言うと、アンドレアは、パーティは始まったばかりだ、何かいやなことがあるなら話してもいいよと言った。けれども私は話さず、気持ちがすっきりしないまま黙っていた。

結わえた髪が皮膚に当たってちくちくして、息苦しくなったので口をパクパクした。他の人のコップが、人生が、思いがあふれるゴミ箱に、空のコップを捨てた。私は自分の思いを彼に話せなかった。話しても絶対にわかってもらえなかったはずだ。彼の目には、こっけいだとか性格が悪いとかいうふうにしか映らなかっただろう。嫉妬を、不安を、敗北感を、実現できない将来を、どう言い換えればよかったのだろう。

アンドレアが友だちと話すのに気を取られているあいだ、彼から離れてみんなの間を通ると、彼らの体の湿り気と希望がまとわりつくように感じた。

ブラッチャーノ湖畔の道は集落から切り離されていて、バスや臨時の交通機関といったシャトルがなかったから、本当に帰る手段はなかった。みんな、車かスクーターで来て、それで帰った。だが、私はそんなことを気にせずに道路わきを歩き始めた。二重に停めた車のあいだを通って行くと、お店に入るか入るまいか決めかねている人の声がした。本物のポプラの木や偽物のヤシの木に向かって、夕食に食べた物を吐く人や、浜でコンドームを取り出す人もいた。

閉まったレストランや、かんぬきがかかったパブ、昼間は飲み物とシャーベットを売るのに使われている白木の建物の前を通って、私は歩き続けた。湖の音だけが私の連れだった。たまにしか聞こえない湖の音は、海の音とはまったく違っていた。実際、湖水は普通メロディーを奏でなかった。水は澱んでいて動かず、湖面はきらきらして物を映すだけだった。たまに風が吹く時だけ、水は歌をうたった。

真っ暗闇の夜の無のなか、私は自分が色や組み合わせにそぐわない白い点に思えた。髪は結わえてあり、堅信式のような服を着て、首に造花のレイをかけて、トマトソースのシミがついて、わきの下に汗をかき、サンダルはプチプチ音がした。

しばらくして、スクーターが私の前で停まった。クリスティアーノがフルフェイスのヘルメットを取って、「お前、どうかしてるよ」と言った。「こんな夜更けにひとりで歩いちゃいけない。良くない癖だ」

私は、「関係ないでしょ。後をつけないで」と言った。

すると彼は、つけていたのではなくて、上の集落にいる女の子を迎えに行こうとしているところで、道路を歩く私を見たのだと言った。脚が長くてへんてこりんな髪をしていたから、お前にはとても見えなかったと。

彼を見ると、新しいけれど襟が皺くちゃになったシャツを着ていた。彼がつけた甘ったるい香水も、臭くて最悪だった。飲みすぎた人のような赤い目をして、靴はひもがほどけていた。私は彼に会えてうれしかった。思いが異なる人同士でも、会えるとうれしいということがあると、私は考えていたからだ。

「私が付き合っていたルチャーノのこと覚えてる？　あなたたち、彼の家の物を盗んだでしょ。その彼がね、今日メッセージを送ってきたの。月曜日の試験がんばってって。彼の家のお金で私が手に入れた携帯に」。私はそう言って、クリスティアーノに近づいた。

彼が笑うと、私も笑ってしまった。

「馬鹿なやつだって言っただろ。洋服ダンスには白いクマのぬいぐるみと、幼稚園ではいていたパンツがまだあったよ」と言うと、クリスティアーノはスクーターに私の場所を空けて、ヘルメットを渡してくれた。

私はスクーターに乗って、かさばっていやなだけのスカートをどうにかまとめた。すると彼はすぐにスクーターを出した。いつもの素早く貪欲な走り方で、ライトが点いていない幹線道路の方へ上がって行った。その道路は湖と森とキャンプ場に沿って通っていて、植物や落ちた松葉の香りがした。

私たちの生活の場であり知り尽くしている道路から、遠くにではあるものの、湖の全体が岸から岸まで、暗闇のなか、いっそう暗い点として見えた。別の道路沿いには、空軍博物館、一九七〇年代に閉店して二度と開くことのないジャズ・クラブ、天使の小さな彫像がある生け簀《す》、安全な場所に身を置くかのようなヴィラがあって、油断すると車に向かって飛び出してくるキツネがいた。

私はクリスティアーノの腰をしっかりつかんだ。寒かったのもあるが、そうするべきだったからだ。

少しして彼が言った。「準備はいい?」

何の準備かわかっていた私は、「うん」と答えた。

すると、クリスティアーノはアクセルを踏んでライトを消した。こうして私たちは暗闇へと突進した。

十章　火事

1．私に言わせれば、着る物で外観を変えてアガタの生き写しになろうとしても、あなたは決して彼女に似ることはできない。
2．私を含めて三人で出かけたり散歩したり話し合ったりしようと、あなたはいらいらするようなやり方で試みたけれど、明らかに私の興味を引かなかった。
3．私の十八歳のお祝いをとても念入りに企画してくれたけれど、私の希望とはほど遠かった。
4．三人目か四人目の人を巻き込み何が何でも私たちのものにしようとした友情ではなく、私たちふたりだけの友情を何度か回復しようとしたとき、あなたは無関心を示した。
5．私には当てはまらないとあなたに説明した、〈勇気がある〉と書かれたあの悪名高いポスターを、あなたが活用したこと。あのポスターを私は折り曲げて、毎日見たくない他の物と一緒に洋服ダンスに放り込んだ。
6．ディスコで、私がアンドレアの彼女だからという理由と、誰彼かまわず男性に体をこすりつけられないという理由で仲間外れにされ、隅に追いやられて過ごしたいくつもの晩。

7．家にかけ合う電話が徐々に減ったどころか、まったくなくなった。いつも夕方に鳴った、私たちの秘密のコードだった電話のベル。特に秘密がなくなってしまったことは、あなたのせい。

8．携帯への度重なる心のこもったメッセージ。私たちの直接の関係自体は冷ややかになったのに。

9．私の卒業試験の口頭試問に、もちろん私が来ないでと言ったからだけど、あなたは来なかった。破っていい禁止事項だったのに、そのことすらわかっていなかった。それから、アガタも招かれたあなたの卒業試験で、あなたは最後に捧げる言葉として、〈私の友だちたちへ〉と、私をひっくるめたあの卑劣な複数形で書いた。

10．左利きの私がうまく描けないのを見たあなたが、新たな不等辺三角形を描くのに、自分は左から描き始められると考えたこと。私は二つの点を結んで常にまっすぐな直線が好きで、三角形は嫌いなの。

私がイリスの要望に応じて、彼女が近年私に関して行った意地悪のすべてを列挙して紙に書き、その一覧表を自転車で家に届けたあと、何週間か音沙汰がなかった。

そのとき私はアンドレアの家にいた。昼下がりだったが、もう暗くなっていた。オレンジや黄色に塗られ、自動で開く門が付いた庭付きの家々は、生け垣の端が影になって、コンパクトにまとまっていた。私たちは裸でアンドレアのベッドのシーツにくるまって、身を潜めていた。彼は「消えてしまったふりをしよう。そうすれば誰にも見つからない」と言った。綿のシーツの下の息は暖かく、体は柔らかで、私の赤毛は口の中やわきの下に入り込んで邪魔になり、目にかぶさって私は何も見えなくなった。けれども、私は思った。もしかすると、ベッドというこの小さく狭い、体——恥骨、鎖骨、足の指——を寄せ合う空間を、やっかいでけんかっ早い、不安げで生意気な、絶望した粗野な私は、好きなのではないかと。

私はアンドレアを近くで眺めた。彼の身体的な欠点に興味をそそられていたから、近くからその欠点を探した。鼻孔の片側にあるほくろ、唇の傷あと、尖った耳、飲み込むときに目立つ大きくなった喉仏、ともすれば浮き出す骨、放っておいた結果はっきりわかる筋肉、夏でも悩まされる顔色の悪さ、指が長い女性的な手、しばしば短く切られすぎた爪、怒ると大きな声が出なくなること、背中にある黒い点々、カサカサになった膝の皮膚といった欠点を探した。彼の選択、つまりここで私といるという事実の理由となる、無言のミスを探した。

アンドレアの部屋にはダブルベッドがあって、小さなバルコニーが付いていた。お母さんがアイロンをかけたシャツが机の上に置いてあった。一律に空色に塗られた壁の色は、九月の空の色だった。私は喘いで体を彼にこすりつけながら、彼の世界を横目でチラチラ見た。それは、自分の身を擬態で隠す、すなわち、深い傷を閉じる縫合部が体の内部に吸収されるような仕方で身を隠すためであり、体は縫合部を吸収し循環させることを強いられた。

私の携帯が振動していくつかメッセージを受信したが、私は読まなかった。そのとき、アンドレアが言ったように私たちは身を消して、私はそこにいなかったからだ。だから、みんなは私たちの名前を叫んで、私たちを見つけることはできなかった。

アンドレアの家を出ると、唇が腫れて足が熱っぽいことに気づいた。携帯を見ると、そこには、私の一覧表を見て、謝りたいという、イリスの言葉があった。私に苦痛を与えたことがわかったから、新たに始めるのに役立つと彼女が考える十の点を書いた紙を、私の郵便受けに入れたと書いてあった。

明かりが揺らめく街灯の下、私は自転車の前で動かなかった。私たちを離れ離れにさせようとした他の人たちの、数多くの襲撃や侵害行為にもかかわらず、ふたりして私のために新たに十の点を手に入れて大事にしてきた印象を受けた。

このことへの確信と虚栄心で、私は胸がいっぱいになった。自転車に乗って漕ぎ始めたが、ハンドルを握りもせず、ラジオで聞いた歌を口ずさんだ。「私は振り出しに戻る。私がライトを消して、あなたはここからいなくなる。少しの間。この霧の向こうへ、嵐の向こうへ。澄み切った長い夜があっても、いつか終わるだろう。ただ、やさしさが私たちを怖がらせる」

＊＊＊

私が高校卒業証書と最優秀の成績で哲学科に登録したのは、腹いせであり、私が大変な思いをしたことへの償いをさせるためであり、不吉をもたらすためであり、挑発のためであった。今や、私の髪は伸びきって、夏が終わって眉は白あせ、腰は前より痩せて、胸はいっそう目立たなくなっていた。私は、自分の価値を他の人に納得させなければならないという自分に導かれて、ここまでやってきた。みんなは養成講座とか医学とか外科とか事務所とかについて話したが、私はマルティン・ハイデガーのことを話した。

言語、文学、政治の学科に登録することは単純すぎた。鞭を見つけ、限界を越え、最も骨が多い魚を海で釣って、口を開けて飲み込む必要があった。今、猛烈に噛んだ私の口には、鉄を含んだ味がした。不味い食事の残りを、草地に吐き出すべきか、オレンジジュースで飲み干すべきか、私はわからないでいた。

私は電話で兄に言った。「マルクスを勉強するから、資本主義のことがわかるようになるよ」すると兄は笑いだした。

私の学業は、窓がないコンテナか、中身が詰まった平行六面体か、決して住宅用の建物になることのない予備の建築物のように、コンパクトだった。学業に捧げる努力を支えるために、私は緊急時の新たな空間を作り出さなければならなかった。その目的で、私は習慣と締め切りとリズムとカレンダーを設けた。

私は以前からなんら変わっていない部屋でだいたい勉強していた。けれども部屋は、年ごとに生彩を欠き、個性がなくなっていった。それはまるで、ヴァカンスに出発したふたりの子どもが、片隅にバスケットのボールを、ベッドにクラゲとヒトデのシーツを皺くちゃになったまま置き去りにした部屋のようだった。

私は洋服ダンスの前の壁に、授業のスケジュール表を貼った。それから、勉強すべき本の、テーマを掘り下げるべき本の、コピーすべき本の、コピーした本の、見つけた本の、見つけられなかった本の、嫌いだと思っている本の、コピーするには長すぎたり、図書館で調べるべき本の、読むに堪えない本の、読んで怒りを発散させた本の、ページがとんでいる本の、そして、とんでいるページの、リストを貼った。

勉強して暗記して理解するには書くしかなかった。だから私は、ノートやメモ帳を、メモ、疑問符、省略を示す終止符、途中で終わった文章、間違って書かれた著名人の名前、日付と出来事を結ぶ矢印、カッコで囲んだ題名、急いで書き出したためにインクで汚れた引用文で満たした。概念を結び付けられるようになるには、集中し、自分の周りを空っぽにして、脳の細胞を絞りに搾らなければならなかった。

私はダブルになった。一人の私は電車に乗っていて、もう一人の私は駅のベンチにすわっている。雨が降っていて、雨水があふれそうな川をつくっている。ベンチの私はホームの屋根の下でしかるべく雨宿りをしている。屋根から水が垂れて、樋《とい》を流れている。電車に乗る私は、その瞬間、その駅を飛ばすことにした電車に乗って駅を通過している。ベンチの私はじっとして、家にどうやって帰るかわからないでいる。一方、電車の私は水の筋が付いた窓からぼんやりベンチにすわる私を見ている。稲妻が二回光って、その一つが電車の先頭を、もう一つが後尾を打つ。その瞬間、ベンチの私には稲妻が電車全体を打つのが見える。電車の私は？　電車の私には何が見えるのか？　電車の私が見ている人生だ。足を踏み入れたことはないが、現れたり消えたりするうちに知っていると感じられる場所が、いつものように連なって、世界が窓の向こうで動いていくのが見えない意味さえ、もはやわからないでいる。

こんなことを考えていると、居間からみんなの声が聞こえてきた。母と双子が騒ぎ、父が途切れ途切れの言葉で第二旋律を歌いながら、ぺちゃくちゃしゃべっているようだった。みんなが言い合っているのか、あるいは信じがたいことに喜んでいるのかわからなかった。たぶん言い合っていたのだろう。信じがたい喜びなど、我が家の三階にあったためしなどなかったから。

気を散らされた私は、いらいらして部屋を出た。それに、哲学者を理解するために物理学を学ぶことが、まるで嘲笑のように感じられたからだった。私は物理学を勉強するために哲学を選んだわけではなかったが、それ以上に哲学を、無能で乏しい頭脳のために、物理学の、還元版というか、総説や参考書といったものにするために、選んだのではなかったからだった。私は家族に向かって、「アインシュタインの相対性理論を勉強してるんだから、静かにして」と叫んだ。

それから私は黙った。キッチンのテーブルの上に黒い物体があった。なめらかな画面とプラグを挿す穴とアンテナと点けたり消したりするボタンが付いていた。

「フェスタさんが捨てようとしていてね」と、その物体の存在と奇妙さを正当化するように母が私に伝えた。私たちの誰一人思いもしなかったのに、歩みは普通であることに屈したのだった。

父は車椅子をあちこちに動かしてテーブルにぶつけ、その衝撃でテーブルの細い足が揺れ、苛立って興奮した。キッチンでかさばっているそれは、父の人生の大混乱だった。父があえて求めることなどしなかった時代の変化であり、いかなる聖人も父に授けることのなかった祝福だった。

双子は早くもリモコンを手に取って見て、機能を研究した。五年以上前の古いテレビで、他の人たちにはゴミでしかなかったが、私たちには天からの恵みだった。

テレビを見るのは初めてではなかったから、私は何も言わずにテーブルから離れていた。テレビは他の家で何度も見ていたし、電気製品のお店のショーウインドーにあるのをチラッと見たことや、パブやバールの店内の高い位置に掛けてあるのを見たこともあって、感心したり、いやだなとか素敵だなと思ったり、ほしくなったりした。

テレビを持っていないことは私たちの不幸であり、私たちが変わっていることの証だった。私たちはそのことを大っぴらに言って、横柄に振る舞えた。「テレビはないの。テレビなんて知らないから、何のことを話しているかわからない」

長いあいだみんなの話に加われないできた私たち一家は、自分たちに不可能だった物事に関する他人の会話の意味を、必死で取り戻そうとした。そう、私たちは不可能であることの経験をしてきた。というのも、物は、持っているか持っていないか、それを触って舐めて埃を払い壊すことができるかできないか、だったから。私の場合、持っていないことを前面に出して自分を守るしかなかった。

テレビを持たないという自分のルールを破って、贅沢品で不公平なテレビとの出会いを私たちに伝える母の無邪気さに混乱した私は、みんながテレビの装置と格闘するのをよそに、巻き毛でレースが付いたスカートをはく人形みたいにテーブルに着いた。父はテーブルの木製の脚に車椅子をコツコツ音をさせて当てた。ブラックホールのようになったキッチンが、私たちを巻き込んだ。私たちがその重力の場から逃れるすべはなかった。

テレビを少しいじって、ひとしきり悪態をつき、アンテナのケーブルを入れる穴を探して家具を動かし、みんなの必要に応じて調整をして、テレビを置く台をこしらえた。テレビは下に果物の箱を二つ重ねて、居間の壁を背にして設置された。母はいつもジャガイモと玉ねぎを入れるのに使っていたその箱を、針金ですばやく合体させた。小さな花や接着剤を使って箱を飾ろうと、早くも考えていた。

ソファに落ち着いた双子は、興奮して目をぱっちり開いていた。父はようやく車椅子の車輪が挟まっていたテーブルから抜け出して、床に半円を描きながらやはりソファのところへ行った。母はソファの片方のアームに腰かけた。この小さなソファに家族全員がすわるなど、考えたこともなかった。壁には見るべきものが何もなかったし、私たちは互いに話すこともなかったから、みんなが同時にソファを占める理由がなかったのだ。

テレビがつけられると、みんなは番組に合わせてその影響を受けるに任せた。私はキッチンのテーブルに着いたまま、開いたドアから、揺れる四人の首筋と前に伸びた長い首を見て、みんなの感想を聞いた。早くも意見が分かれて、言い合いを始めていた。悲劇の運命のせいで、彼らの食い違った意見はテレビの画面に行き着いて映された。

まもなくみんなは他人の論争について言い合い、言い合うことの意義あるいは意義のなさについて言い合い、テレビをつけてから三十分で早くも言い合いになった事実について言い合い、テレビの存在と不在について言い合い、国内のテレビ番組表を黙って見る教育も受けていないことについて言い合った。

私が席を立っても、誰も気づかなかった。お腹が空いているのに夕飯はいつになるかわからなかったから、部屋に戻って、電車の絵を描いた紙を見た。一つ目の雷のA地点と二つ目の雷のB地点、電車の動きを示す矢印、私がいるM地点――私は電車とベンチの両方にいた――を見た。だが私は、電車に乗った自分がおしまいになったことをよくわかっていた。進行中の電車に二度も雷が落ちたら、目的地に絶対たどり着けないからだ。

＊＊＊

六月のある午後、私は勉強する本――ハイデガーの解釈学的循環、モンテーニュの懐疑論、ガリレオの異端審問――を持って湖まで降りて行った。項目ごとに分けて行われる試験、試験期間前に呼び出しがある試験、小論文作成など、三つか四つの試験を同時に準備した。湖からのそよ風はいい香りはしなかったが、私は湖岸に足を浸した。

水しぶきと長い昼下がりと午後の気だるい時間の夏休みが終わった。私が閉じ込められていた、今までにはなかった避暑地の時間は、終わってみれば稲妻のようにあっという間で、足りないくらいだった。夏の陽が短くなった。日暮れ時、陽が沈むにつれて光は黄色と黒色の縞にくだけて湖は虎になり、向こう岸には夜が姿を現した。本を持って行って、旧市街に近い砂浜にすわって岸から空を仰ぐと、家々に当たっていた光が徐々に消えるのが見えた。雲がないときは、靄が濃くなって、家々を隠した。

タオルを置いたところに戻ろうとして振り向くと、私から二、三メートルのところに女の子がいた。リードにつないだ小さな犬を連れて、私を見ていた。リードは空色で、彼女は黄色い服を着ていた。満面の笑みで近づいてきて、「エレナといいます」と自己紹介した。私は彼女を、集落で遠目に見たことがあった。いつも穏やかで時と場所をわきまえ、友だちがたくさんいるように見えた。だが、誰からも紹介されたことがなかった。とはいえ、私は彼女のことをいくつか知っていた。通っている高校、今まで付き合った男の子たち、そして、彼女が飲みすぎた晩のことも知っていた。あの晩、彼女はヴィテルボのディスコ〈白鳥〉に行って、踊っているうちに着ていた黒の短いワンピースが豊かな胸までずり落ちて、複数の男の子が彼女の左の乳首を見たと請け合ったことを。

私は小さな声で名乗った。私の思いは勉強に向いていたから、話したいとはまったく思わなかった。湖は一緒にいる仲間であり、気晴らしである必要はなかった。夏でも週の中ほどは水浴客もあまりいなかった。私たちがいた地点は先端の曲がり角だったから、いっそう人が少なかった。

エレナは私が誰か知っていると答えた。女優みたいな友だちといつも一緒に出かけているのを見たと。私は、その友だちはイリスという名前だと言った。こうしてエレナは私のタオルにすわり、リードから放された犬は、水際まで行って石の匂いを嗅いだ。彼女は話し始め、自分に関することをたくさん語った。どこに住んでいるか、どうして誰も私たちを紹介してくれなかったのかと。今までも、私たちは会ったことがあったねと言って、偶然に会ったときのことを列挙した。そして、ファッション・ジャーナリストになるために勉強していること、いい点が取れるかどうかはわからないこと、冒険小説を読むこと、旅行が好きなこと、子どもの頃クラシック・バレエを習ったけれど、足が曲がっていてうまくバランスが取れなかったことを話した。

彼女が話していることに私は興味がなく、本を取り出し、さっき思考を中断した地点に戻りたかった。私は家を出てきた自分を呪った。部屋に鍵をかけてこもり、机のそばに扇風機を運ぶべきだっただろう。

彼女はその偶然の出会いをひどく喜んでいたが、私はそれが理解できなかった。私たちの出会いをどこに位置づければよいのかわからなかったし、愛想よくも、まったく猜疑心を抱かないで自然にすることもできなかった。彼女は冗談を言うのも上手で、かなり美人だと私は思った。脚は日焼けしていたがあまり長くなかった。胸が大きく、腰は細かった。近くで見て気づいたのだが、髪を染めていた。それもそのはず、お母さんは美容師だと私に話して、聖フランチェスコ教会の前にお店があるから、お店に来てと言った。私は、髪は母が切ると答えた。美容師じゃないけど、母が切る必要があるのと。

エレナは、とにかくお店に来てと言った。マニキュアでもしてあげられるからと。黒、銀色、灰色だと、私は灰色が似合うと言った。もちろんプレゼントとして。そのあとアペリティフの時間になったら、一緒に何か飲もうと。

私はわからないと答えた。そうね、マニキュアにも発泡酒にも特に興味がないからと。

ともあれ、私たちは電話番号を交換して、エレナは私の勉強の邪魔を止めた。立ち上がって、水玉模様の短い服の砂を手で払い、犬を名前でジンと呼んだ。ジン・トニックのジンよと言って微笑んだ。私は彼女が腰を振って歩きながら遠ざかるのを見た。ジンは再びリードに繋がれ、エレナと犬は再び黄色と空色になった。

その日以来、エレナは頻繁にメッセージを送って来るようになった。プレッシャーをかける感じでもわずらわしくもなかったが、こんなメッセージを送り続けてきた。「車で迎えに行くよ。街のタクシーに似た白い新車なの」。「フレジェネの海に行ったら楽しいと思う」。「湖のプライヴェートのヨット・クラブを知っているのだけど、あそこには誰も絶対行かないし、水がもっときれいなの。ヨットがあって、芝生はいつも刈ってあるし」。「ネットでレシピを読んだんだけど、今度、家でケチャップを作って、ナチョスやポテトをつけて食べてみたいの」。

彼女の気配りはやがて、何年にもわたってイリスにないがしろにされた私に、貴重なものに思われるようになった。だから私は彼女の提案に、二つ返事で乗った。こうして、私は何時間か本を横に置いて、海へ行き、浜辺でマルガリータを飲み、料理ができるふりをしてアヴォカドのディップをでっち上げ、弁護士でボディ・ビルダーのエレナのお父さんと、山が好きで、アルプスアイベックスと野生の山羊の写真を撮るのが好きな弟と一緒にテレビを見た。

エレナ一家が大好きな映画『ティファニーで朝食を』と『サブリナ』も一緒に見た。そして、ファッション関係の白黒のポスターと、シンディ・クロフォードやナオミ・キャンベルとニューヨークのビルの写真の切り抜きが壁に貼ってあるエレナの部屋に守られて、一緒のベッドで眠ったこともあった。実のところ、彼女の大きな夢はマンハッタンに住むことだった。「でも、カリフォルニアとハリウッド、それから海に面した場所にもね」と言った。「アメリカの突堤はピアと呼ばれて、短くてぬるぬるして何の役にも立たない私たちの突堤と違って、とっても長いの。

アメリカのピアの近くには遊園地があって、浜辺はとっても広くてテニスができるの」

ヨット・クラブのストライプの寝椅子に横たわってオレンジジュースをちびちび飲みながら、私はエレナに自分のことと、むっとして息苦しく健康に良くない家のことを話した。あらゆる物と人を消耗させる過酷な家のことを、母と父のことを、兄がいないことを、子どものときよく噛んでいたガムみたいにイリスがバボルとあだ名を付けたピンク色のクマのことを、双子とその癒しがたい欲のなさのことを話した。

すると、意味が完結した文章を組み立てて、アンドレアについての自分の気持ちを表明することができた。過去のことについて文句を言い、現在のことをほめて、初めて声を大にして今まで経験してきたことを整理してまとめようとした。クリスティアーノとライトを消してスクーターに乗った夜のことまではたどり着かなかったが、おもしろくて神秘的に聞こえるように努めながら、出来事をたどった。「うーん、何回したかな」とか「これは放っておこう」とか「私、時々冷静を失うの。本当に失うの」と頻繁に言った。こうしているとふいに、自分が腐りかけたリンゴのような、ちょっと理解しがたい目をした女の子であることが、けっこう当たっていると思えて、私は慌てたし苦しくもなった。

そして最後に私も、コンゴとか日本とかポリネシアみたいな、遠いところにある住処がほしいとか、毎朝宝石店のショーウィンドーの前で朝食をとりたいとか、宝石店の前に立ち止まって、買うことのできないネックレスやイヤリングを眺める機会がほしいなどと言った。

エレナと時間を過ごすことは、それほど親密で自然なことに思われた。彼女が子どもの頃からの友だちで、私の日常の周りにいつもいたように思われた。彼女といると、以前は近づくこともできなかった出来事が、現実のものとして現れるのだった。エレナはお金をできるだけ使わないで楽しめる方法をいくらでも見つけた。私が本を持ってきて勉強しなくてはならないときも、文句を言わなかった。それに、海から戻るとき、湖に陽が落ちるのを見に車で行くというような、私たちのいくつかの慣例をきちんと心得ていた。あの日没は常にフィナーレだ。陽は湖に沈むことができず、今まさに消えていこうとする光線を、ひたすら湖面に映し出す。

私たちは「こんにちは、太陽さん。さようなら、太陽さん」と言って、大笑いした。

私の新たな交友が気に入らなかったイリスは、信用してはダメと私に何度も言い続けた。私は彼女が嫉妬と良心の呵責からそう言うのだと思った。もはや私がひとりでいることはなく、邪魔な他人がいたからだ。イリスじゃない人のほうがいいと、私が思うことを恐れていたからだ。この新たな力、イリスをいらいらさせて希望をしぼませる力は、私をわくわくさせ喜ばせた。人生は回る。人生においては人が努力して引き出そうとするものも、しくじるものも、全部自分に返ってくる。

エレナにはボーイフレンドがいなかった。六年近くずっと関係を続けてきた彼に、少し前に振られたという。付き合っていたアレッシオのことを、髪の色から、セックスのあと彼がシーツでお腹を拭う回数まで、彼女はすべて話したがった。だから私も体のことや別れのことを含めた恋の波乱万丈を話した。いつになく信じられないほど淡々と、事が起きて終わったと言うことができた。

試験期間が終わり、私は追試を受けなくてすんだ。満点の三十点を二つ、二十八点を一つ、二十五点を一つとった。二十五点については悔しくて泣き、ノートを二冊引き裂いた。コピー用紙を四束、嚙んで飲み干そうと思ったほどだった。私はフクロウかブナテンか、夜間に徘徊して生き延びようとする動物みたいに、一生懸命勉強したのだから。

一方、一つしか試験を受けなかったエレナは、心配せずにそれからの月日を楽しむことができるのを喜んでいるように見えた。彼女は私に、お祝いをするように、アンドレアだけでなく彼の友だちも連れて来るようにと説得した。私は意を決して、少なくとも一か月間、勉強とメモを取ったノートを断念することに同意した。こうして、何もないところから現れた夏のグループがまた一つできた。新たな彗星は、いつ姿を消すともわからなかった。

最近の交友関係を見せびらかすために、私はそのお祝いのパーティにイリスも招いた。寝椅子をしまってパラソルを引っ張り出した湖の施設の前で、みんなで落ち合った。ぬるくなった白ワインが三本あって、窓を開けておいた車から音楽も流れてきた。私は飲みに飲んで笑った。わざとらしくエレナに寄りかかって愛情がこもったそぶりを強調し、彼女を湖に入らせようと引っ張って行った。アンドレアが私たちと飛び込むと、他のみんなも彼に倣った。イリスは岸辺に残った。乾いた髪に細長い顔の彼女がカラスのように見えた。

彼女が悲しんでいることで私は上機嫌になり、水中で飛びはね、髪をほどいて揺さぶった。私の腰はしまっていて、ふくらはぎは細かった。顔は青白く、長い赤毛は空を背景にすると血痕のように見えた。私は動脈のなかにこの思いもよらない美しさを携えていた。のたうち回り自分を痛めつけ人を押しのけ肘鉄を食らわすことすらなしに、ほしいものを手に入れた喜びを感じた。

今や私には、まさに誇るべき何かがあり、私を見る誰にでもとても好かれる安心感があった。幸せな私は笑い輝き、水中でアンドレアの腕に身を預け、彼にキスした。彼はヘビで私はタコのようだった。音楽が軽やかにではあるがチリンチリンと鳴り、スクーターで道路を走る人が、私たちは優秀で自由で大人で、楽しそうだと言うかのようにクラクションを鳴らした。

私は布巾で覆われたパン生地のように膨れて大きくなったように感じていた。空気を吸い込み膨らんでいた。試験が終わって、その成功に思い上がっていた。アンドレアは私を愛していて――確かに私を愛していた――、イリスは私のことを〈勇気がある〉と書いたことや、嫌われる原因となった十の理由を後悔していた。エレナは発砲したあとの捨て弾で、私はそれを未来へ放り出した。私が行動すれば何にでもなれることが、今ははっきりしていた。

私は喉から声を出して湖の鳥をおびき寄せようとしたり、保護鳥の真似をしたりした。ウナギのように動いたり、カモメのように足に水かきがあると想像して、空気を押しとどめて水面ででんぐり返しをした。私は消耗するくらいあくせくがんばらなければならなかったが、ここにいる限り、私にも至福が与えられるはずだった。

湖の水を一口飲むと、冷ややかな笑いがこみあげてきた。というのも、水は砂糖が入っているみたいに甘かったからだ。ここの水もこの湿地も、さくらんぼかオレンジ・マーマレードかマシュマロみたいな味がした。「湖の水はいつだって甘い」と、私はあらん限りの声を出して叫んだ。

私はまた叫んだ。「湖の水はいつだって甘い」

あらん限りの声を出して叫んだ。

＊＊＊

「クリスティアーノ、お願いがあるの。フルフェイスのヘルメットを二つとガソリンを入れた容器二つを持って、迎えに来てほしいの。スクーターのナンバープレートは隠して」

こう言って電話を切ると、手が震えた。コーヒーがたっぷり入ったカップを持っていたら、床にこぼしたことだろう。パンツしかはいていない私は息が早かった。足を見ると、足も震えていた。黒いレースのブラジャーを手に取った。胸の前でホックを付け、回してカップを調整しながら乳房を寄せて、肩ひもを整えた。椅子に寄りかかって黒いジーンズを、それからスニーカーを履いて、フード付きのジャンパーを探したが、二重、三重に見えた。

五時間が過ぎた。私は落ち着かなかった。すわっていることも壁に寄りかかっていることもできなかった。十回もおしっこをして、とりすぎてもいない水分を失った。私はまるで溶けていっていた。

パジャマを着てリンゴを食べているところに、電話がかかってきた。私はリンゴの皮を慣れた手つきでむいていた。指を切らないようにナイフを持って、りんごをじっと見たまま皮をむいていた。電話をかけてきた男性は笑ったが、私はその笑い方や声が誰のものかわからなかった。その人は言った。「アンドレアはあることをした。何か知りたい？」

私はノーと答えて電話を切った。番号に覚えはなかった。少ししてアンドレアからメッセージが届いて、こう書いてあった。「ごめん。許してくれ。何も起こっていないと誓うよ。コーヒーを飲みに来ただけなんだ」

私は自分のモトローラを、古くて信頼がおける堅固な携帯を、見続けた。そしてそれが、すべてのメッセージと連絡先と月や週ごとの履歴とともに、爆発すればいいのにと思った。

その後も個人の番号から電話がかかってきて、私は電話を取った。「君の彼は君の女友だちと会っている。俺たちは君の女友だちの家の外にいるんだけど、君の彼は彼女の家の中にいて、三回も呼び鈴を鳴らしたのに出てこない」

私は頭をあちこちに振って、ありえないことを自分から振り落とそうとした。するとまた笑い声が聞こえてきた。私のことをゲラゲラ笑って、電話は切れた。

アンドレアに電話したが、取ってくれなかった。もう一度しても同じだった。三回、四回、五回と電話しても取ってくれなかった。だから、連絡先を探してイリスに電話した。

「アンドレア、あなたと一緒？」私はすぐに聞いた。

「私と？　ううん。私はモンテロージのおばあちゃんの家にいるよ。なんで？　どうしたの？」

「アンドレアが私の女友だちの家にいるって言われたの」

「私じゃない」

電話の向こうから、キッチンの物音が聞こえていた。テレビのニュースの声と、流しに皿が当たる音だった。私は電話を切った。

私は喉を絞められてもりを撃ち込まれたように感じた。感覚と感情がなくなるほどだった。私は部屋の中をあっちこっち歩き始めた。窓を開けると、外には車が通ってリードに繋がれた犬が、夕べの散歩に連れてこられていた。ある地点を見たら、オルソが枝を取るのを手伝ってくれた木があった。

もう一度アンドレアに電話してみると、電話をとったが、つじつまの合わないことや、後悔の念や、出来事の再現や、今さらながらの情報を口ごもりながら言った。まったくの偶然で、彼らは電話しあっていたけど友だちとしてで、あの晩どうして誰かが自分をあそこまでつけてきたのかわからなくて、自分はおしゃべりがしたかっただけなんだ。

私は「何が言いたいか、わからないんだけど」と言った。

彼は、あの晩エレナの家に誰もいなかったから、みんなで話そうということになって、そのあと何か変更があったと繰り返した。でも、彼は何かおかしいとわかっていたから、私にそのことを言いたかったのだと。だから今、打ちひしがれていると。彼はまさに打ちひしがれていると言った。私はその時点で麻痺状態から脱した。目をしっかり開いて部屋と自分を見て、携帯をオフにした。

そうして、洋服ダンスの扉を開けて、邪魔になるごちゃごちゃした物があるあたりに手を差し入れた。そこには、ほころびた服、片方しかない靴下、定規、三角定規、使い古したノート、中学校のときのラケット、十八歳のお祝いのポスターがあり、探していた物をつかんで引っ張り出した。

私はスーパーマンのSの字が付いたTシャツを、一、二、三回と振った。そして、頭からかぶって腕を通した。黒のフード付きジャンパーも取り出して着て、チャックを上まで閉めてフードをかぶり、髪を隠した。

そうして、母に出かけると告げた。母は「しょっちゅう出かけるわね。今晩はどこにも行っちゃだめ」と言ったが、私はもう階段を降りて道に出るところだった。

母はもはや、私から何かを奪うことで私を従わせることはできなかった。私から何かを取り上げる力はなかった。私が手で何か悪いことをしたとしても、その手を背中で縛ることはもはやできなかった。私が従わなかったとしても、夕飯抜きにはできなかった。夜遅く帰ったとしても、私のパンツを洗わず放置することはできなかった。私は今まで母に言われたとおりにしてきた。母のそばにいて、気絶するまで勉強した。私は叫びたかった。「お母さん、あの時間は終わったの。私が出かけていいかどうかをお母さんが言い、お母さんが家の入り口にすわって、お母さんがゴキブリと病気を退治して注射器もなくなったセメントの空き地で、私と兄が走っていたあの時間は終わったの」。私は日を浴びた小さなヘビのように変身しようとしていた。脱皮した皮のように純真さを失おうとしていた。それなのに母は、母性の大理石に彫り込まれた母のまま、いつになっても変わらないように見えた。

クリスティアーノはヘルメットをひじに掛け、ガソリンの容器をスクーターの足置き台にバランスよく置いて持ってきた。私は彼のところまで行って、ヘルメットを一つ受け取ってかぶり、シールドを下ろした。

彼が私に理由を聞く必要はなかった。五時間あれば、集落のみんなが知るべきことを知るのにじゅうぶんだった。私のだらしない格好をその機会にふさわしいとみなして、格好についても何も言わなかった。何が正しいかを彼がわかっているからこそ、私は彼に電話をしたのだった。ガソリンスタンドで満タンにしてきてもらった容器をひとつ受け取って、スクーターの彼の後ろに乗ると、私は容器を彼と自分の間にしっかりと抱いた。腕と足のあいだに大切なタンクを携えて、私たちは出発した。

通ってほしい道を私が大声で言うと、彼はその道を走った。チクタクと刻むのではなく、私と彼の頭にだけ刻まれる時に抗うかのように、怒ったように運転した。

夕食の時間が終わったばかりの道路は空いていた。アンドレア・コレッタのメゾネットの外には、車が駐車されているだけだった。スクーターを降りると、ナンバープレートにAZと書かれているのが見えた。ラジオのアンテナが付いた、緑っぽいシートの車は、私が初めて怒りを浴びせた、父親の車とは別の車だった。そこに、他でもない彼の車が私を待っていた。彼がステレオを選びエアコンを自慢した、街灯の下の影を眺めていた。私たちはヘルメットをかぶったまま、各自がガソリンの容器を一つずつ提げていた。それぞれの持ち方と感情で、容器を握りしめていた。彼が、本気かと、取りかかっていいのかと、尋ねるように私を見た。私が力強く頷くと、ヘルメットが前に動いた。私たちはふたりで踏み出した。見せ場へと、みんなをあっと言わせる場面へと。

私は黒い栓を取って容器を開け、車の形と、私を取り巻く忌々しい車の側面を横目で見ながら車に近づき、敵の足と腕と背骨であるかのように、タイヤとボンネットにガソリンを撒いた。クリスティアーノが同じようにしようとしたが、私は少なくとも五台並んで停まっている他の車を指さした。彼はそれを最高の策だと思ったのか、頷いて取りかかった。一台だけだと騒ぎになるが、五台だとパニックと恐怖を生むからだった。私たちは五台とも、サヴォイ・ビスケットやスポンジ・ケーキやシャワールームのスポンジよりうまく、ガラスとワイパーとライトと窓をガソリンで濡らした。

私はヘルメットの中で深く息をして怒りを飲み込んだ。隠してきた怒りを、特別な場ではカモフラージュさせた怒りを、遠くから踊るのを見たときの怒りを、みんなは私に禁じたけれど、私のものであり、私は育みたいと思った怒りを、すべて飲み込んだ。首が重く、手が熱を帯びて痛く感じられた。私たちは容器を車の近くに捨てた。クリスティアーノがポケットからマッチ箱を取り出し、五本に火を点けて三本を私に渡した。マッチは長くて先が青かった。

私はマッチの先に火が点くのを見つめた。マッチは目の前で燃えていった。私はエレナの元旦のメッセージを思い出した。「あなたのことを思っている」と「あなたは白い服がとてもよく似合う」という言葉を。それから、私たちにはふさわしくなかったあの〈同志〉という言葉を。私は誰にも私たちのことを〈同志〉と見てほしくない。シーツとアフター・シェーヴ・ローションとミニテーブルの上に置いてあるコンドームの匂い。腰に巻いたタオル。アンドレアが出てきた更衣室の扉が再び開いて、カルロッタが「来たよ」と言ったことを思い出していた。私はびしょ濡れだった。水と汗と孤立状態を滴らせていた。

私がマッチを一気に車へ放り投げると、ガソリンに火が点いて、瞬く間に燃えた煙が立ち上った。クリスティアーノが早く行こうと私に言って、スクーターに乗った。「飛ばさないと」と方言で言った。

しかし、私は燃える車に惹かれて、車の前に立ち止まっていた。台無しにし、ひどく苦しめ、破壊しぼろぼろにさせて衰えさせるものが、私にとってお伽話だった。今、物や家や人が痛手を受けているのを見ることが、私のスーパーパワーであった。

＊＊＊

私はねじ曲がった心を映した目を見開いて、アスファルトのカーブに沿って自転車をこいだ。私たちの湖は内破の結果できたため、昔、火山だったところの壁面のそばも通った。

日が沈んだが、私の自転車にはライトがなかった。しかも道路は明るく照らされていなかったから、自分の記憶と家々の門灯を信じるしかなかった。手で右折を示さずそのまま移動して、ムーゼの湖畔へと続く小道に入った。そこには飲食店や公共の施設があった。それはイリスと初めての夏を過ごした湖岸で、夜のディスコでクリスティアーノと知り合ったところでもあった。二、三か月前、試験終了のお祝いで酔っ払った私が、うれしい驚きばかりがあると思っていた場所だった。最後に私は再び右へ行った。そこは道が整地されていた。すでに閉まっている施設が一つだけあって、私は黒い砂浜の木製の骨組みをちらっと見た。監視員の小さな塔はもう使用に耐えなかった。木が腐っていて、塔に登ると崩れる危険があったからだ。

街のタクシーみたいな白い車を認めた私は、すでにシャッターが下ろされたバールまで行き、そこの金網に自転車を立てかけて置いた。エレナは、月の輝きと街灯のほのかな明かりに照らされて、砂浜にすわっていた。周りには誰もいなかった。

何時間か前に、私は彼女からの長いメッセージを受け取っていた。その中で彼女は、ずたずたになった心が不幸にも辿った変化と、自分の欲望に対する闘いと、取り繕った自己弁護を一通り私に語ったうえで、会う場所を提案してきたのだった。顔を見てしか説明できないから、一時間でいいから最後に会いに来てと私に頼み込んだ。句読点はいずれも間違っていた。必要もないのに大文字になったり、アポストロフィであるところにアクセントが付き、chとするのがふさわしいところがkになったりしていた。このだらしなさが私を骨の髄までイラつかせた。彼女には読み直す入念ささえなかった。彼女が吐き出したその痛ましくなるような弁解や、ネズミのようなチューチューいう泣き言は、威厳や、少なくとも言葉に対して持つべき敬意をもってするに値しなかった。

私を見るとエレナはすぐに立ち上がった。顔には、目の前に自分が心を許していない人がいると思っている人の狼狽が見て取れた。私はスニーカーを砂に埋もれさせながら、大股で歩いて彼女のところまで行った。

すると、深く悔いた雰囲気をまとっていたエレナが、悪気のない目を見開いて言った。今回の間違いは、日々の不運がそうであるように、バルコニーの植木鉢や、樋の上の蝶や、桃の種や、人口過密で枯渇した私たちの地球上にたくさん起こる事故の一つと同じで、予想できなかったと。

エレナは言った。悲惨な一週間だったから毎晩泣き続けたと——私は泣いたことがなかった。一晩も、一晩の半分あるいは四分の一さえ、泣いたことはなかった——。それにアンドレアが住む通りで起きたあのひどい事故があったから、と言った。庭の木が燃え出して、翌朝もまだ真っ黒な煙が車の残骸から立ち上っていた。凝灰岩の塀は煙で黒くなり、ガラスは破裂して、道は鉄板の墓場のようになり、布とプラスチックと燃えた樹脂の匂いだけがしていたと。

私は、その災難の全体を理解したかのように頷いた。災難は確実に損害と動揺と困難をもたらしたはずだった。そう考えると私はうれしくなり、慰められた。なぜならその災難は、赦したり鎮めたり繊細さを撒いたりする目的で引き起こされたのではなかったからだ。火事の余韻が残るこの世界が、私を喜ばせた。

二つの噂が、ほとんど時間を置かずに注入された毒のように、それぞれがほとんど同時にささやかれ始めた。まず、アンドレアの裏切りについて。それから、庭付きの住宅が密集していて、今庭にブーゲンビリアとオリーヴが植えられた、クラウディア住宅地区の火事についてだった。今や人々はそのことしか話さなかった。仮説と推測のあいだを転げまわり、コオロギもカエルもいないこの沼のぬかるみの中で泳ぎ、人より先に推測し、他の人々にたくさんニュースを与えようと競った。私たちは地面に横たわる体で、彼らは犬だった。新鮮な肉を求めて、私たちをひじの先から食べ始めた。

エレナは私がしたのかと聞く勇気がなかった。私がどのようにして誰としたのか、理解するだけのじゅうぶんな手立てがなかったからだ。私の気分や混乱状態のような一瞬一瞬や、予測不可能でありながら抑揚がついた過剰反応のパズルを、完成させることができなかったからだ。だから、私たちのことを話し始めて、状況をさらに悪くさせた。

エレナは、アンドレアのことがとても好きで、恋していると言った。彼女がこの恋の力を理解させようとしたがったのは、そうしなければ、自分の態度の急変をわかってもらえず、いんちきとか軽率な行為のままになってしまうからだった。一方で、彼女が言うように恋であれば、何というか、どんな行為も許されるし意味があって、詩にもなった。

始まって二か月にもならないエレナとアンドレアの長い付き合いは、彼女の体の奥の、腸の間を掘り下げ、互いが互いに属しているという感じを芽生えさせた。だから、感情の呼びかけに応えるのを我慢するのは、途方もないことでひどく苦しいことだった。こうエレナは説明した。彼女がまさに感情の呼びかけと言ったかどうかに確信が持てなかった私は、彼女に聞いた。

「何の呼びかけ？」

「感情の」

私はまた執拗に頷いた。頭とあごを縦に振って、彼女の告白を体中で共有した。

何年か前、クリスティアーノが湖についての話をしてくれたことがあった。昔、湖の中央にサバツィアという名の町が湧き上がってできた。その町は商業が栄えて、近隣の土地では干ばつや危機もなく農業も栄えた。道に沿った市場には品物があふれていた。ところが、土地の人々は苦しみ憎悪に満ちて辛辣だった。素晴らしい性質を持つ者は誰もいなかった。こうして町と住民は神に罰せられた。神は家々や塀や中庭や干された洗濯物の上に、豚が飼育される麦打場や厩舎に、大雨を降らすことにした。雨は激しく降って、やがてサバッツィアじゅうが洪水になった。そして、ただ一人の娘だけが生き残った。不思議な若者が彼女に一緒に走って逃げるように勧めたからだった。娘は神に許しを請い、町から遠い教会に避難した。そこで、自分が永遠に聖人として称賛されるだろうと宣言した。

私が湖を見ると、湖は押し黙り動かなくなったように見えた。何の音も発しない湖は、死に瀕しているように、不健康な眠気に陥ったように思えた。

私はエレナが言っていることを聞き逃していた。泣き出した彼女は、ポケットからすでに皺くちゃだったハンカチを取り出し、涙を押さえて、私が聞き逃した話を続けた。私が彼女にとって愛しくて重要で、自分が私にしたことをするなど予想すらしなかったと。

「そうなっちゃったんだ」と、私は自分が理解したことを彼女にわからせようと、ここにいて聞いているよと言うかのように言った。

彼女は頷いて私を見た。そして答えた。「そのとおりなの。言葉で表したくらい明らかに、結果としてそうなった気がする。すべてに始まりと終わりがあるように」

ようやく今になって、私ははっきりわかったと絶対的な確信をもてた。突堤の下にプレゼピオなどなくて、オデスカルキ城には、幽霊も、陽が落ちると砂丘を彷徨う魔女もいないだけでなく、湖の中央にはサバツィアという町などないことが。この地の集落では作り話がたくさん語り継がれてきた。石や火山岩について神話を作り出してきた。そんな伝説で乱暴者や恥知らずな人を追い払い、罰し、罪を清めようとした。だが、物語では事足りず、すべての真実を語ることはできなかった。回心がもたらされなかった結果、生き残った女性も神の祝福を受けた女性もいなかった。いたのは、痛みを受けた女性だけだった。私のような。

エレナはそれから、私との友情について話した。なぜなら、彼女にとって私との友情は疑いもなく進行中だったからだ。彼女は私の中にほとんど自分自身を認めていた。だから、出会った私たちが今になって離れていくのは、メスで開いた傷口のように感じられる。この友情なしでどうしていけるというのか。片時であっても、バカな間違いによって、私たちの結束や二重にひもが掛かった繋がりを、壊させてはならないと。

イリスとアガタが私の十八歳のポスターに書いた文章が、私に蘇ってきた。〈友情は一人がもう一人に「えっ？　あなたも？」と言ったときに生まれる〉。一方で私は、自分はたった一人なのだと信じていた。

この時点で、私は彼女にさらに近づいて、彼女の膝蓋骨の高さを足の裏全体で、ロバや雌牛が蹄で蹴るように蹴った。彼女はうめき声を上げて前かがみになり、痛いに違いない脚を触った。私はその隙に、根元の色が濃く、毛先が夏の陽を浴びて色あせた彼女の金髪を両手でつかんだ。港で荷下ろしする麻袋か海水を汚す工場排水かのように、私は彼女を引っ張った。そして、黒い砂の上まで引きずった。体重の重みが砂の上に溝を作り、彼女の痕跡がくっきり刻まれた。湖岸に彼女の胚芽が、唾液が、残された。

エレナは身をよじって逃れようとした。足を蹴って手を動かして私をたたいた。たたかれた私は痛くもなかった。私は自分をセメントで固めた球のように感じた。彼女が入り込むひびも皺も割れ目もなかった。引きずるのを止めさせることができるものは、もはや何もなかった。だから私は引きずった。彼女の豊かな胸、Sサイズの腰、ビキニ・パンツに適したお尻、先端が少し大きい鼻、バレリーナになり損ねた足。水際まで来ると、私はさらに二、三度蹴りを入れて、頭をつかんで水に浸けて上に乗り、彼女を押さえて動けなくした。

エレナはもがき続けたので、彼女が息をつぐのを回避させるのは簡単ではなかった。餌に食らいついたばかりの生きのいい魚のように、頭を上げて息をして、再び水中に戻った。そして、蹴とばして爪で引っ掻いて泣きわめき、ゴボゴボと音をさせた。私の靴とジーンズは少なくとも腰まで濡れたが、私はなおも水の中へ入って、洗剤をすすぐ洗濯物の山のような彼女の体の上に、力を押し付けた。白い服の赤いソースのシミをとるかのように。

段ボールでできたピッツァの箱が、私たちの足の上に開いてあった。生地はパリっとしていた。ソースが垂れて足が汚れた。アンドレアが言った。「踊りに行こう」

「私、頭が狂ったの。狂うとどうなるか、あなた知らないでしょう」と私は繰り返して、恐れられて崇められる残忍な自分のイメージからエネルギーを得た。そんな自分に寄り添いながら私は、リンゴの皮をむいている最中に聞いたあの電話の笑い声と、夜にコーヒーを飲むというアンドレアの言い訳と、やっとの思いで私が離れた激烈さと、私が感じて信じて水や養分を与えて世話を焼いた感情と、戦った。それは私がいつも重要だと言ってきたやり方だった。アンドレアとの恋は私にとって、若者の無限の空間に割り当てられた大事な恋だった。

私の膝と手の間にある、ブドウの房かランプか本のようなこの命は、終わらなければならなかった。時代も動物も季節も、終わることで循環するのだから。

私の攻撃を、私の殺人行為を、エレナは徐々にうまくかわすことができなくなってきた。水の泡は弱まり、けいれんや収縮も静まってきた。ほんの二、三秒もあれば、「チャオ」とか「またね」とか「愛してる」とか言ううちに、彼女はもういなくなりそうだった。

そのあと、浜辺で人がふたり話すのが聞こえた。男性と女性で、女性が「ぜんぶで五十ユーロ」と言うと、男性は「五十ユーロは高すぎる」と言った。ふたりは砂の上を歩いて近づいてきた。その直後に彼らは、私が水中でしゃがみ、エレナが水に浸かっているのを見た。

だから、私は激しい怒りから手を引かざるを得なかった。頭を上げたエレナはチアノーゼ状態で意識は朦朧とし、袋の中で窒息する人のように目を剝いていた。肺をぜんぶ使って湖から届く湿った酸素を吸った。私は道路の方へ、自転車が置いてある方へ、振り返りもせず走り始めた。エレナがすぐにもわめき声をあげて車で私を追って来て、家へと続く道路で私を轢くか、助けを呼んで、警察の部隊が母の窓の下にやって来るだろうと思った。

シチリア方言を話す母の友だちの警官は、母に言うはずだった。「娘には注意するように言ったじゃないか。彼女は刑務所入りだ。人を殺しかけたんだから」と。だが、こんな家庭で育った赤毛の若い女性には、当然の結果だと思われただろう。

十一章　昨夜、月が落ちた

ブナの森では土も草も見えず、色の濃淡のない乾いた葉っぱだけが見えた。葉っぱは、キャラメル状の砂糖とアーモンドが付いた、パリッとした薄い小さなクロスのようだった。クリスティアーノが言うには、オリオーロ・ロマーノのブナの森は標高の低い地点に広がったため、他のブナの森とは異なるということだった。それに、ブナの森は世界で最も長きにわたって生育し、氷河期から現在まで、あるいはそれより短いかもしれないが、何千年も変わらずにあり続けているらしかった。たとえそこまで長寿でないにしても、私はその長く引き締まった幹を、自分の先祖のように思って見た。腕と手と指があるだけの、裸体のように見えるブナの木々は、互いに軽く触れ合うだけだった。そして、誰も見ていない夜のあいだに、自らの存在を知らしめるのだった。

　これが私の唯一の大学卒業祝いだった。それ以外のお祝いは、自分で拒んだからなかった。

　クリスティアーノは私の前を歩いた。下生えの灌木の色に合う服を着て、褐色のウールの帽子をうなじまで深くかぶっていた。あごひげをはやして、遠くから見てもわかるように、蛍光オレンジ色のチョッキを身に着けていた。肩幅が広く、私より背が高い彼は、ズボンがずり落ちるとでもいうように、歩きながら頻繁にズボンを上げたが、実際にはズボンはベルトで締められていた。前を歩いていたから見えなかったけれど、彼の目は小さくて中央に寄っていた。いつも大きすぎるか小さすぎるかに思えた瞳は、光や闇に反応しているのか、合成されているのか、濃いフエルトペンで描かれているのか、わからなかった。

「カラフルな服を着ればよかったのに」と歩きながらクリスティアーノは言った。

「この赤毛だけでじゅうぶん。誰も私をウサギだとは思わないよ」と私は言って、彼の後を歩いた。

「哲学科の大学卒業資格じゃ、はっきり言って何もできないと思うよ」と彼は言った。腰から膝にかけて側面に掛けた銃が、彼の歩みに合わせて前後に動いた。

「修士課程に出願しようと思って、計画書の準備をしているところ。受かったら勉強を続ける」と私は確信を持って答えて、銃の柄を握りしめた。あたりを見回して、下方で何か動かないか、黒く見える物がないか、獣の鳴き声がしないかをチェックした。

私がそう答えたのは、そうなるはずだったからだ。勉強して復習して文書を保存することしかできなかった私は、勉強を続けるしかなかった。それが社会における私の居場所だった。研究者として教授の助手になり、お給料が少なくても踏ん張って、助教授になるために応募して大学で教え、本を書いて、リンクをクリックしてもらって、みんなに助言を求められる教授になることしかなかった。

「これで狼も仕留めるらしい」と、彼は自分の猟銃のことを話した。自分の、私の、あらゆる猟銃について、また、猟銃の系譜について、私に話したがった。

私は本物の猟と向き合うために、ブナの森に狼がいればいいのにと思った。邪悪で有害な何かを、自分を侵食しかねず、その影があらゆる少女の腹の底に眠るような何かを追い出すために。けれども私は、ツグミやイノシシといった、お伽話的な高貴さを欠く生き物で満足するしかなかった。

ブナの森での狩猟は禁止されていたし、そもそも私もクリスティアーノも狩猟許可証を持っていなかった。だが彼は、最良の時間帯と狩猟監督官に最も出くわしにくい地点、それから、仕留めた動物を森の真ん中からバンまで運ぶためにかかる時間を心得ていた。

猟犬は大騒ぎをして注意を引くので、連れていかなかった。よって、私たちの猟は緩慢で獲物も少なかった。動物が自らあるいは私たちの足音を聞いて動くのを、待つしかなかった。長いこと黙って歩いたあと、彼が語ってくれる森の話――祖父と曾祖父の話や、ブナの森の端にあるあばら家――森の端にあるその家は空き家に見えたが、人の気配と不条理と禍に満ちていた――で起こった話を聞いていると、イノシシの、豚に似た頭と肥えた体が目に入った。

イノシシは岩のそばに止まって地面の何かを嚙んでいた。その状態でイノシシを撃つのはいかにもたやすかったが、簡単で大したことのない挑戦は、味もそっけもなかった。だから私はクリスティアーノに、イノシシがこっちへ来るから撃つ準備をするように言って、簡単に撃てるイノシシを猟銃で狙うのはやめて、イノシシを逃がすように木に発砲した。するとそのイノシシは短い脚で地面を蹴って逃げた。イノシシの巨大さは存在感の表れだった。乾ききった葉っぱの上を猛進し、すべての不安をブーブー鳴らしながら、切り株や灌木の茂みのあいだを動いた。クリスティアーノはイノシシの方へ二度発砲したが、命中しなかった。イノシシは身をよじって逃げながら深みに沈み、影が身を匿ってくれそうな暗い場所――森の肝臓や脾臓――を探した。

「クリスティアーノ、捕えて」と私は言った。

彼はイノシシの方へ走り出し、立ち止まっては何度も撃ったが仕留められなかった。もし怒り狂った狼だったなら、彼はすでに顔も喉もあごさえも噛まれていただろう。私は彼の方へ行き、彼を通り越して、自分自身を探すかのようにイノシシを探した。

森の中で這いつくばった私は、自分の行った犯罪すれすれの事の責任から、ひどい言葉から、怒りに満ちた身振りから、与えるすべを知らないやさしさから、受け取ることができなかった愛情から、自分の将来から、逃げようとした。懸命に進んでうずくまるのは、私だった。私の毛は剛毛で、動物みたいな皮で覆われていた。私はブーブー鳴いて匂いを嗅いだ。誰にも止められたり起訴されたり非難されたりしたくなかった。だから私は銃を構えた。私にとって体であり、生きた物であり、能力である銃の的を、私は定めた。それは私ができる、常にでき得る、わずかな事の一つだった。

私と兄がバボルの頭と足を持って家に運んで居場所を確保したことや、兄が笑い出したことを思い出した。それから、私と話をしていたアンドレアが、「撃ってみる?」と言ってジーンズのポケットからお金を出したことを思い出した。

私が撃った弾の反響が聞こえた。クリスティアーノに聞いていたから、猟銃がパルチザンのものだったと知っていたが、それはマフィアや猟師や戦士の銃のようでもあった。猟銃がけいれんするイノシシの肉を開くと、鳴き声が上がった。傷は、映画館の大きなスクリーンに映し出されているかのように鮮明で、今にも観客の拍手が盛大に聞こえてきそうだった。くずおれた動物は牙と爪と筋肉と繊維になり、太ももで、腹で、頭で動いた。何にどのように撃たれたのかもわからず、知るすべもなかった。ただそこで、わからないまま死を迎えようとしていた。

勉強してきて最後に、私は自分自身について考えた。自分を待ち構えていることすべてについて、起きるに違いないと思われることすべてについて、自分に必要なのか重要なのかと自問しなかったことすべてについて、考えた。友人たちと違って私は夏のアルバイトもしなかったし、母の息から自由になるためのお金も貯めなかった。試験と本だけに集中して、何時間も何か月も何年も、指の間にあった赤い糸を追いかけてきた。慎重に追いかけ、見失うと嘆いて悔しがった。そして今、迷路から出た私は、ミノタウロスの頭を片手に持ち、あたりを見回した。英雄の鎧を着て準備が整った私に誰かが気づき、世界のどこかに私の片隅を用意するはずだった。私のきらめきや武勲や勝ち取った戦に、ふさわしい場所を。

十五分後、クリスティアーノがひもで結わえたイノシシの前足を、私が後ろ足を持って、帰り道を急いだ。持ち上げて運びながら時々止まった。クリスティアーノがいなければわずかたりとも、たとえ狂気に取りつかれたとしても、私はそれだけの重さを運ぶことはできなかっただろう。うまく撃てなかったから暗い顔をしていたが、彼は私を助けてくれた。だから私は肉の煮込みや赤ワインやミート・ソースのことを話すようにした。それを聞いて頷いた彼の目は、前を向いたまま動かなかった。

「猟はプレゼントだったから、好きなようにすればいい」と、クリスティアーノはイノシシをバンに持ち上げて言った。金属の車体にイノシシの体が当たって音がした。それから車に乗り込み、黒いゴミ袋で死骸を覆い、流れる血を拭った。私は腕がひどく痛んだ。

クリスティアーノは一連の動作を急ぎすぎることなく行い、銃を片付けて、イノシシの死骸と血を穏やかな冷静さで取り扱った。彼の天分である冷静さが私は大好きだった。そんな無菌状態でもって、必要とあれば彼は世界や侮辱に対峙した。強固で確かでぶれなかった。祖母からもらったわずかな遺産で集落の外に農場を買い、その整備をしていた。一日中働いて厩舎を直し、囲いを修繕し、塀を石灰で塗った。この土地で生まれた彼は、その場所そのものであり、彼の家族そのものであり、湖そのものであった。彼は見た目そのままで、透明で曇りがなかった。

一方、私はまとまりがなく不透明で、水面で屈折し、いつも中途半端に見えた。

＊＊＊

「蹴られた犬みたいな顔して、鳥のくちばしみたいになって、どうしたの？」

家に帰ってきた母は、私がキッチンのテーブルにもたれているのを見て言った。私の目は虚ろで、唇は皺くちゃの紙みたいだった。母は買ってきたジャガイモとアーティチョークとスキムミルクをテーブルに置いた。私はテーブルの脚をつま先で揺り動かした。動揺していた。

「何でもない。ただ不機嫌なだけ」

「修士課程のこと、先生と話したの？」母がそう尋ねたので、私は先生の細長い顔と丸い鼻にずり落ちた小ぶりの眼鏡と手と、鼻をほじくる指を思い出した。先生は鼻くそを集めてはほじくり出し、また集めてはほじくり出すを繰り返し、それから話してまたほじくり出して、私に言い渡した。「君の研究計画は文学的すぎるからだめだ。サルトルの『家の馬鹿息子』の馬鹿息子の人物像に関しては言いつくされていて、もう誰の興味も引かない。モーリアックの『愛されない人たち』も研究対象としてじゅうぶんとは言えない。それに、私はドイツ語も知らないから、どう指導すればよいかも、何を求めればよいかもわからない。そもそも、大学は希望を失った者たちが集まる場所ではないのだよ」と。

「話した」

「先生は何て言ったの？」

「研究科長だから、自分の学生の後押しはしないって言った。正確に言うと、私は奨学金なしでトール・ヴェルガータ大学で試してみるしかないらしい」と私が答えると、開いていた窓から空気が流れてきて、哲学科の中庭に面した窓のことを思い出した。哲学科では、苦労は空回りし、夏になると蚊が壁を覆い、すべてが停止して何ものにも救われることがなかった。「お金がなければ無理だって言ったでしょう。先生たちは何を考えているの？　先生のためにただ働きしているのに、何をもって生き延びろというの？」

母の言葉は政治集会か言い争いか叱責か社会闘争かの口調を帯びていた。アーティチョークが流しに落ちて水に浸った。近所の誰かがラテン・アメリカの音楽を聴いて、鼻歌を歌っているのが聞こえてきた。父はカナーレ5の『百のショーウィンドー』が始まるのを待ちながら、『ビューティフル』を見ていた。テレビは父の肺に清浄な空気を、必要な酸素を注入した。ブロンドのつやのある髪、ふくらませた肩パッド、蘇る死者、暴かれた裏切り、害を及ぼす母親、恋人からの音信不通。

「やめて、お母さん。言わないで」

「私が言わないで、誰が言うわけ？　この数年間、あなたにただ働きだけさせて。あなたに勉強させるために私たちは骨身を削ってきたのよ。あなたが取った点数やあなたの知識が、もはや何の役にも立たないなんて。トール・ヴェルガータね。その先生とやらと話をしに行かなくちゃ」

「私はもう十二歳じゃないし、話はした」

「ちゃんと話してないんでしょう。でなければ、そんな無責任な言い方はしないわよ。研究科長なんでしょ？　それなのに、他大学へ出願するように言ったの？　先生が自分の学生を受け入れないで、誰が受け入れるの？　聖霊が受け入れるとでもいうの？」

「もういい」。私は話を終わらせようとした。

「いいえ、よくない。それなら、教職免許が取れるように準備を始めるべき。どうやってするか調べて、応募しなさい」

「私は必要な試験を受けてない」

「どういう意味？」

「つまり、歴史の科目といった必須科目をとっていないということ」

「それはどうして？」

「好きじゃないし、教師になりたくないから」

「これって冗談？　正気の沙汰じゃないわね」。母は野菜とレシピの紙のことをすっかり忘れてしまい、買い物袋は開いたままだった。学校へ行っている双子がまもなく帰って来るはずだったが、昼食は用意されないだろう。それでも双子はおとなしく待って、家族の他の誰も知るはずのない秘密の話を、互いにひそひそ話し合うのだった。

「私は戦時中であっても子どもになんて頼らない」と私は言って、テーブルを足で押すのをやめ、床を一回、二回、三回と踏んだ。コンコンと音がして、私たちのむら気のリズムをかき乱した。

「教職の試験を受けずに何をしてきたの？　今から受けなさい」

「教育課程外の場合、試験一つにつき二百ユーロかかる」

「大学卒業して、いったい何をするの？」

「何も」

「何も？　何もなんてない。どんなことでも何かできる。さっさとやり方を探しなさい。教務課かなにか、しかるべきところへ行って、解決できるまでそこにいなさい」

「どこにも行かない。みんな大嫌い」と答えた私に、大学の光景が浮かんだ。掲示板に貼られた通知、ゼミ、貸し部屋の電話番号、図書館の索引カード箱、いつも人に使われているコンピューター、半円形の講義室、はめ込み式で引き出して使える机、便器に落ちて濡れたトイレット・ペーパー、教室の裏にある空調の制御装置から聞こえてくる音。そして、ちょっと理由があって決して忘れることのない、あの奇抜なサムエーレの言葉を思い出した。「昨晩月が落ちて、世界は終わろうとしています。手短に言えば、なすすべはありません。僕らは屈します。敗北です。僕らは愚弄されました」

「フェスタ家の息子マルコは正しかった。あなたのことを心配するべきだと言ったのは、正しかった。私は笑い飛ばしたけど、笑い事じゃなかった。あなたは何をしてるの？　あなたの人生と自分自身をどうしようと思っているの？」

マルコが何者なのか聞いたこともなかったが、私はよく知っているふりをした。

彼は私の十八歳のパーティにまで来ていた。ストライプのシャツを着て、ケーキを食べてあごにクリームを付けていた。それに気づきもせず、ほろ酔い加減で歩き回っていた。私は彼の青白さとひょろっとした背の高さにぞっとした。自転車、セーター、お直しをするズボン、ピースの足りないボード・ゲーム、五年落ちの古いテレビといった彼のお下がりで、私たちは常に養われてきた。あたりを見回すと、家が物に飽き飽きした金持ちのゴミ捨て場のように思えた。

「あなたは彼のことを何度も聞いているし会ってもいる。医学部で勉強している優秀な若者だから知り合いになるべきだって、前から言っている」

私は鋭い声で笑いたかった。口笛を鳴らすように笑いたかったが、笑えなかった。私は張り詰めていた。お腹が膨らんで、妊娠していると自慢できるくらいだった。

「あなたが一緒に出かけるあのおかしなクリスティアーノと違って、マルコはいい家の子なの」

「クリスティアーノのこと、知らないくせに」

「かっこいいから好きなの？　私と同じね。軽薄なちょっとかっこいい男と結婚した結果、私がどうなったか見てごらん。ひどい仕事をしている最中に落下して、私は今こうして死ぬまで世話をするはめになった。ほらここでお前の話を聞いている」。「私のお父さんだよ。植物じゃあるまいし」と私は母にとげとげしい声で言った。

父は頭や耳さえ動かさず、爪楊枝を持ったまま姿勢も変えなかった。骨盤を車椅子に預けてテレビ画面を見据える父の脚はますます短くなり、顔には美男子みたいに髭がまばらに生えていた。型崩れしたつなぎと古い靴下を身に着けて、美しい亡霊か花を植える最上のプランターみたいだった。

「ぜんぶ聞こえていればいいわね。どっちみち何もできないけど。我が家が息つく先は暗渠《あんきょ》ね」

「私は何か見つける」

「いいえ、無理ね。とにかく、あなたが勉強した分に見合う仕事を見つけなさい。保険も有給休暇もない不正労働のために、花屋やバールやレストランへ働きに行くのはやめなさい」

「その話はもうわかっている」

「わかっているの？　話じゃなくて私たちの人生なのよ」

「お母さんの人生」

「あなたの人生は私の人生」

私たちの上に沈黙の時が降りて、私は飲み込まれた。母の言葉は私を侵食して、私は自分が食いつかれるような気がした。反発して距離を取るべきだった。私の人生は母のものではなく、私のものだ。私の人生は私に関わることで、人生を作るのも壊すのも私だ。だから私は反発した。プランクトンと共にクジラに飲み込まれたピノッキオみたいに、海へ戻るためにクジラを蹴飛ばし飛び出すのだ。そして、水面に現れ、自由気ままに航海する。母の言い分の餌食にはならない。音素と言葉でできた母の喉に、私は落ちたりしない。逆上している母を見て、太ももの間を刺されたように私は椅子から立ち上がった。痒みが上がってパンツの中に入ったから、お尻の筋肉を締めて痒みを追い払おうとしたが、不快感はすでに居座り、スズメバチの巣を作ろうとしていた。私たちの暮らし、状態、屋根、食器類、将来、投資、昼食用の買い物、持ち合わせのないお金で。「私の人生はお母さんのものじゃない」。私は大きな声で体の底から叫んだ。ちっぽけな私の、湿ったはらわたから叫んだ。すると、私たちの大地が開いて木々が倒れるのを感じた。地滑りがしてドスンという音がした。私の顔は熱を、髪は電気を帯び、足がムズムズした。私の中に、怒り狂った下劣な生き物がいて、もはや自分で抑えられないほどだった。

父は不可能なほどゆっくり顔を向けた。壁、洗濯機、流しの下のゴミ、四回も吸い上げなければならなかった排水、道路に落ちた洗濯物、フックとして再利用した洗剤のキャップ、そしてたぶん私にも、父は哀れみを抱いていた。

私がキッチンを後にすると、母はかつてないほど静かになった。私の野生の叫びが母を黙らせたのだった。私は部屋へ行き、鍵を閉めて閉じこもった。

なぜ母はいつも反対するのか。母はダムのように屹立する。みんなのお母さんみたいに、あるいは少なくとも私が望むお母さんのように、どうしてそばに来てくれないのか。キスもしてくれず、なでてもくれず、髪をとかしてもくれず、安心させたり励ましたりもせず、人のことをとやかく言って高望みをして。言葉と非難で私の気持ちをひたすら傷つけ、夢や希望の終わりを強調する。

母は私に価値があまりないと感じさせた。失敗や凋落や、バラバラになった歯車や、夜更けなのに朝六時で停まった振り子時計のように、位相を外れた愚鈍な人間のように感じさせた。実際私は、どこで探して、誰に聞いて、どのようにうまく切り抜けるのかわからなかった。というのも、うまく切り抜けられなかったからだ。私は母が片を付けてくれるのを待つことしかできなかった。

イタリア語の先生がいつも舐めていたキャンディが鮮明に蘇った。アニスの匂いと、仕事を見つけるためのアドバイスも。なぜなら私は、時間を無駄にしたり、ぼそぼそ話したり、自分らしくない人生を真似したり、私など手を出さない方がよいような仕事を望んだりするのではなく、先生が言う堅実な仕事に狙いを定めるべきだったからだ。奨学金も生活の糧も器用さもなく、哀れでかわいそうな私の価値などほとんどなかった。

私は部屋の中を見回した。爆発させて轟音をとどろかせたかった。ノート、コピーした紙、本、図式、要約、メモ、カレンダー、日付、締切日、応募用紙、切り取って洋服ダンスに貼り付けた自分の名前——自分に似合わない名前が大声で呼ばれるのが私は嫌いだった——、差異の普遍主義、承認のレトリック、アリストテレスの『形而上学』、生政治、メシア主義、世俗化、『リヴァイアサン』、『第二の性』、ノマドの私、懐疑論、救済、郊外の入り口、色のスペクトル、自己参照、サディズム、サルトルの『嘔吐』。本棚と壁から一つ一つ引っ張り出して、すべてを襲い、ページをバラバラにして床に落とし、踏みつけたかった。

それから、まっすぐに堂々と置かれた辞書を見た。辞書はそこに、人からの評価も意地悪も恐れることなく鎮座していた。だから私は辞書に襲いかかった。なぜなら、最初に嘘をついて、言葉で人生を変えられると、一人称で書き換え語ることができると私に信じ込ませたのが辞書だったからだ。でも、そうではなかった。語るのはいつだって他人で、その人たちが私たちの定義や角括弧や私たちのルーツを見つけるのだった。

床に落ちた辞書を踏みつけ、釘を打つように床にたたきつけた。辞書がそれに応えて自衛するのを待ったが、辞書は何も言わずに黙って侮辱を受けていた。本の性質は私の性質に似て、無防備で不活性だった。

メロローグもまた役立たずだった。そんなことは誰もが知っていた。宇宙はメロローグなど必要としていなかった。舵取りや男性用室内着と共に、インク瓶やゲートルと共に、ことわざやこてこての方言と共に、逸話やあだ名や私たちが忘れてしまったすべてと共に、使われることのない用語の貯蔵庫にしまわれていた。

クマのバボルは部屋の隅にすわったままだった。輝きを失ってくすんだまま、私の凡庸な感情の激発に、大混乱に、居合わせていた。

＊＊＊

1. 勇気を出して突堤から飛び込む方法を教えて。
2. 馬に乗って、森の散策に付き合って。
3. ウサギのバットマンのお墓を尋ねて、ふざけた歌を歌ってあげよう。
4. 私たちの不安について話そう。
5. 一緒に手紙を書こう。
6. マルティニャーノへまた行って足漕ぎボートに乗ろう。向こう岸まで一緒に漕ごう。
7. 最高の日暮れが見られるヴィカレッロへ行こう。
8. 大きな声で言い合い腹を立てよう。
9. 家に戻って安全が確保できたら固定電話を鳴らす習慣を取り戻そう。
10. 赦し合おう。

　机の引き出しの中に、イリスのリストがあった。それは、不良少女の顔をした私の身分証明書や、腐った柔らかいキャラメルや、羽なしの生理ナプキンの包みや、爪切りの下にあった。私の部屋は、私と私の、私と母と家の、昔の私と進化した私の、戦いの場だった。私は今どんな種類の私に属しているのだろう。オオヤマネコかウナギか恐竜かもしれない。過去からやってきた私にとって、現在は窮屈で、自分のための空間がないように感じられた。

イリスが仲直りと永遠の平和を望むそれらの十戒のうち、私はどれも守らなかった。イリスとのことにけじめをつけて、してしまった間違いを回復するのに、私は何か月も何年もかかった。というのも、物事を先延ばしにしたからだ。明日にしよう、日暮れは明日の夕方見に行けるだろう、言葉に出さなくても謝ることはできる、湖を干拓したり突堤を引き抜いたりする人はいないし、ウサギはしばらく前に死んでいたから、レタスやナスにまぎれて裏庭に埋められたままでいいのだと、私は考えた。

私が物事を後回しにして他のことに気を紛らわせ、彼女に会わないことを、イリスは耐えた。そのうえ、マフィンを一緒に焼こうとか、テレビで吸血鬼の映画を見ようとか、野菜畑を一緒に散歩しようとか言って、私を家に招き続けた。私の大学卒業資格についての相談に乗ろうとしたり、自分の相談に乗ってほしいと言ったりもしたが、いずれも私は拒否した。運転できるようになったのを見せようと、自分の中古車で私の家の下まで来たり、夜が更けるまでメッセージを書いたり、私は取らないのに固定電話を鳴らしたりした。もっとも、母が電話の線を抜くようになったから、電話は通じなかったけれど。それに私は実のところ、自分の周りに塹壕を築くのに忙しかった。

その間、私は意味のないいつかの間の会話を楽しむだけで、イリスにはいかなる心配事も恥ずかしい出来事も大変なことも話さなかった。母との口論や学校での大変さも、アンドレアとの事件のあと元気をなくして感情が麻痺していた事実も、話さなかった。なけなしの自尊心についても、イリスの心を傷つけ、魚の私がやはり魚のイリスのありふれた命であるすべすべした体の周りに手をかけて、大きな噴水の水に沈ませたいという気持ちを、何となく抱いていることについても、話さなかった。

イリスは彼女の感情の記憶の中に、素晴らしくて価値のある、気さくでニコニコした、被害者であって人をひどい目にあわせたりしない私の、車の中で口を大きく開けて歌い、涼しい木陰で本を読む、はかない、一つの季節しか続かない、今にも消えそうな私のイメージを、呼吸ができないまま取っ組み合っていたときの水に沈んだ私の顔を、ずっとしまっていた。

エレナとアンドレアのことを知ったとき、イリスはすかさず一生懸命に戦士のように私を守ろうとした。私と私の元彼のあいだの使者を買って出て、彼に最後通牒と交際の取り消しを伝えたのも彼女だった。「あなたはもう終わったの。これで最後よ」と言って。

私がどんな人間かを集落のみんなが知るだろう。これは私を始終慰めた言葉だった。それは、彼らのために供物を置く台があり死刑執行人がいることとの、彼らの頭上に重力の法則で勢いがついた斧が落下して、鶏のような白い首を切断することとの、確信であり、私に「切断した頭はどうなるのか？　コレクションできるのか？」という問いさえ投げかけた。本棚から本がなくなれば、私の敵の切断されたすべての頭のスペースができる。私はそれらの埃を払い、見とれ、嘲笑と哀れみの印としてなでるだろう。彼らの頭が落ちたのは、私の手柄だった。集落中の人々が私がどんな人間かを知れば、彼らの評価は煮えたぎる油の中に落ちて、長時間フライにされ、消化できなくなるだろう。

イリスは、クラウディア住宅地区で車に火をつけたのが私だったことを、信じようとしなかった。彼女にとって、私であるという仮説は、世界の終わりのような破局や、決してありえない宇宙に属していた。彼女は、ズボンを太ももまで濡らして殺人未遂に没頭する私を、見ていなかった。

噂が集落に広がって襲撃のことが明らかになると、彼女は私を守るシナリオ、つまり、集落に住む二人の女の子のあいだの言い争いと殴り合いというシナリオに従った。二人が一人の男の子をめぐって蹴り合い殴り合ったという、単なる色恋沙汰だというシナリオに。そして、あの晩について新しくでっち上げられたそんな話は、一般の人々の注意を喚起したものの、よくある茶番劇の、若者間の争いの、そのあと三年もたてば、また会って笑い合うようなささいな口論の、当然のエピローグを聞いたと思う人がほとんどだった。遠くから見れば、どんな一大事も羽毛のように軽く思われるからだ。

イリスが私に罪がないと確信していたのは、そうしないではいられなかったからで、それ以前にエレナから嘘をつかれた経験があったからだ。エレナの場合は、信じてもらえなくて当然だったけれども。

集落の人でも、誹謗中傷し、非難して責めたて、陰口を言い、最初クリスティアーノに発して広がった噂に追随した人がいた。噂は、市場やスポーツ賭博のお店にいた人や、広場のバールの外にすわる人や、〈兵士《ソルダーティ》通りの散策路〉で腕を組んで歩く人の口を伝って巡った。それまで仲が良かった二人の女の子が殴り合ったらしい。ブロンドの子が赤毛の子の恋人を横取りしたために赤毛の子が怒った。するとブロンドの子も怒って、二人ともが手を上げた。ブロンドの方は信用できない。赤毛の子はよくやった。私だって、そんなあばずれ、ただじゃおかない。

イリスも頷いて、そのとおりだと言った。彼女の想像の中で、月に照らされたあの場面の幕が開いた。私はそこでつねられて怒鳴られた。地面に倒れた私の敵は、私に被らせた損害の償いをしないどころか、倒れたまま私の悪口を言い続け、私をぶちのめす方法を探した。それは、襲撃のなかの襲撃、非難への非難、打撃への打撃だった。

イリスは言った。フェイスブック上でエレナを注意して見ているから、彼女が誰と会ってどこにいるのか完璧にわかると。だから、もしアンドレアとの写真が出てこようものなら、すぐにわかる。そうなったらまた襲撃しよう。復讐をしてもっとひどい噂をまき散らそう。さらに深い切り傷を刻むような。

私はイリスに、「いいよ。でも、私はSNSを使っていないからあなたがチェックしてね」と言った。私は私生活を覗くことが恐ろしかった。それはまるでカルロッタの部屋のウェブカメラの目みたいで、かき回して探して覗いて、コメントを書いて、赤裸々な暮らしを共有する。ベッドの上のパンツ、掛かっていないシーツ、〈愛〉と題したデスクトップ上のファイルを。

イリスは繰り返し私に言った。今回の悪ふざけは私のせいではないと。私は信用がおけて善良で悪気がなく、母体のようだと言ってもよいと。過ちの責任は回って戻って回って戻って、罪のある人に戻って来る。私はイリスのリストを見て直感的に理解した。これらの十戒は、以前に戻るためにイリスと私が遅かれ早かれする十の事項であるのをやめようとしているどころか、私たちが決してすることのない十の事項に、私が失った十の事項に、失ったことを惜しむべき十の事項になろうとしていることを。私は自分がブナの森の真ん中にいるような気がした。足はずんぐりして毛深く、耳は長く伸び、鼻は地面を掘り返す豚のようで、森の土で汚れた蹄をもち、胃はどんぐりと昆虫と幼虫と卵と野生の果実とキノコで詰まった私が、空気の匂いを嗅ぐと、銃弾が発射された。誰かが私を撃ちに来たのだった。

***

湖に夏がやってきた。夏は、オレンジ味のシャーベット、フライドポテトの油が付いた指、腕の下に抱えたパラソル、一列に並んだデッキチェア、岸辺でのボール遊び、降下して、火を消すのに使う水を大きなたらいで汲む、消防署のヘリコプターの轟きを連れてやってきた。丘と牧草地に、配電設備に炎が見えた。

　少なくともこの三か月、イリスは家にこもっていた。メッセージには答えるが電話は取らなかった。メッセージには、養殖の鮭や野生のチコリや山で作られるチーズを話題にする料理番組をテレビで見て、朝、看護師が彼女に点滴をしに来ると書いてきた。けれども、点滴の理由も、治療が何のためなのかも、何の病気なのかも書きたがらないので、私はしばらくそっとしておいた。そして、私の仕事探しや、私に話す機会を与えなくなった母や、過ぎていくだけで何の解決にも改善にも至らず、誕生日や記念日や祝祭が過ぎていく時間について、無味乾燥なメッセージをやる気なく書いた。肉屋にまで履歴書を送ったのは、あれでも、大学卒業資格が牛の骨付きステーキを正確に計るのに、役立つかもしれなかったからだ。

私の人生を要約するには一ページで足りた。働いた経験も、職業訓練の講座に通ったこともないし、語学の検定試験も受けたことがなく、勉強しかしてこなかったから、履歴書を読む人に、私が自己犠牲を払って本にかじりついて勉強し、常に注意を払って社会の決まりを尊重してきたことを、何と説明すればよいのかわからなかった。私は命じられるままに勉強してきて、何かに先んじることも遅れることもなく、教育に必要なステップを忠実にたどってきた。そうして、すべての教育を受け終わった今、私は広がりも深みもない大勢の一人か、無用な概念の寄せ集めに戻ったようだった。私には経験が期待されたが、経験の機会を誰かが与えてくれるとも思えなかった。私は溶けたカスタード・クリームかジェラートのようだった。

夏が暑さを連れてノックすると、湖が私たちに呼びかけた。小さな広場や路地は夜更けまで人があふれて、バールは開店時間を延長した。木造の売店では朝早くからコーヒーを出した。海辺に家を借りるほどお金持ちでない人々が、ローマから避暑に押しかけてきた。冬に岸辺まで繁殖した藻は湖岸の施設のオーナーが切ったばかりで、石と、死んで頭部が開いた魚は片付けられた。赤いTシャツを着た湖の監視員も戻って来て、水浴許可証が、私とカルロッタとの友情の終わりが確実となったホテルで取得された。

私は自転車でイリスの家の外まで行って、インターフォンを鳴らした。お母さんが出てきて、イリスは眠っているし、みんな忙しいから上がってもらえないのと応えた。元気になったら電話するから、出直すのは止めたほうがいいと。私が、母がフェスタ家の木から収穫したレモンを一袋持って来ました、いい香りだから魚にかけたり皮をお菓子に入れたりするといいですよと言うと、そこに置いておいてくれれば後で取りに行くという答えが返ってきた。だから私は袋を日向に置いて帰った。私は、他にも持ってくる物はたくさんあったのに、よりによってなぜそんなに酸っぱい物を選んだのかと自問した。

何日かして、私はアガタに電話した。私のモトローラはディスプレイにひびが入って紫色っぽいシミが一部を覆っていたから、メッセージや電話番号を見るのに傾けなければならなかった。他のみんなはインターネットを年間契約してワッツアップも使えて、一日に十五回もメッセージを書き合っていたというのに。電話を取ったアガタは驚いていた。何年も電話していなかったからだ。高校を卒業して、少しずつ彼女に会わなくなった。話題がなかったからでもある。彼女はあらかじめ想定されていた通りに家族の会社で働いて、ルイ・ヴィトンのバッグを買い、晩になるとそれを持って突堤をそぞろ歩きした。深紅色やトルコ石色や紺色の付け爪をして、そこに人造宝石や真珠を付けたり、蝶の翅の絵を描いたりしていた。

イリスからはだいぶ前から連絡がないと、アガタは言った。ふたりの関係は何年かの間に冷め切ってしまって、アガタがイリスにメッセージを書いても返信がなかった。イリスはフェイスブックのプロフィールも消して、いなくなったかのように何週間か音沙汰がないことがあった。私たちの誰からも連絡させないようにしていた。それは私やアガタを罰するための彼女なりのやり方だったのではないか。私たちはとても表面的な友だちだったし、よくないことばかりしていた。

アガタも私も、イリスにしかるべき仕方で寄り添ってこなかった。その結果、彼女は戒めとして私たちを閉め出したと。その証拠に彼女は沈黙を保ち穏やかなふうを装っていた。重大な何かが起こっているわけではなく、彼女はただじっとしていて病気だった。そのうち、雲や嵐が過ぎ去るように彼女の病気も過ぎるはずだった。霧が晴れて霜が解けるように。

アガタとの電話のあと、私はイリスが残した兆候について考え始めた。お腹が痛いと言ったときのことを、スイカのもう一切れを食べたくないと言ったときのことを、むくれた足ともたれる胃について話したときのことを、体重が減って体が片手に入るほど小さくなったと伝えようとしたときのことを、私は何度も考えた。しかし、そんなことを考えても、彼女が陽の光からも馬場からも果樹園からも私からも遠く離れて、テレビのリモコンを近くに置いてベッドやソファに横になる姿は想像できなかった。

私は自分が失った土地をできるだけ早く取り戻そうと、イリスにスマイル・マークやハート・マークやキスのマークをひっきりなしに送った。イリスが元気になったらみんなで夢中になる活動の一覧表も作った。そうしてそれを、彼女が私たちのために考えてくれた十戒に加えた結果、二十、三十、そして五十二にもなった。彼女が元気になったときに一緒にすることは、まさに五十二に達した。私はそれらを無限に続くメッセージのなかで列挙して、自分が持っている限りのものをぶちまけた。彼女はこの常軌を逸したぞっとするほどの一覧表に、スマイル・マークで答えた。

私たちのこの距離を置いた連絡の仕方に、キーと番号を指で押す、強制的に距離を取りながらのおしゃべりに罪の意識を感じた私は、自転車で集落を回ってみることにした。バール、魚屋、広場、イリスの母がよく行く服の店を回って、マネキン、物件の貸し広告、路地、聖堂参事会の教会、建物の角にある、表面がだいぶ剝がれた彫像、水のしぶきを飛ばす噴水、コケを注意深く見て、イリスに何が起きているのかを、なぜ彼女が身動きできないのかを問うた。なぜなら、集落のみんなはそれを知っているのに、私に言わないようにたくらんでいると確信していたからだ。私を苦しませ、良心の呵責を感じさせようと、私ひとり、知らずにいさせるために。

一週間後、私が再び彼女の家の下を通ると、レモンの袋はまだそこにあった。陽を浴びてドロドロになり、動物の死体の匂いのような悪臭を放っていた。私は袋をつかんで、公共のゴミ箱に捨てた。

家では、けんかはしないものの互いに無関心を装う状況が続いていた。私はすねかじりの娘になり、何かを産み出すことも増やすこともなく、家にお金も入れず食事も作らず、財源も手当もなかった。追い出されて出戻ることは決してないまま、私はまるで、家族が夕食の時間にいやでも目にする塩の彫刻だった。私は、母にいろいろ聞きたかった。自分が何をすべきかと。なぜなら、母はいつだって何をすべきかについての答えを見つけてきたからだった。一方で、私は武器と戦車を手に入れて、他人のバリケードを攻撃してきたに過ぎなかった。母の反応の仕方は計画的であり、私の反応の仕方は戦いだった。母の場合、目的が明確だったが、私の場合、わかっているのはただ、他人が考える隙を与えず破壊しなければならないということだった。

私は兄に電話をして、イリスについて話してみた。夜更けで、月さえ沈んでいた。兄は私に言った。自分の身体的な痛みを見せたくない人がいるのだと。そのような人は病気に対して孤独を必要とし、自分の健康がすぐれないことが他人の話題になるのを嫌うと。私たちの伯父も、心臓が爆発してしまうまで、めまいがするたびに陽が当たったからだとみんなに言い、自分のことを話さないどころか、競馬やニレの木や高速道路の建設のことを話そうとしたと。私は兄に、その、何も言わないことがいらいらするのだと言った。私は彼女の病気の証人や疲労の語り手になりたいのではなく、彼女がいることを知っておきたいだけなのだと。つまり、彼女に会って、どんな顔をしているか見て、他愛のないことを言いたいだけなのだと。

だが、日がたつにつれて兄の言うことが正しく思えてきた。イリスとの連絡は断続的だった。私が朝昼晩にメッセージを書くと、十回に一回の割合で返信が届いた。そのなかでイリスは、たいてい「うん、ありがとう」とか「大丈夫だよ」とか「ううん、ありがとう」とか「またね」としか書かなかった。

だから、私は落ち着かなくなり、自転車に乗って彼女の家の周りを残飯に群がる蠅のようにうろついて、何かの兆しや動きを待った。足を折ったとか、顔をやけどしたとか、片方の目が見えなくなったとかかもしれない。頭を殴られて頭部に大きな傷痕ができて髪を短く切ったとか、ビタミンが不足しているとか吸収できないとか、一種の若年性関節炎によるこむら返りとかかもしれない。そのために自分を醜く感じて、力が出なくて恥ずかしいこの新たな状況を人に見せたくないのではないか。

しかしその後、私は彼女が外出するのを見た。お母さんが運転する車の助手席にすわった彼女の髪は切られていた。顔はげっそり痩せて真っ白だった。猫背になり、喉には肉がついて、目は大きくなって窪み、額は広がり、唇は腫れて締まりがなくなっていた。フロントガラス越しに見た彼女は、イリスではなかった。イリスを食い尽くした別人だった。

私は「イリス」と呼んで、近寄らずに手を振った。彼女とお母さんは方向転換して反対方向へ離れて行った。その残酷な光景を残し、私ひとり置き去りにして。

イリスのことは、まもなく集落中に知れ渡った。医師、看護師、彼女を偶然見かけた人、イリスのお母さんの友だち、お父さんと別れた恋人の男友だちのうちの、誰かが話したのだった。今、彼女の話で持ちきりだった。人々は理由と事の成り行きについて著しい興味を示して仮説を立てた。血液と結腸の検査結果が明らかにされると、小さな声で驚いたり涙を流したりして、バルコニーに病変と敗北が吊るされた。各自が私のただ一人の友人だった古いイリスを忘れて、新たなイリスの物語を分かち合った。

「先日、車に乗ったあなたを見たけど、あなたじゃないみたいだった」

私が彼女にこう書いても、返信はなかった。だから三回メッセージを送った。返信がほしかったからだ。彼女から私に言ってほしかった。「あれは私じゃなくて、別の子が私の真似をしたの。私はこんなふうにして身を隠している。何日の何時にあなたを待っているから、遅れないでね。この避難場所は危険で、私はすぐ別のところへ逃げてしまうから」

香水のお店から仕事の応募の返事をもらった日、クリスティアーノが電話してきた。お店は、哲学を実生活に応用できる私を、開店したての、リラクゼーションや体のケアとヨガを専門とするお店にふさわしいと考えたのだった。電話のクリスティアーノは深呼吸して、不確かな信号に調子を狂わされているかのようにためらっていた。

「どうしたの？」と私が繰り返して言うと、もごもご言うのが聞こえて、それから彼の声は安定した。

「彼女が亡くなった」。彼は落ち着いて言った。

彼の言ったことが理解できずに、私は「誰が？」と聞いた。向き合うことも理解もしたくなかった私は、理解しないままじっとしていた。

「残念ながら、イリスだ。俺の親父が彼女のおじさんに会社で会った」

「嘘よ」。クリスティアーノは嘘を言ったのだ。

「嘘じゃない。重症だったんだ。家族が一週間前に彼女を緩和治療のクリニックに運んだ。母親は家で半狂乱になった。葬式はしないらしい。火葬を待っている」

「誰の？」

「イリスだ」

私は、クリスティアーノが嘘をついていると言った。彼の物語や伝説、名前や出来事のでっちあげやおしゃべりにはうんざりだと。そして反論した。イリスは火葬を待ってなんかいない。家にいるだけ。今も私は彼女にメッセージを書くところで、彼女はきっと返事をくれる。だから書いてみる。何度も書いて、出てくれなくても電話をかける。

その夜、イリスを夢に見た。彼女は廃屋の三階の端にすわっていた。そこで待っているのだと言った。「世界は終わってなんかいない。月が出ているよ」と。

翌日、死亡を知らせる紙が貼られた。紙はそれぞれ異なっていた。ある紙には顔写真の下に生年月日と死亡日が書かれていた。イリスが亡くなって三日たったと、世間は私に告げていた。ポッジョ・デイ・ピーニの交差点の、鉄の掲示板の、他の人たちの死の上に彼女の死亡報告書が貼られた。その紙は雨を吸い込み寒さに痛めつけられ、擦り切れていくはずだった。彼女の死を、やがて魚祭りの広告が覆うだろう。夏になると、湖岸ではみんながワカサギをフライにするのを楽しみに待つ。

十二章　ガソリンの味

私とイリスはヘリコプターが落ちるのを見た。嘘じゃない。

私たちは湖の浜辺にタオルを共有してすわっていた。水着は濡れていて、濡れた髪が肩に掛かっていた。水浴客たちが湖に出入りするのを目で追っていた。イリスはサングラスを額の上にのせて、苺味のアイスを舐めていた。私の手は砂で汚れていた。屋外で遊びながら甘やかされておだてられ、大声を上げるのをよしとして育った子どもたちの叫び声が、私には耐えられなかった。

オルソは頭にマルタのタオルをターバンのように巻き、つま先で歩くラモーナを従えて水際を練り歩いていた。ラモーナがオルソに言った。「ちょっと踊ってよ」

マルタは使い捨てのカメラで、イスラム教の苦行僧やトップ・モデルや曲芸師やサーカスの主役のポーズをとるふたりを、写真に取り始めた。そんな彼らが笑ったり飛び跳ねたり、暑い地面に誰が長く足をつけていられるか競う声が、聞こえていた。

グレコはバールに水を買いに行った。彼のくるぶしは毛深く、額に貼りついた髪はプラスチックのように光沢があった。戻って来たグレコがサンドイッチと缶入りのスプライトをご馳走してくれたので、みんなで分けて食べた。イリスは缶の右側から、私は左側から、一口ずつ飲んだ。泡が口の中に広がった。陽が真上から照り付けていた。

グレコは私たちのタオルの外の、イリス側にすわっていた。少しずつ移動して、タオルの上に自分の場所を取ろうと、もっとイリスの近くにすわろうとした。私は彼がしつこくするのを感知して、オルソが呼んでいるよとグレコに言った。グレコの写真を撮ってもらって、その写真をみんなで印刷して家に貼ろうよと。イリスも彼に「早く行ったほうがいいよ」と言った。

するとグレコは立ち上がって、私たちの方を残念そうに見ながら走って行ったので、私たちは笑った。「彼ね、いつも私の太ももに体を擦りつけてくるの」とイリスが言った。

そのあと、湖の、入り江の後ろの方から大きな音がしたかと思うと、黒く引き締まった機体のヘリコプターがいきなり現れた。スズメバチのようにブンブンうなりを上げ、思い切り派手に衝撃を与えながら上下降を繰り返し、尾翼を振って暴れた。人々はそれが、水浴客を楽しませるために急に思いついたアトラクションだと思って拍手をした。

ヘリコプターは片側に傾き、それから再浮上を試みたが、さらに片側に傾いて危険な状態になった。しかし、それが計画的に行われたものであり、航空博物館か、二人乗りの飛行機が上昇してくる数ある飛行機クラブのひとつから飛び立った、航空機の演習に違いないと確信していた私たちは、眺めていた。

そのあとも笑い声がして子どもたちが目を見開くなか、いきなり爆発音がした。ヘリコプターは水面をかすめたかと思うと、転覆して爆発した。一瞬のうちにバーンと爆発した。炎がぱっと燃え上がって煙が立ち込めた。プロペラと機首が水に沈んでいた。砂浜から叫び声がした。すでに水の中にいた、襟元の広いランニングシャツを着た水浴場の監視員は、ペダルボートを必死で漕いだ。ヨット・クラブからはモーターなしのボートで人々が出動し、事故現場へと漕いでいった。水浴場には驚愕の沈黙が漂っていた。

その日、誰が亡くなったのかはわからなかった。操縦ミスなのか、調子に乗りすぎたのか、災難だったのか、誰が煙にいぶされて水中に溶けたのか、知る人はいなかった。

イリスは「誰かが助けないと」と大声で言いながら立ち上がった。

私はタオルとスプライトの缶とサンドイッチの最後の一口を手に持って、イリスを引っ張って行った。救助も救護も片付けも、私たちが関わることではなかった。

ただ見放された人もいると私は思った。

潜水班は死体を見つけられなかった。見つかったのはボートに引きずられてきた鉄くずの山だけだった。湖では数日間水浴が禁止された。水面は黒いガソリンの匂いがした。

＊＊＊

私が手紙を書く時は、何か辛い思いをしているときだとみんなは言うけれど、今、私を辛くさせているのはあなたです。

考えると苦しくなってくること。それは、あなたのヒールのある靴や房飾り、エナメルのブーツ、あなたの部屋の窓の下に並べてある人工石付きのサンダル、お腹が突き出た人のよさそうな男性がチーズやヤギについて話す料理番組を探しているときに、リモコンに添えられたあなたの指、トレヴィニャーノにあるバールの男の真似をして頭を揺さぶるあなた――彼は髪が多すぎて、頭が首に重くのしかかっているように見えた――、頭を揺さぶる身振りが、年を経るごとに別の決まり、すなわちそのバールへ行こうと言う合図になっていったこと――彼はもう解雇されていたけれど――、水中で見るとあなたの輪郭が揺らめいて顔が影になっていたこと、むくんでいるといつも言っていたあなたの足、「こんなの人生じゃない」と言って笑い始めるあなたの身振り、あなたが新たに名前をつけた物、とても深い水と火事と嘘をあなたが怖がっていたこと、花屋の息子と一緒にいた元旦の夜、私があなたを置いて立ち去ったときに、「なんで私を置いてきぼりにするの」と言うかのようだったあなたの顔、あなたのほとんど知らない人のなかにあなたを置いてきぼりにしたこと、燃える案山子《かかし》、あなたのおばあちゃんに私の家族全員のマフラーやセーターを編んでもらっておきながら、感謝すらしなかったこと、あなたに会いに家へ行ったとき、一階にすわっていたおばあちゃんがカーテンの向こうから微笑んでいたこと、クリニック、緩和治療、私の痛みは誰も、モルヒネでさえなくすことができない事実。これらのことを考えると、私はとても苦しくなる。

ある日のことを考えると、私は苦しくなる。馬場でのある午後のこと。あなたは乗馬の練習をするのを見せようと、私を誘った。馬場に着くとすぐに、あなたはタンパがどこにいるか探した。あなたがかわいがっていた馬のタンパは、不格好で言うことを聞かず体も歪んでいたから、誰にも好まれなかった。だけどあなたは世話を焼いて、タンパの体をまっすぐにした。あなただけがタンパに食べ物をあげて尻尾をきれいにした。一メートルの障害物を跳び越えさせることができたあなたは、タンパに競技会の準備をさせたがっていた。だけど、私たちが馬場に着いたとき、厩舎の仕切りはぜんぶ馬で埋まっていたのに、タンパはいなかった。馬場の人たちがタンパを丘の方へと放ってしまったのだった。雨が降るなか、タンパは見つからなかった。

私の前に、タンパの馬毛用のブラシを持って泣くあなたがいた。鞍はかけ釘にかけてあった。タンパはあなたの馬ではなかったから、厩舎の仕切りにタンパをいさせるためのお金を払うことはできなかった。娯楽用の馬だったタンパについて、あなたは言ったことがあった。「タンパは自然の草地に慣れていないし、蹄鉄もちゃんとつけてもらっていないから、足が痛くなって歩けなくなる」と。私は解決策も返答のしようもなく、慰めることもできずに、あなたが絶望して泣くのをただ見ていることしかできなかった。あなたが味わっているその誤りを私は理解していて、解決策を見つけて仕返しをするよと、あなたに伝えるための手も指も持ち得ていなかった。十頭でも二十頭でも、私が馬を買うお金を見つけて、あなただけの馬場を開ければよかったのに。そこであなたが馬たちに名前を付けて、いかにエレガントで迅速でいられるかを馬に教える馬場を。けれども私はこう言っただけだった。「馬は普通自然の草地にいるものだから、タンパの足は痛くならないと思う。野外にいられるんだもん」。するとあなたは私の無理解に傷ついて後ずさりした。なぜならあなたが傷ついていたのは、タンパのことだけでも、競技会に出られなくなったことでも、お金がないことでもなかったから。あなたが傷ついていたのは、あなたを傷つけることを誰も気にしていないことだった。

あなたは私の前を通り過ぎて、帽子を持って草地へ行った。何日間か乗りに来ていなかったイギリス人の女性の馬に乗って、ゆっくり、速足で、駆け足で、あたりをぐるぐる回った。あなたの顔にはぶつける先のない非難の感情が表れていた。私は草地の端に残って、あなたが砂埃を立てるのを見ていた。砂埃にむせて咳き込んだ私は、蠅と雑草にまぎれて影に身を寄せた。

翌日私たちは、タンパが本当に歩けなくなって、まもなく畜殺されることになったと知った。

その日、私はあなたに、タンパにお別れを言うのについて行こうかとは聞かなかったし、あなたもそうしてほしいとは言わなかった。あなたはひとりでタンパの最期に立ち会いに行った。何日たっても暗い顔をしているあなたに元気を出させようと、アガタがあなたを彼女の馬場に招いた。アガタが新しい馬を選ぶためによく行っていた馬場だ。そこには何頭か調教用の若い馬がいた。だけど、あなたは言った。「同じじゃない」と。

このことは私を苦しめた。確かに同じじゃなかったから。

タンパがいなくなって、同じじゃなくなった。あなたがいなくなって、同じじゃなくなった。

この手紙、本当にいやになる。学校の作文よりひどい。この手紙をあなたが受け取ることなどないし、私が送ることもない。だから、ないに等しい。

でも、あなたが手紙を書いてと言ったから、ほら、書いたよ。何の役にも立たないけど。
あなたがいなくて寂しい。私は本当に最低の友だちだった。

あなたのガイアより

＊＊＊

魚祭りで、湖の岸辺は風船やハイヒールを履いた母親たち、揚げたカワカマスの頭であふれかえっていた。真夜中に行われる花火を待って、砂浜は立ち入り禁止となった。以前は砂浜にすわって花火を見ていたが、花火の断片が岸辺にいた女性に達して、その人の麦わら帽子に火が点いて以来、禁止された。そのとき子どもたちはひどく驚き、私たちは危ない場に居合わせているのを面白がって笑った。

人々は〈山小屋〉という名のレストランから〈兵士通り《ソルダーティ》〉の裏側までをそぞろ歩きした。繰り出した人々はキャンディを舐めて飲み込んで、バールに立ち寄って丸い小さなピッツァを買ったり、手すりにもたれて写真を撮ったりした。男の子たちは挨拶するとき、ウインクをした。冬になって見なくなった子も、また戻ってきた。この魚祭りはみんな必ず来るイベントだったからだ。

木の舞台では、愛好家による見世物が繰り広げられ、踊り手、即興の歌手、髪にスパンコールとヘアスプレーをつけた女の子たちが、次々と登場した。喜劇俳優も現れて人々の笑いを誘おうとしたが、人々の笑顔は引きつっていた。一列目の席は常にほとんど空席だった。目には見えないものの、人が行き来してうるさいなかで演じる者もいた。

花火を見る私のお気に入りの場所は、ある家の平屋根だった。そこには、役場の建物のすぐ下にある小さな公園の柵を跳び越えれば行けた。

そこからは湖がちょうど見渡せた。高すぎるアンテナも邪魔になる木々もなく、その完璧な四角い枠の中で、花火の音と光が炸裂した。花火でできたハート、しだれ柳、黄色い小さな星。轟音が鳴ると子どもたちは耳を塞いだ。夜の中に立ち上がる光の噴水、濃い煙、湖面に残った燃えかす。私たちの集落がどれだけ素敵な祭りをするかを見に、湖のあらゆる集落から、ローマから、人々がやってきた。

道路が閉鎖されたので、みんなは遠くに車を停めて歩き、アスファルトの堤に沿って一列になって進んだ。小さな子どもは抱いて、畳んだベビーカーはわきの下に挟んで、スカートは草と砂埃が付かないように指二本で持ち上げられていた。みんなは魚祭りにふさわしい化粧をして、髪を逆立ててボリュームを出し、切りそろえた前髪にアイロンを当て、細いひものサンダルを履き、V字に胸元が深く開いたTシャツを買い、ブラジャーにはパッドを入れ、太陽も出ていないのにサングラスを額の上にかけていた。

私は自転車で、家々に落ちて来るミサイルのように〈十字架《クローチェ》〉の坂を走り降り、突堤まで来て着地した。それからレストランの裏で曲がって、自転車を乱雑に繋いだ。オオカミのように飢えた私の目には、みんながお祝い用に着飾っているように見えた。そこには敬意も感情もないと思った。人々は色とりどりの服を着て花をつけ、誰一人私が喪に服すのに寄り添うためには来ていなかった。

私の服はほとんどすべて黒だったから、何一つ新たなものを特別に用意する必要はなかった。一つだけ喪に反したとすれば、それは髪だった。髪の色は鏡の中で私を困惑させた。私の体のすべてが枯れていくなか、どうすれば赤色で肉欲的で花のようでいられるのか。誰の許しを得て、そんな髪でいられるのか。

突堤のある広場を避けて、私は路地を上がった。若者たちが集まっているのを見ると、否が応でも私の年月が、あの怠惰で眠ったような、変わることのない年月が、過ぎてしまったことを思い出すからだった。その年月は近い将来、季節の終わりのような人生に飲み込まれるはずだった。

私は下を向いて敷石を見ながら歩いた。斜めに掛けた小さな鞄が脇腹に当たった。人々が笑っていた。いったい何を笑っているのか。なぜ笑うのか。知っている子が二人通って目を見開いて私のこわばった顔を見たが、あえて挨拶をしなかった。表情から彼女たちがすべて知っているのがわかった。知っている彼女たちが、とてもいやだった。この地では秘密を持つことができなかった。死や悼みさえ隠すことはできなかった。

私は石段を通って小さな庭へ上がりたかった。私の欄干を跳び越えて、もうじき訪れる真夜中をひとりで待ちたかった。そう思ったのは、その屋根の空間が私の永遠の回帰であり、過去と接する場所だったからだ。私の時間は巡っても、眺めは常に同じだった。音もそうだった。花火が炸裂するとすべてが濃密になり、何も過ぎ去ることのない永遠の錯覚が得られるはずだった。すると、私たちは今も足を組んでそこにすわり、目に花火を映すはずだった。

一人の女の子に私は引き止められた。ウエストで締まったバトンガールのような短い服を着ていた。腕が太くて長かった。一目見て誰かわかった。イリスと一緒に高校へ通っていた女の子の妹だった。小さいあごがしゃくれて猫のような目をした彼女は、私を見て罪を悔いているように見えた。今にも膝と腰を上げて、片足で旋回しそうだった。「私、知っていたの。本当に残念なことになってしまって。とってもきれいな女の子だった……」

ぼそぼそ言う彼女のお悔やみの言葉は、うなじへの弾丸のようで、思いに沈んでいた私の目を覚まして事実へと立ち返らせた。みんなが私を哀れみの目で見て、私を引き留めて儀礼的な言葉をかけるという事実へ。確かにイリスはとてもきれいな女の子だった。そんな彼女にみんなは馬術用のブーツを履かせて、火葬した。

だから私はその子を突いた。彼女の若い体は、生きることを許されているかのように、恥もなく息をして動いていた。私は彼女に、誰も死んでなんかいない、彼女の身の毛もよだつようなお悔やみの言葉などいらないと怒鳴って、ひじで突いて襲い掛かった。彼女の友だちが止めようと間に入って、私をぐいっと引っ張った。私は彼女たちの病根や偽善から、イリスと自分の身を守ろうとし続けた。あなたたち、みんなして今晩のために着飾って化粧して、乾杯の準備ができているのね。

気づくと彼女の服のなめらかな布地をつかんでいた。私はそれを引っ張って破りたかった。バンド付きのパレード、陶器を売る屋台、キャラメルでコーティングしたハシバミの実、王女様の形の風船、油が染みた紙包み、家々のあたりに立ち上る蒸気。私が身をくねらせようとしたら、何者かが私の肩をしっかりつかんだ。落ち着くようにと繰り返し言って、私の体を支えた。

それが誰かわかって、私は大声で言った。「クリスティアーノ、何とかして」と。

クリスティアーノが私をつかまえたので、彼女は私の爪から、魔の手から救われた。私の顔はおぞましかった。私たちの周りに人垣ができた。彼女は恐ろしがって泣いた。私はなおもクリスティアーノに何とかしてと言った。彼が事を収められないなんてありえなかったから。今まで彼はタイミングよく現れて、マッチとガソリンを持って、暗がりを通って私を無事に連れて行ってくれ、私を非難したがる人を黙らせ、裏切りから私を守り、撃つ弾を銃身に入れてくれた。受けた害の復讐をするために、撃つべき物や人がいる。

「お前ら、何見てんだよ」。肉の塊と化し、汗をかいて顔色が悪く力が抜けた私を腕でつかんだクリスティアーノが言うと、人々は遠ざかって行った。

イリスが病気になったのには、理由があったに違いないと私は思った。合成保存料かも、ポリリン酸塩かも、温室効果ガスかも、殺虫剤かも、燃やしたプラスチックかも、電波塔の放射線かも、ラジオ・ヴァチカンかも、水中の砒素《ひそ》かも、家々の屋根の石綿スレートかも、携帯電話やWi－Fiから発した電波かも、肉体のホルモンかも、自発的な喫煙か受動喫煙かも、鶏や乳牛に与えられた合成肥料かも、河口のタールかも、車のスモッグかも、下水処理をしていない汚水かも、薬とその廃棄物かも、ボディクリームに入ったシリコンかも、添加物と塗料かもしれない。

もしかすると。だから私たちは彼女を殺した犯人を一人ずつ探していかなければならない。何としてでも。

クリスティアーノは私の額を押さえて噴水まで連れて行き、近寄って来る人に、助けは必要ないと言いながら、私の顔を水で洗った。

「俺にできることはないよ」と彼は言った。私が着ていた服は濡れて、鞄は水に浸かり、モトローラの携帯は地面に落ちて、水たまりの中で泳いでいた。

そうこうするうちに、空砲が三発撃たれるのが聞こえた。花火の始まりを知らせる空砲は、集落の低い谷あいに響き渡った。田園地帯でも旧市街でも聖堂参事会の教会でも魚屋でも魚のフライを売る小屋でも、〈山頂《ピッツォ》〉のカーブのところでも聞こえた。一、二、三。そして、花火大会が始まった。

＊＊＊

一九六〇年代の終わりに、ドイツ人がこの地の旧市街の良さに気づいた。

城塞の中心の塔と、その他の塔と、庭園に近く高みにあって堅固に守られた部分は、かつてオデスカルキ城の前哨地点で、湖を見張る場所だった。

そこには、敷石の小道が聖堂参事会の教会まで登っている。大きな結婚式が執り行われるこの教会では、花嫁が胸元の大きく開いたドレスを着ていると、教区司祭が誓約を大声で言い渡した。

この教会で結婚するためには、まとまった金額の寄付をする必要があった。寄付金が少なければ、司祭は音楽をなしにしてしまい、花嫁は写真を撮るカシャカシャという音と子どもたちがクスクス笑う声がするなかを静かに入場するのだった。

旧市街にはまだ工房が少し残っていて、バールもある。バールのプラスチックの椅子には老人と役場で働く人がすわっている。おおよそいつも開いたままの巨大な木の門からアクセスできる旧市街に入ると、レストランが三軒、自然石で作るアクセサリー・デザイナーの仕事場、タバコ屋がある。刺青とウィンドサーフィンのお店もあったが、今はもうない。靴屋は生き延びた。それから、口を大きく開いたウナギの噴水がある。

下の階に寝室が、玄関のすぐそばにキッチンが、湖に面したテラスに小ぶりの石柱があって、古壁の匂いがする、そんなうらぶれた小さな家にドイツ人は好んで住んだ。

ドイツ人は家や店を買って商売を始めたが、すぐに閉店した。集落ではよそ者は好まれなかった。集落の人は、保存と維持に、保存食のねばねばした液体に、樽を閉めることに興味があった。

ドイツ人は新市街で仕事を探し、旧市街の下の浜に裸で降りてきて、日向に寝そべり、ニシンのサンドイッチを食べて、麦わら帽子を買った。そんな彼らを集落の人は嫌った。腫瘍の転移のように忌み嫌った。彼らは病気であり、撲滅すべき存在だった。

湖を美しいと思い、湖が太陽と色を引きつけて空と溶け合うと考えたドイツ人は、湖をさらに素敵にしようと、ドイツから白鳥を連れてきた。

一目見たところ飼いならしやすく、豪奢な羽毛の誇り高い無害な生き物を、二羽連れてきた。

集落の住人は、外国人が湖の動物相を変えるのを目の当たりにすることが耐えられなかった。彼らにとって、すべては集落内で現状を保ち、絵に描かれて壁に貼られるべきだった。だから、白鳥は毒を持っていて病気をもたらし、あらゆる魚を食べ、他の鳥も殺してしまうし汚いと、漁師が言い始めた。

そんなある日、櫂で漕ぐ小舟に乗った二人の漁師が、魚を釣るかわりに小さな網で白鳥を捕まえて首を絞めて殺し、料理した。旧市街の下にあった木々のもとで、白鳥の肉を焼く煙が上がった。その道は散策禁止の区域にあった。そこよりずっと手前で、散策可能な道は終わっていたからだ。

ドイツ人は、大きな羽と尖ったくちばしを持つ、自分の子どものように思っていた白鳥に涙したが、気落ちすることはなかった。新しいことをもたらすには一徹さが、変化を納得させるには粘り強さと熱中することが必要だった。

別の白鳥がやって来ると新たに焼き肉にされるということが繰り返されたものの、白鳥がゆったり泳いで子を産むのを見ているうちに、集落の人々はいつの間にか、小鴨やガチョウを一列に従える術を知る堂々としたその生き物を、好きになり始めた。

こうして白鳥は残り、岸辺から岸辺へと移動した。白鳥の中に黒いのがいて、ブラッチャーノ湖岸沿いの城の下にいるのが、遠くから認められる。あれから三十年たった今、人々は白鳥の子孫たちを湖岸沿いで探し、干からびたパンを与えて羽をなでたがっているにもかかわらず、この黒鳥だけは決して人に近寄らない。

しかし白鳥は、知られているように、池に定住して決まりに従う鳥ではないから、ちょっとしたことで腹を立てる。白鳥を見つけたら、取るべき距離を知っておくことが必要だ。

私がこの地へ来て最初に学んだことの一つが、ガチョウには何も考えないで近寄ってよいが、白鳥にはだめだということだった。白鳥はヌートリアの背中をつついて、水中で羽を広げて追いかける。それに、白鳥は少女と大人の女性の区別をしない。敵だとみなしたら、攻撃態勢に入る。かつて私は白鳥だった。人々は私を除外したが、私は何が何でもこの地に落ち着こうとした。そのあと私は人を困らせ、固くなったパンの塊——それはその人の愛の施しだった——を持って私に近づいてくれた人にもけんかをしかけた。

今、湖畔の道から眺めていると、白鳥たちが食べ物を探して水に潜っている。尾の先だけを水面に残して、頭は見えない。頭を上げるとこちらを見る。まるで、湖底の藻はもはや昔のようにはおいしくなくなったし、別の場所へ渡っていく時かもしれないと言っているかのように。

＊＊＊

家は物が床に落ちる場所だ。

私たちはすでにお皿三枚とグラスを二つ、それに食器棚のガラスを割ってしまった。キッチンの中央に青白い水たまりができたかのようなミルクのボール紙の上に、割れた物が置かれた。

母はスーパーでもらった段ボール箱を運んできて、廊下にずらっと並べた。いつものことだが、空いた場所に適当に置いたのではなく、すべてが安全に積み重ねられ、正確を期して置かれた。どの箱もスコッチテープで閉じられていた。箱の上に私たちはマーカーで中身を記した。歯ブラシは歯ブラシでまとめ、カーテンはカーテンでまとめた。本は母がくれた黒い袋に、古い物やごみと一緒に収まった。母はそのことに気づいていなかったけれども。

母は私たちの船の船長で、私たちを導き、私たちは母の航路に沿って航行した。母は命令を下し、水平線に嵐がやってこようとも教えを授けた。何かが落ちて壊れると、「壊れてしまった物のことは忘れよう」と言った。「壊れていないもの、ないと困るものを大事にしよう」と。私たちは初めて物を捨てた。もう作り直したり飾り付けや糊付けをしたりニスを塗り直したりしなかった。

双子は、大理石の彫像を扱うにふさわしい念入りさでテレビを梱包した。父は双子を心配そうに眺めた。ひびが入ったり、滑って落ちたりして、彼の王国が終わってしまうのを恐れていたのだ。

私は大きな袋二つに服を入れた。そして、今や私の体が拒む物を隅に積み重ねた。きつすぎるスカート、ロー・ウエストのジーンズ、お尻のところに穴が開いたズボン、肩ひもが両方取れたブラジャー、そのうちまた使うかもしれないという考えに取りつかれてずっと保存しておいたガラクタは、今見ると私そのもののようだった。擦り切れた布、繊維がバラバラになるほど繕った靴下、腋の部分に母でさえ消せなかった汗の跡がついたTシャツ、色あせて胸の位置にシミが付いた、あの輝くばかりの夏の黒い水着、黄ばんだパンツ、アスファルトに擦れてだめになったズボンの裾、灰の匂いのするスーパーマンのTシャツ。テニスのラケットも、匂いを嗅いで指でなぞり、リラのようにかき鳴らしてキスをして捨てた。今日まで愛し憎んできたラケットと〈耳〉に、別れを告げた。

私は結婚して家と子どもを持ち、仕事をしていてもおかしくなかった。だがそうではなかった。私は子ども部屋に残った物を集めて、部屋を私の部分と兄の部分に分けるシーツがなくなった後もかけっぱなしになっていたひもを、壁から引き抜いた。兄のパンツを二枚、バスケット・ボール、ゾウの絵のあるパジャマのシャツ、歌手のポスター、チェ・ゲバラの顔の旗、羽毛布団の下で何年も兄を待ち続けたシーツ、高校のときの絵、なめらかでない力の入りすぎた字で兄が書いた紙を、私は集めて運び出した。

私たちは、剝ぎ取られた物がなくなった跡を壁に、カビを部屋の隅に、残していこうとしていた。それに、もう何も支えることのない飛び出た釘、棚があったところの穴、シミがついたタイル、隙間に入り込んだ血跡と埃と髪の毛と表皮と切った爪も。

「あれはここに残しておきなさい」と、母はピンク色のクマを指さして私に命じた。「子どものものだから、あなたにはもう必要ないわ」。こう言って、部屋を出て行った。

しばらく前からそうだったが、母は私の返事を待たなかった。言いたいことを言って、終わりだった。互いに話し合うことは許されず、意見の分かち合いなど忘却の彼方だった。私が「イリスが死んだ」と言ったとき、母は「子どもを失うのが一番辛いことよ」と言って立ち上がり、さやいんげんの下準備をしに行った。私たちの追悼と苦しみの移行は、こうして終わった。

母は以前よりコンパクトになったというか、痩せた。肉体の活力を失った一方で、精神的に狭量になり、すべてを厳しく捉えるようになった。だから、無秩序や、私たちが集団で母の言うことを拒むのが耐えられなかった。

何か月か、母が夜も家の中をうろうろして、人からひどいことを言われているかのように電話口で話し、怒鳴り、手を宙に振り回し、テーブルなどの表面をたたくのを見たり聞いたりした。

マンチーニ氏の未亡人ミレッラ・ボレッティは、ローマの集合住宅を又貸ししていた。ところが、契約書も交わしていない借り手たちがマンションの管理費を払わなかったために光熱費の支払いにも問題が生じ、管理人と守衛の女性が母に知らせてきて、未払い金を払うように言った。母はミレッラ夫人に電話をしたが、夫人は電話を取らず、無視し続けた。ようやく電話に出た夫人は、母と争う用意があると告げた。母が夫人をわずらわせるのを止めなければ、トリエステ通りの家の管理権も取り上げると言った。なんと言っても夫人にはコネがあり、彼女は事情に通じていた。一方で母はひとりで、家族は大変な状況にあり仕事の契約もなく、全員が母に寄りかかっていた。

その日、母は食事もせず眠りもしなかった。夜中にトイレに行くとき見ると、母はソファにすわって消えたテレビ画面を見つめ、暗闇の中で考えを巡らせていた。

翌朝、キッチンにいる私たちのところへ来て、母はこう告げた。フェスタ家の庭師でジャコモという信用できる男性と話して、彼が一週間したら私たちを迎えに来てくれることになったから、私たちは急遽この住まいを空けなければならないと。

「あの女は、私が降参すると、私をだまして勝ったと思っているけど、私は家を占拠して、誰が私を連行するか見ようと思うの」。こう最後に言った母の顔は、少しずつ小さくなり始めていた。

こうして、母は私たちにするべき仕事を分け、カレンダー上にアパートを出るまでの七日をマークした。

ローマの守衛の女性と管理人には、私たちがもうすぐ戻ると伝えられた。ミレッラ夫人にも同様に。母は彼女に長いメッセージを書いた。文法はあまり正しくなかったが、脅し文句ははっきり書かれていた。「一週間のうちに借家人たちを私の家から追い出しなさい。そうでなければ、私が自分の手で追い出します」と。

双子は文句を言ったりせずに、かき集めた自分たちの持ち物を大切に扱った。彼らは背が高くなり、手も大きく、あごひげがある男性の風貌と言ってもよいくらいで、性欲もあった。二年前の冬服を窮屈そうに着た彼らは、物のリストを作って箱詰めしようとしていた。目と指で表現する彼ら流の言葉を使って、口を半分開き、自分たちはどうにかなるさと小さな声で言い合っていた。

空っぽになった家を、そのむき出しの体や、ひびや、記憶や、分厚い皮膚や、ひじの窪みや、へその皺のうちに、じっくり見る時間を私は持てなかった。私は母の猛烈な力によって外に引きずられた。母はまるで、すべての枝と石とヘビを溝へと押す、水の流れのようだった。その川のような体に、ブレーキを掛けることは決してなかった。

今や私は若い女性だった。すでにいい歳になり、家庭内で反抗するわけにもいかなくなった。

もっとも、反抗などできたためしはなかったけれど。このことは、駅を乗り過ごしてしまった結果、終着駅まで旅を続けなければならないということに似ていた。これまで誰も、私の意見を尋ねようとか、最重要の決断に参加させようとか、考えてくれなかった。母は私が子どもだった頃と変わらなかった。崩れそうな家の壁を一人で支え、私たちを背負って燃える家の外に連れ出す、そんな母だった。

私の部屋のドアを閉めると、その向こうには、十八歳の誕生日のオレンジ色のポスター、イリスの写真、アガタの写真、月日と役立たなさによって擦り切れたクマのバボルの鼻面、クロスカントリーのレースで獲得したメダルと同じ重さのトロフィーが残った。あの勝利と距離への力の瞬間は、単に砂埃として残った。

月曜日は洋服ダンスを空にした。火曜日はバスルーム。水曜日はキッチンに吊られた食器棚。木曜日は絨毯と布類の番。金曜日は黒いビニール袋を捨て、土曜日は床とトイレ周りの掃除をし、日曜日に出発の準備が整った。

メリーゴーラウンドと空中ブランコがあった広場と、街道と、道路と、お店と、踏切は、こうして私たちの背後に残り、私たちであった場所からの距離が増していった。その一方で、私たちの家財道具すべてを積んだバンは、空にしてきたばかりの家に別れを告げ、私たちがもう持つことができないかもしれない家へと旅を始めた。

ローマに着くと、トリエステ通りの建物の前に母はバンを二重駐車して、バンから降りた。胸を張り、赤毛を高い位置でポニーテールに結わえ、ダウンジャケットのチャックをあごまで締めていた。表面上は穏やかだが恨みのこもった顔をして、私たちを中に入れるために鉄門を開けさせた。ファシストによって盗まれたその鉄門が、この建物に歴史があるという話を私に思い出させた。

守衛の女性の娘ロベルタは、四年前、睡眠中に息をしなくなり亡くなっていた。彼女がいた片隅を見ると、今日、そこには影ができていた。金魚の噴水盤は水が抜かれ、肉厚のサボテンで埋まっていた。中庭、黄色とサーモンピンクのバラ。マンションの住人の多くは替わり、B&Bと休暇用の貸家が多く入っていた。女子学生たちが部屋をシェアし、家族で住む人は子どもが少なかった。ローマの不動産市場は常に儲けを生み出していたから、家賃の値段が下がる危険はなかった。現在、仕事の機会は少なくなり、家を貸すのが仕事になった。

母は階段を上がって道具箱を踊り場まで運んだ。すべてがなじみのないようにも、私たちを待っていたようにも感じられた。

呼び鈴の上に私たちの姓はもうなかった。代わりに白い小さな表札があった。ドアマットは赤いフエルト製だった。母はマットを足で乱暴に動かした。錠前は替えられ、ドアにはかんぬきが掛かっていた。

「この家は私たちのものよ」。母は階段から、顔をのぞかせている、興味津々だったり怖がったりしている住人たちに向かって大声で言った。「中に入れるまで、私たちはここにいる」

私は援軍も出せず、役に立たなかった。他の人たちにあることが自分たちにはないということが恥ずかしかった。私たちを最初の家の地階へと、私たちが家という避難所を持つにふさわしいとどこにも書かれていなかった頃へと、戻そうとするこの数えきれない闘いが、恥ずかしかった。ミレッラ夫人は壁に木材を釘二本で打ち付けさせていた。それは、使用に適さない建物や、半壊の農家や、注射器とコンドームがたくさん落ちた地階に、よくされているのと同じだった。双子は道具を取り出して、母に導かれながら忙しく立ち働き始めた。青年である彼らの細い手首が、しかるべく金槌と釘抜きを支えた。

母は私には何も頼まず、双子が木材を外そうとするのを見るに任せた。木材は動かず、釘は緩まなかった。双子は運命や運命の軌跡と格闘しているように見えた。

母の手は震えていたが、それでも母はやめなかった。「肩で思い切りぶつかってドアを外してやる」。「必要ならダイナマイトを持って戻って来る」と言った。「今までずっとひどい状態に放置されてきたけれど、もう我慢ならない」と。もはや誰も母を止めることはできなかった。釘と壁と取っ組み合い、漆喰と石灰をたたき、蝶番を見つけようと、ドアの側柱と木材を大きな音をさせてたたいた。

私は噴水盤の魚のことを考えていた。放してもらったか溝に捨てられたか、わかるはずもなかった。今頃マンホールの下で、まだまだ遠い海を探して泳いでいるかもしれない。あるいは、変わり果て、目が三つに尾ひれが五つになってしまったかもしれない。私たちが使う柔軟剤や食洗器のカルキ取り用の錠剤や、トイレ洗剤やカモミールのシャンプーや、白いコケやシアバターによって、汚染されている可能性もある。

このとき、複数の人が階段を上がる音が聞こえて、「お母さん！」という声が響いた。

母は手を止めた。指の関節が赤くなり額に汗をかいた母は、自分の息子を見るときょとんとした。

「お母さん、ストップ。俺たちがするから」

兄が踊り場にいる私たちのところへ来た。背が高く恰幅のいい、兄に似て色の黒い友だちを三人連れてきていた。横木とバールを持ち、スカーフを顔まで巻き付けていた。「俺たちが開けて、助っ人たちを行かせる」。兄がドアを横木でたたき始めると、母は黙ってエレベーターに体を貼り付け、どぎまぎしていた。

釘も木材もセメントさえもぶっ飛んだ。兄がバールを使って蝶番を外し、手足で押したり引っ張ったりするあいだ、兄の友だちはドアをこじ開け、手に持っているものでたたいた。やがてドアが外れそうになったのを感じた兄は、肩を使ってドアに体当たりした。一回、二回、三回、そして五回と、兄の体がぶち当たり、とうとうドアが外れかけて隙間ができ、家の中が見えた。兄の不実な鼻は埃で白く汚れていた。壁の漆喰が指にも服にも付いていて、一本の指から血が出ていた。チョッキの袖は破れていた。だが、諦めることなくさらに錠前を蹴り続け、ついに通り道ができた。敷居をまたいでドアの向こう側へ、兄は私たちの過去へと飛び込んでいった。

兄の友だちが、それから母が、双子が中に入り、あの歯抜けの口に飲み込まれた。最後に私が入った。ミレッラ夫人はバスタブの底や地中海風のキッチンを金槌で壊し、ソファの上張りをハサミで切り裂き、母が物々交換で残して行った、自分のではない物を運び出し、電気の線を切らせ、窓の上にあったカーテンレールを外していた。私たちの家はまるで工事現場か犯罪現場のようだった。

兄は家を回って損害がどれほどのものか見たうえで、早くも第二の段階、すなわち傷の手当てに取りかかっていた。引っ掻かれ暴力を受けて傷ついた家をどう直すか考えた。自分は友だちと一緒に、まずドアとバスタブのことを、それからキッチンを整えてソファを縫い直すことを考える。そのあいだに私たちは家具とその他の物を運び入れる。それに、兄たちは建物の中央玄関の前で、もう誰も入れないようにパトロールをする。母は頷いて、兄を感謝の目で見た。兄以外に誰も私たちを助けることはできなかっただろう。兄は母に似ていた。私はといえば、髪とそばかすと鼻が母に似ているから、自分と母は近いと幻想を抱いていただけだった。私の前にいる母と私は、まったく似ていなかった。

兄は命じた。「そんな顔して突っ立っていないで、お母さんを手伝って」。私が工事現場の労働者か、配達が遅れた若者か、決して妊娠しない妻であるかのように、兄は私に言った。

それから兄は階段に身を乗り出して、父を迎えに行くと私たちに大声で言った。

家の壊滅的な状態を、雪が単に私たちの上に積もったとでもいうふうに、私は眺めていた。空気は冷たく、眺めはとてもまぶしかった。兄は山で、私はバッタだった。一瞬、私は兄が抱きしめてくれるといいのにと思ったが、兄は抱きしめてくれず、私も抱きしめてとは言わなかった。

壊されたドアから再び家に入ってきた兄は、父を腕で支えていた。車椅子を外に残しておかなければならなかったので、重いのに踊り場から連れてきたのだった。父の小さな、負傷した足を片方ずつ整えて、「お父さん、大丈夫だよ」と言った。

半壊した家を見た父が、泣いていたからだった。
兄は血が付いた手を父の肩に置き、「この世の終わりじゃないよ」と言った。
不動のままの私の視線が、かつて私がそうであった少女の視線と交わった。少女はバスルームの割れた鏡から私を見てささやいた。「心のない人には家はない」と。

＊＊＊

「湖は干上がっています」と、テレビで言っていた。夏の間、ローマ市が市の水道網のために湖から水を汲み上げたため、砂浜が伸びて石が浮かび上がり、橋脚が現れ、岩が島のようになり、水に浸かるにはずっと歩いて、砂浜からも歓声からも救助してもらう可能性からも、遠ざからなければならなかった。

集落の住人は湖が消えてしまうのではないかと考えている。夏ごとに少しずつ水を汲んでいくうちに、水たまりや臭い匂いがする沼になってしまうのではないかと。そうなって初めて、私たちは湖の中央に何があるかを実際に見ることになるだろう。沈んだ町が、塀や中庭や窓とともに蘇って来るのを。

トリエステ通りの家は塗り直されて修理された。壊れた人形みたいに足と腕を付け直し、くしゃくしゃの髪に櫛を入れ、小さな服とエプロンを着せると、家は使用可能になった。私たちは自分のベッドで眠り、テレビは壁のところに戻り、段ボール箱は迅速に空にされ、ソファは様々な色の端切れで継ぎが当てられた。そして、がらくたに加え、母が創意工夫して作った物や、デコパージュが施された家具の扉や、ヨーグルトの容器に入ったサボテンが再び現れた。

兄は常に警戒しながらソファと玄関を行き来した。夜は母とテーブルに着いて過ごし、計画を立ててみんなを誘導した。ふたりは何をするべきかをはっきりわかっていた。

「ガイアはそろそろ働かないとね」と、母と兄が私のことを話すのが聞こえた。

家を整えるのに必要なお金が我が家にはなかった。そんなある日、母が私に掃除機と洗剤と手袋が入ったバケツを託して、「六階のおばさんのところへ掃除をしに行っておいで」と言った。

こうして私はその家へ行き、エスニック調の小ぶりのソファ、壁に作り付けられた書棚、額に入った写真、カポディモンテの陶器、象牙製のろうそく立て、レコード、小型の梯子の埃を払った。他にも、小道沿いで拾った石のコレクション、バスルームに置きっぱなしの古い雑誌、鍛造した鉄のベッド、籐のバスケット、片方の胸だけはだけた女性の絵、彫刻のように見えるシャンデリア、部屋をいい匂いにするためのドライ・フラワー、一列に並んだ靴箱、古い領収書が詰まった書類入れ、ムラーノ島のガラス製のグラス、カナダの博物館で買ったデミタス・カップ、テラスのバジル、切り株にすわるカエルの像もあった。

母が私に自分の家だと思って掃除しなさいと言ったので、私はむきになり、シャワールームの床に大きく広がった悲しくなるような黄色いシミと、隙間の埃と、ナイトテーブルのそばの床に落ちた髪の毛に、がむしゃらに向き合った。

今、私はひとり家にいた。兄は父を近所の散策へと連れだした。風邪を引かないように父に薄手のセーターを着せ、つばのあるベレー帽を額までかぶせた。父はバタバタしたが、息子が一緒にいて、散歩から電灯の回線の接続まで、壊れた玄関ドアからガス管まで、何かと世話を焼いてくれるのを喜んでもいた。息子や娘はこういうことをして、世界と将来を整えていくものだ。

自分が飛び込んだり水にもぐったりする声が、遠くに聞こえる。自転車はアングィッラーラに残ったままだった。クマのバボルもクリスティアーノも、イリスの皮膚と脾臓と膝蓋骨と瞳が入った壺もそうだ。今、私は、胸の真ん中に噴火口が開いているように感じている。もしかして、そこにはかつて火山があったかもしれない。何世紀にもわたって雨が降り、以前は穴に過ぎなかったものを、しまいに誰かが湖と呼ぶことになったのかもしれない。それは、死火山のような、消えてしまった何かのまぼろし。

もし車があったなら、車を出して町を通り抜けてもよかった。町から外に出て、それから月曜日の野外市場のにぎわいと、ゆっくり漕ぐ赤いペダルボートと、小エビとサーモンのピッツァと、スコップと足で砂に立てたパラソルと、子どもを不安にさせる、新聞屋の外に首吊りみたいに吊るしてある風船のおもちゃへと戻って来る。けれども、私はここでじっとしている。ここは、私がたどり着いた場所だ。

立ち上がって体を動かすと、錆びた体が軋んだ。長い時間、雨風にさらされっぱなしだったからだ。私は現実とは違うふうに語る小説を、作り出そうという考えに導かれてきた。

私はそこに着いた直後のことを思い出した。あの頃はすべてが大きく立派に思えた。広い部屋が私にとって家であり、地階と弱々しい光が私の子ども時代の場所だった。短く丸々と太った足で双子が走る姿や引きずるおむつ、双子が母の太ももにどうやってくっつくかを思い出した。共同住宅の中庭でパンツをはき、恥ずかしいながらみんなで亀の甲羅のように団結し、小さな不公平と私たちを望まない人に対して闘ったことを思い出した。切り刻んで酷く扱い、ドロドロした液体を作って高価なエッセンスオイルの代替品を作るために、他人の家の庭から伸び出したバラをほしがった自分を思い出した。私に何が悪で何が悪でないかを話し、だから世界は半分に分けられると話しながら、自分の言うことを信じた母を思い出した。

バスルームへ行くと、バスタブは取り換えられていて、とても健康で輝く歯のように白かった。水の蛇口を最大に開くと、さっそくコケとコレゴヌスと白鳥の匂いがした。

それから私は、洗面台とビデの蛇口へと移った。水が出てほとばしり、当然水が流れる音がした。栓をすると水は溜まり始め、水位が少しずつ上がった。

湖の水がなくなったら、伝説や嘘や物語の真相が解明されるだろう。証拠資料を発見して、古い遺物を小箱にしまうことができるだろう。水のないところで魚がもがくのを見て、見ないことにはわからない地面の色がわかるだろう。なくした釣り竿と沈んだ船と空気が抜けた救命胴衣と溺れた死体とヘリコプターのプロペラを回収することができるだろう。そして、岸から岸へと歩きながら思いを巡らしたり、魚釣りをしたり網を引いたり、プレゼピオや銃を水中に隠したりするのを、私たちは止めることになるだろう。

次は、兄が石灰とタイルで整えたキッチンの番だった。兄が昼も夜もヘラをたらいに突っ込んで忙しく立ち働く音を、私はかつて聞いたことがあった。私がキッチンの蛇口も開けて、排水管を塞ぎ、すべての部屋のドアを全開にすると、空気が、水が、私が通った。

　私は居間の真ん中にすわって、どのくらいの時間がかかるかと考えた。二時間、三時間、七時間でじゅうぶんか。水がかかとまで、少なくとも指先の下に届くのが感じられるのは、どの時点かと考えた。湖から盗んだ水、苦いが完璧な湖水、複数のやっかいな水たまりをつくる水が、ほとばしり湿り気をもたらし、天井にシミを作り、割れ目に入り込んで垂れてソファとミニテーブルと油の瓶と本とカタログと雑誌とゴミの袋とベッドカバーとカーテンを濡らす。水は人の通行の邪魔をし、運河沿いの道まで来て、水の責め苦のようになり、道と界隈に侵入し、車は水に沈むだろう。そうすると、はしけと避難所を建設して、財産や家は諦める必要があるだろう。水に浮いていられない人は、水に連れ去られるだろう。

　私は目を閉じて数を数え始めた。

湖は魔法の言葉

あなたは幹線道路からやって来るところだ。黄色くなった草地を横切り、中古車の代理店の前を通ってガソリンスタンドを越えると、左手に古物の店があって、鍛造した鉄でできたブランコや真鍮の取っ手付きのナイトテーブルなどが売られている。

低木の茂みと岩を越えて行くと、信号音が聞こえる。踏切が閉まるところだ。あなたは停まって、窓を開けた他の車の後ろに並ぶ。車によってはエンジンを切っている。街なかのように線路が二重になっていないので、田舎の電車は優先通行を守って交替で通る。従って、踏切は十分も閉まるときがある。だが、踏切を回避する方法はない。並行する小さな道など、どの道を通っても別の踏切のバーが降りている。

車がない人にとって鉄道は集落の外に出る唯一の手段で、血液を汲む大動脈、水平線、冒険の入り口だ。あなたも電車に乗って帰り、電車に乗って外へ出ることを続けてきた。

踏切のバーが上がると、車の速度を落として線路をまたぐ。顔を右に向けると、駅のホームの庇が見える。何年もあの電車に乗ったから、どの車輛もよく知っている。スプレーの落書き、サインペンで書かれたタグ。あなたはすし詰めになった人のことや、あまりの混雑に妊婦が気を失ったときのことを思い出す。それから、ラ・ストルタで若い女の子が暴行されたときのこと、友だちが駆け込むドアを押さえたこと、定期を持っていなくて、電車の最後尾まで走ってトイレに隠れたときのこと、酒臭い息をして瓶入りのきゅうりと白鳥にあげるパンを入れた袋を持った、年上の男の子と出くわしたときのことを思い出す。

幹線道路を運転して行くと、商店が見えて来る。カタツムリまで売っている青果店、高価なシステム・キッチンとほっそりした照明器具を提供するとても大きな家具屋。それに、スーパーと魚市場。これがいわゆる駅界隈で、集落の最も開けた地区だ。庭付きの一軒家や、地階にあるジム、晩にナチョスやトルティーヤを出すバールがある。道路沿いでは商業活動が営まれ、内陸部の方には二階建てまでの、庭に滑り台のある家が建っている。

あなたは停まることなく薬局とかかりつけ医のクリニックを通り越し、横断歩道で速度を落として男の子を連れた女性を通す。男の子はあなたが吸血鬼であるかのようにあなたを見る。

それからすぐにクラウディア住宅地区に着く。そう呼ばれるのは、ミネラルを含む水源のためだ。

左には広場が開け、市営住宅がある。高層で個性のない建物群で、三階にあなたたちの家があった。あなたたちの、と実際には言えないにしても。あなたの部屋の窓、オルソが枝を折った木、よく自転車を繋いだ手すり、レストラン〈パスクワ〉の下の遊園地の空き地、射撃小屋、発射する弾、倒れる缶。階段を上がるあなたとマリアーノ。ピンク色の大きなクマの頭を一人が、もう一人が蹄を持って。

どの店を見ても、ある午後のことを思い出す。店はそれぞれが年を経て変わった。歯科医院から整形外科用医療器具のお店、靴屋から生花店、冷凍食品店からインテリア小物のお店、一ユーロショップから陶器店、犬のグルーミング・ショップから電話通信のお店まで。一番長く続いているお店には忠誠を尽くすべきだ。

あなたが何年もの間にあらゆる方向へ渡った交差点には、集落で唯一立派な信号がある。信号が青になるのを待つことは、あなたの青春の一部を成していた。右へ行くとホテルのプールへの道がある。水着とガウンを着てプールに戻り、脱衣所の前で立ち止まる。ブラシとユーカリの香りのシャンプー。そこには、「来たよ」と言うカルロッタが今もいる。

プールがあるあたりからクラウディア住宅地区の中を回って行くと、小さな広場と廃屋にたどり着く。廃屋はすでに建て直され、子ども三人と犬一匹とカナリア二羽がいる家族が住んでいる。その先へ進むと、アンドレアの一軒家の前に至る。門扉はすすけたままで、道の隅には火事の跡が残っている。アンドレアはもうじき結婚する。結婚の通知はすでに印刷済み。お相手は歯科医師で鮮やかなブロンドの女性だ。

けれども、一周する気のないあなたは、信号が青になるのを待つ。運が良ければすぐに交差点を越えられて、右手に大きな農家が見えてくる。よそ者の趣のそれ以外の住居とは大変異なり、この農家は、街になりたがっている田舎の道路沿いの、古い田舎家だ。それはもはや過ぎ去った世界の思い出。

ここから、あなたにとって辛い思いが始まる。ちょうどそこに、幹線道路から内陸部へと登っていく道が見えてくる。登りになったその道の中ほどに、以前イリスの家があって、今も変わらずあるかもしれないが、あなたはその街道を徒歩で、自転車で、車で、ステレオをつけて、窓を閉めて、夜、口論しながら、不当を訴えながら、愛しながら、上がった。あなたにとっては、門扉の前には今なおレモンがたくさん入った袋の跡がある。

だから、あなたはその道には入らないで、幹線道路を走り続ける。幹線道路を行けばとにかく湖に着くし、湖こそあなたが行く必要のある場所だから。

ということで、右手の墓地は無視して、お墓のことも、みんながカルロッタのために選んだ写真のことも考えずにおけばいい。写真は一部が切り取られ、元の写真には微笑むことができなったあなたも写っている。彼女にとってあなたは常に一番近い存在だったと思えばいい。旧市街の最初の建物が見えてきた。晩に立ち寄ってクロワッサンやトーストを買ったケーキ屋の看板も見えてきた。

あと少しで一番有名な交差点〈十字架《クローチェ》〉に着く。ここは、田舎から来る人が、馬を電柱にくくり付けたままでコーヒーを飲みに行けると見せびらかすだけのために、時々馬と止まる交差点だ。クリスティアーノも彼らと同じようなことをした。単純に集落で馬に乗ってみたいと思って、誰のか知らない馬に乗ったのだった。彼は農場を改築して、現在多くの山羊と乳牛と子牛を飼い、おいしい熟成チーズを作ってレストランに卸している。

〈十字架《クローチェ》〉から左へ行くと、聖フランチェスコと聖ステファノの名が付けられた二本の道が見える。聖フランチェスコ通りは、小学校と中学校へと続く道で、この通りの住人は夏になると学校へ野外映画を見に行き、多くの人がミサに行く。もう一本の道は、お金持ちのかなり大きなヴィラが集まる場所へと通じる。それらのヴィラは高台に建てられているので、湖と旧市街が見える。新しいヴィラには広い庭に高い木々があって、門扉は自動だ。あなたは自分の門扉を一度も持ったことがないから、リモコンをクリックするだけで入ることができるヴィラの住人がうらやましい。

〈十字架《クローチェ》〉から右に曲がると、トレヴィニャーノの方へ行くことになり、要するに、再び湖に出る。湖に沿って進んでいくと、竹林と入江のあいだに家がまばらに見える。静かな地区で、ここに来ると、クリスティアーノのスクーターと消したライトのことを考えないわけにはいかない。真っ暗になっても、カーブと停止の標識が完全に頭に入っていて、溝を避けてブレーキを遅れずに掛けられる人なら、無事でいられる。

直進すると決めておきながら、あなたはここに来た。

旧市街に入って路地を歩き回り、聖堂参事会の教会まで上がる。誰かに「私と結婚したい？」と聞いて、肩ひものない白いドレスを着てもいいかもしれない。あるいは、湖まで降りて行くのもいい。

どうするかはあなたが決めること。ここであなたと別れて、自転車をそばに停めることにした私たちは、あなたに車から降りて歩いて行きなさいと言う。

今、あなたは急いでいるように見える。イリスと一緒にそこでピアスの穴を開けたいと思った宝石店の前を走って、八十年代のインテリアの、臭い匂いのウェイターがいるピッツェリアを越える。スクーターで、車で、歩いて出かけた広場のことは考えずにおけばいい。みんなに視線を向けると、みんなの視線があなたに刺さる。突堤までさらに走って、服を脱ぐといい。縞のTシャツに黒いジーンズ、つま先部分が擦り切れたテニス・シューズを脱ぐ。手すりを越えて、飛び込んで、橋脚の一つによじ登る。「滑りやすいから、気を付けて」。

さあ、後ろを振り返ってみて。あなたを待っている人がいる。あなたは彼女に手を差し出して、約束を果たす。

彼女に言うのよ。身を乗り出しすぎちゃだめと。最初はバランスを取るようにして、自分の重さを支配する。あなたたちの下に見える水は、一月の、四月の、八月の水で、あなたが水面を見て、光が幼子イエスに当たって反射するのを探した水だ。水に飛び込むだけのために、ここまで何キロも急いでやってきたのは、ある意味、自分に課した試練だった。あなたは目を閉じて、彼女にも閉じるように言う。そして叫ぶのよ。「湖は魔法の言葉」と。

そう叫んで初めて、あなたとイリスは飛び出す勇気が持てる。

著者の覚書

この小説は三人の女性を語るために生まれ、彼女たちから三人の登場人物の着想を得た。一人目はアントネッラ。彼女は、家族の歴史、管理義務のある家の受給の難しさ、家の交換、何年も闘った末にいかにうまく行き、正規の手続きが取れて失った家を取り戻したかを、私に語ってくれた。彼女の物語は、アングイッラーラ・サバツィアの物語と同じく、私が勝手に考えた。ローマ市はアングイッラーラに公営住宅は所有していないと思う。

二人目はイラリアで、彼女は十年にわたり私の最上の友だった。皮肉屋で意地っ張りで、カスタード・クリームをうまく作れて、森で乗馬ができて、ウサギと『アンナ・カレーニナ』が好きだった。イラリアは二〇一五年に亡くなった。

三人目の女性は私だが、私は男の子をラケットで殴ったことも、湖でエレナを殺しそうになったこともなければ、射撃小屋でピンク色のクマを勝ち取ったこともない。私は撃つことなど決してできないどころか、夜にひとりでいることさえ怖い。この小説は私の年譜でもなければ、自伝でもオートフィクションでもない。この物語は多くの人生の断片を飲み込んで語られた。私が育った時代の、自分の周りで見聞きしただけの痛みの、私自身が通った痛みの、物話である。

この小説の舞台設定の背景になってくれたアングイッラーラ・サバツィアとその住人に、ブラッチャーノ湖、サバツィアの消えた街、ヴィカレッロの日暮れ、空軍歴史博物館、ヴィーニャ・ディ・ヴァッレのヨット・クラブ、トレヴィニャーノの散策路、ガッビャーノのバール、ペペ・ネーロの野外ディスコ、ピオッポの入場自由のビーチ、〈山頂《ピッツォ》〉のカーブ、湖畔と駅間の道のりを走るバス、ヴィテルヴォとローマ・ティブルティーナ間のローカル電車、月曜日の野外市場、木曜日休業のお店、ペドロ・カーノと旧市街、聖堂参事会の教会と聖ビアージョ、アンジェラ・ズッコーニと彼女に捧げられた図書館、ブラッチャーノで行われるモヴィーダの夏祭り、オルシーニ・オデスカルキ城、見たことがないウナギといつも見た白鳥、マルティニャーノへ通じる整地された下り坂、馬場〈二つの湖〉と、私が愛した湖のすべての場所に感謝を申し上げる。それから、魚祭りと花火、魚のフライ、花火を眺めた屋根、傾きかけた舞台で行われたダンスの発表会、歌を披露したすべての歌い手、歌を聴いたわずかな人たち、私を裏切り、あざ笑い、嫌い、理解し、抱きしめてくれた人に、生きて私と共にこの記憶を大事にしまっておいてくれる女性の友だちに、感謝を申し上げる。

この本のために裏方で一緒に働いてくれた人に、自ら望んだわけではないのに本に登場した人、それとなく、あるいははっきり言及されて登場させられた人、この本を読んで怒る人に、感謝を申し上げる。そこから出発した魔法の言葉をくれたラウラ・フィダレオに、ありがとう。

最後に、みなさんにいくつかの真実をお伝えしたい。

二〇一二年のハロウィーンの夜、十六歳のフェデリーカ・マンジャペーロは、付き合っていた男性によってブラッチャーノ湖で溺死させられた。

二〇一七年、ローマ法王フランチェスコは、湖周辺地域の子どもたちに悪性腫瘍と白血病の症例が増加する原因をもたらしたとして、告発されたラジオ・ヴァチカンの電波塔の大部分の電気を切った。

同じく二〇一七年、クラコフにおいてユネスコの委員会が、オリオーロ・ロマーノのブナの森を自然遺産として登録することを決議した。

二〇一九年以降、ローマのエネルギー・環境公社により、ブラッチャーノ湖の水を汲み上げることが禁止された。現在も、アングイッラーラ・サバツィアの送水路は、認可値を超える量の砒素を含むため、危険であると定期的に公表されている。また、年月がたつうちに、湖から考古学的価値のある物が発掘され、湖に沈んだヴィラや家々の明らかな証拠が浮かび上がってきた。

そうはいっても、突堤の下の、あの湖底のプレゼピオを、私は一度も見たことがないものの、あると信じている。子どもの頃から信じていて、今も信じ続けている。

訳者あとがき

本書はジュリア・カミニート『甘くない湖水』（二〇二一年、ボンピアーニ社）の全訳である。本作品は、イタリアの最も重要な文学賞であるカンピエッロ賞とストレーガ賞の、それぞれで最優秀賞と最優秀賞最終候補に選ばれ、世界中の多くの言語に訳されている。

カミニートは一九八八年にローマで生まれた。二〇一六年に最初の小説 *La grande A*（『大きなA』）を発表して、ジュゼッペ・ベルト賞、バグッタ賞、ブランカーティ賞を受賞し、注目を集めた。その後、二〇一七年に短篇集 *Guardavamo gli altri ballare il tango*（『私たちは他のみんながタンゴを踊るのを見ていた』）を、二〇一八年に童話 *La ballerina e il marinaio*（『踊り子と漁師』）を、二〇一九年にフィエーゾレ賞を受賞した小説 *Un giorno verrà*（『いつかやって来るだろう』）を、二〇二〇年に子ども向けの *Mitiche. Storie di donne della mitologia greca*（『ギリシャ神話の女性のはなし』）を発表し、ついに『甘くない湖水』でベストセラー作家の地位を不動のものとした。まだまだ若いカミニートの、今後の活躍が期待される。

本書の冒頭において読者は、語り手の母アントニア・コロンボの、恐るべき形相の描写に度肝を抜かれる。面会の約束も取らず役所の奥まで入り込み、職員によって放り出されながら、住む権利すら与えられていない自分の住居について窮状を訴え、窮状を改善しようとしない役所の非情を罵り、座り込みを決めたアントニアの、スカートは裂け、ブラウスははだけている。

訳者も冒頭のシーンには驚いた。実は、訳者が本作品を初めて読む機会を得たのは、作品を訳すことになる前のこと。二〇二一年度ストレーガ賞の国際審査員としてであった。最優秀候補に残った十二作品をすべて読み、その中から最優秀として推す作品を決める過程で、本作品は冒頭のインパクトにおいて群を抜いていた。ローマにある半地下の穴倉のような場所に認可もなく住む貧しい語り手一家の暮らしは、想像を絶する世界であり、著者が作品世界をどこまでデフォルメして表象しているのかが摑めず、戸惑うしかなかったというのが正直な感想であった。

ところが、この特異な場面設定に驚きつつも、よどみのない語りのリズムに乗せられて読み進むうちに、読者はアントニアの娘ガイアの目を通した物語世界の現実へと引き込まれていく。著者の語りがもつすさまじい力と、登場人物たちが巻き起こす驚くばかりの出来事によって。

本作品をひとことで表すとすれば、ガイアの〈成長の物語〉となるであろう。そのなかで〈母と娘〉、〈友情〉、〈家（族）〉のテーマが、イタリアが近年抱える社会問題を背景として扱われた青春小説である。と、このように要約しても、平凡なイメージを与えるだけで、残念ながら作品の魅力は伝わらない。少し内容に立ち入ってみよう。

物語の始まりにおいて、ガイアはまだ小さな女の子である。父親違いの兄と、双子の赤ちゃんの弟たちがいる。複雑な家族構成の一家はもうじゅうぶんに貧しかったが、一家を支えるはずの父親が、仕事中に足場から落下して足を切断。車椅子の生活を強いられる彼に代わって、母親が家族全員の生活をひとりで背負うことになる。こうして、家族を養うためにがむしゃらに働き、劣悪な住環境を改善すべく役所に怒鳴り込み、何が何でも居住の認可を手に入れようとする、母親の存在感は増していく。

若くして人生のありとあらゆる不幸や不運を生きてきた母親の口癖は、「ほしいものを手に入れるには、主張し続けなければならない」であり、子どもたちはそんな彼女の、正しく生きるという目的に則って人生を切り開こうとする姿を見て育つ。しかし、しっかり者の母親は、往々にして娘に重圧を与える存在にもなり得る。母親の苦労を知るガイアは、必死で勉強して優秀な成績を収めるものの、思春期になると、自分を支配しようとする母親に反抗心を抱くようになる。そしてそこに、周りの友だちに許されるのに自分には決して許されることのないささやかな贅沢や、貧しい家庭に育つ自分をからかうクラスメートへの恨みが加わり、大きな怒りとなってガイアを爆発させる。読者は、ガイアが引き起こすいくつもの事件を、ひやひやしながら読むことになる。

中学校から高校へと進み、ガイアが大人の仲間入りをすると、彼女が抱える問題は複雑で深刻になっていく。互いを縛り依存しあう友情と、中身のない恋愛が、彼女をいらだたせる。行き場のない怒りは増幅し、さらに友だちやボーイフレンドであると信じていた人物による〈裏切り〉によって火に油を注がれ、ガイアは復讐の欲望へと掻き立てられていく。こうして、取り返しのつかない出来事や事件の、目撃者あるいは当事者になっていく。どうしてこうも傷つけ合わなければならないのか。彼女が繰り返し味わう暴力的な痛みは、読み進めるのが辛くなるほどである。巻末の覚書にあるように、本作品は自伝ではないが、著者が周りの人の経験を見聞きして抱いた痛みが書かれている。だからこそ、表象された出来事は臨場感にあふれ、ガイアに寄り沿う読者は、ヒリヒリした痛みを自分のもののように共感する。

しかしながら、苦い青春の記憶に満ちた本作品を読み終えて読者が抱くのは、嵐が去ったあとの静けさに似た穏やかな読後感であり、物語の〈これから〉には希望すら感じられる。

ガイアの怒りの爆発の果てに、著者がいかにして希望を書き込むことができたのかを知るには、ガイアの心の痛みを読者として引き受けたうえで、物語を最後まで注意深く読むしかない。著者は巧みな語りの戦略によって、取り返しのつかない出来事を、最後に実に見事に回収させる。デフォルメされた母親の姿はもとより、ガイアが臓腑の中で育てる憎しみのヘビや、自分がしてしまった取り返しのつかない行いから逃げようとする彼女の姿に重ね合わされるイノシシといった比喩とともに、著者の手腕によって、ガイアの感情の変化が目に浮かぶ形と熱量をもって読者に差し出されるのである。『甘くない湖水』がイタリア文学に与えられる最も重要な賞を受賞した理由が、ここにある。どうすることもできない貧しさや不運、裏切りに対する怒りや憎しみに満ちたガイアの物語に、著者はいかに希望を書き込んだのか。

物語の舞台は、一家がはじめに住むローマと、ローマから引っ越してガイアが青春を送る、アングイッラーラ・サバツィアという人口二万人にも満たない小さな町である。ラツィオ州にあるこの町は、ローマからわずか四十キロメートルという通勤通学圏に位置し、ブラッチャーノ湖畔にあって風光明媚なことから、首都圏に住むイタリア人や外国人に居住地としても避暑地としても人気がある。著者が描写するとおり、湖岸から、その昔サラセン人の攻撃を防ぐために築かれたという大きな門を通って石畳の坂を上がって行くと、入り口を突き合わせて民家が立ち並ぶ狭い路地が教会へと通じている。教会前のテラスからは、瓦屋根の連なりと、その下方に明るく輝く青い湖面が広がっているのが見える。この町を訪れる者は、猫を追って迷路のような路地を歩くガイアが、洞窟のバール前で知り合いの男の子に出くわす場面や、建物の屋根に上って花火を見る場面を、まさに追体験できる。

ガイアの母親が、家族をよき方向へ導き、一家が平和に暮らせる場所として選んだこの町で、ガイアの青春の出来事のすべてが起きる。そのうちのひとつで、ボーイフレンドと行ったディスコから、いや気がさしたガイアが湖畔の暗い車道をひとり歩いて帰る箇所を引用する。

> 湖の音だけが私の連れだった。たまにしか聞こえない湖の音は、海の音とはまったく違っていた。実際、湖水は普通メロディーを奏でなかった。水は澱んでいて動かず、湖面はきらきらして物を映すだけだった。たまに風が吹く時だけ、水は歌をうたった。

町のシンボルである湖は、このようにいつもそこにあって、ガイアの青春を見守っている。友だちのエレナに裏切られたガイアが、待ち合わせた砂浜でエレナをひどい目に合わせるときも、当然、湖はただ事件が起きる場所としてそこにあるだけだ。

もっとも湖は、ガイアの苦い青春の一部始終を静観していると同時に、輝くばかりの若さの舞台にもなる。男の子たちに混ざって突堤から飛び込みの競争をして勝ったことや、砂浜にタオルを敷いて友だちとノンシャランな昼下がりを過ごした思い出が、夏の太陽に照らされた突堤の地面の焼けるような熱さや、友だちのふざけた踊りや言葉とともに、幸せな記憶として読者に印象付けられる。湖にはガイアの記憶がしっかりと宿っている。

湖がガイアの青春を見守る役目を終えたとき、一家は湖畔の町を後にしてローマへ戻る。『甘くない湖水』の物語は、つまり円環構造になっている。

最終章において、ローマに戻ったガイアが家のバスルームの水道の蛇口を開けると、水がほとばしり、キッチンや居間の床を浸してあふれた水位が上がり、空気も家の中を巡っていく。このシュールで象徴的な場面は、湖畔の家からローマの家へのバトンタッチを思わせ、圧巻である。ガイアは目を閉じて数を数え始める。

十二に分かれた章立てのあと、「湖は魔法の言葉」と題した数ページが添えられている。ここでは、それまで作品を通して〈私〉と称していた語り手のガイアが、逆に、ガイアを〈あなた〉と呼びかける語り手へと取って代わられる。この新たな語り手は、湖畔の町の新市街を青春の記憶に導かれて車で巡る彼女の姿を、神の視点で追っていく。そうしながら、車道が二つに分かれる地点に差し掛かったとき、ガイアの道行の描写に終始していた語り手が、いきなり複数形の

〈私たち〉を名乗り始める。そうして、遠回しで撮っていたカメラが急にフォーカスするかのように、車を運転しているガイアの元へ降り立ち、「どうするかはあなたが決めること」と言う。自分たちはそこに自転車を停めることにしたから、「あなたは車から降りて歩いて行きなさい」と言う。当箇所で初めて読者は、ガイアの道行に寄り沿ってきて、車道の分岐点でこう言いながらガイアの背中を押す〈私たち〉が、かつてこの町を共に自転車で走り回った仲間たちであることを知る。

今、ガイアは、ひとり記憶の中へと入っていく。失われてしまった友情を取り戻すために。

最後に、邦訳タイトル『甘くない湖水』（*L'acqua del lago non è mai dolce*）について。これは、普通に訳せば、「湖水は決して甘くない」となる。苦い出来事に満ちた青春時代を送ったブラッチャーノ湖の水は、ガイアにとって苦かったのだろうか。そう考えるのは自然である。ただ、思い出してみよう。作品中に一度だけ、ガイアが「湖の水はいつだって甘い」と歓喜に溢れて叫ぶ場面があったことを。それは、大切に思っていた友人イリスが自分を棄てて別の友人アガタに鞍替えしたと思ったガイアが、イリスへの腹いせに、新しくできた友人エレナとの親密さを見せつけようと、みんなで過ごす湖上でエレナとじゃれながら調子に乗ってそう叫ぶ場面である。つまり、エレナといれば甘美だと。「湖の水はいつだって甘い」というガイアの言葉は、天邪鬼の言葉である。本当は、イリスがいなくて「湖の水は苦い」にもかかわらず、言ってしまった言葉。

タイトルに関しては、時制にも注目を。ガイアが湖畔の青春時代を振り返って苦かったと感じたとの意味がタイトルに込められているとすれば、時制は過去形であるべきだ。もっとも、著者が過去形でなく現在形にしたのは、人生甘くないとの普遍的なメッセージにするためだったとも考えられる。しかし訳者は、タイトルの言葉が、ガイアから今は亡きイリスへ向けられたものであると考える。「湖の水はいつだって甘い」と腹いせに言ってしまった言葉を、勇気をもって自身の記憶に分け入ったガイアが、今、「湖の水は甘くなんかない」と言うことで、イリスに前言を撤回するのだと。このように訳者が考えるのは、ボンピアーニ出版社から二〇二一年に出版された版の表紙タイトルの「けっして」の文字 ***mai*** が、そこだけイタリックになり強調されているからでもある。著者はお茶目にも、タイトルにこんな仕掛けを施している。

＊

いつもイタリア語の疑問に答えてくれる親友Sonia d'Aromaと、ベルギーで本を読んで語り合ったみんなに、感謝を。

なお、女性がより良く読み書きできることを願って、カンピエッロ賞の授賞式に赤のスニーカーで登場したジュリア・カミニートの、素晴らしい作品を訳す機会を与えてくださった早川書房の皆様に、とりわけ吉見世津さんに、心から感謝申し上げる。

二〇二三年十月

訳者略歴　東京外国語大学博士後期課程修了，イタリア現代文学研究者，イタリア語非常勤講師　訳書『法医学教室のアリーチェ　残酷な偶然』アレッシア・ガッゾーラ，『どこか、安心できる場所で：新しいイタリアの文学』パオロ・コニェッティ他（共訳）

甘《あま》くない湖水《こすい》

2023年11月10日　初版印刷
2023年11月15日　初版発行

著者　ジュリア・カミニート

訳者　越前貴美子《こしまえきみこ》

発行者　早川　浩

発行所　株式会社早川書房
東京都千代田区神田多町2－2
電話　03－3252－3111
振替　00160－3－47799
https://www.hayakawa-online.co.jp

印刷所　株式会社亨有堂印刷所
製本所　株式会社フォーネット社

Printed and bound in Japan

ISBN978-4-15-210276-8 C0097

乱丁・落丁本は小社制作部宛お送り下さい。
送料小社負担にてお取りかえいたします。